Manfred Sturmann
Großvaters Haus

Manfred Sturmann

Großvaters Haus

*Erinnerungen
an eine jüdische Kindheit
in Ostpreußen*

Herausgegeben
und mit einem Nachwort
von Dirk Heißerer

WALLSTEIN VERLAG

Verlag und Herausgeber danken
der Stiftung Irène Bollag-Herzheimer für die Unterstützung
der Publikation mit einem Druckkostenzuschuss.

Bibliografische Information der Deutschen Nationalbibliothek
Die Deutsche Nationalbibliothek verzeichnet diese Publikation in der
Deutschen Nationalbibliografie; detaillierte bibliografische Daten
sind im Internet über http://dnb.d-nb.de abrufbar.

© Wallstein Verlag, Göttingen 2024
www.wallstein-verlag.de
Vom Verlag gesetzt aus der Stempel Garamond
Umschlaggestaltung: Marion Wiebel, Wallstein Verlag,
unter Verwendung von: Osterode (Ostpr.), Neue Synagoge (1893,
zerstört 1938), in der Gartenstraße 4, um 1900. Foto: Unbekannt.
www.bildarchiv-ostpreussen.de Bild-ID [118440]
Druck und Verarbeitung: Hubert & Co, Göttingen
ISBN 978-3-8353-5556-9

Inhalt

Manfred Sturmann
Großvaters Haus
— 7 —

Anhang

Editorische Notiz
— 119 —

Kommentar
— 123 —

Dokumente
— 145 —

Dirk Heißerer
Großvaters Spitzbart
Nachwort
— 165 —

Dank
— 179 —

Literatur
— 181 —

Bildnachweis
— 184 —

Erstes Kapitel

Welchen Weg mochten die Eltern durchmessen haben in jenen Tagen ihrer Prüfung, zu denen meine frühesten Erinnerungen zurückreichen! Sie wohnten damals in der Altstädtischen Langgasse zu Königsberg in Preußen in einem alten, unfreundlichen Hause. Von den Straßenfenstern sah man auf den Turm des Schlosses und, da es höher gelegen war als die Altstadt, auf das Grün seiner Gärten und seiner mächtigen blühenden Kastanien. Von der Wohnung weiß ich nur noch, daß eine Stufe von einem Zimmer in das andere führte, die so hoch war, daß mein jüngerer Bruder Willy und ich sie kaum ohne Hilfe erklettern konnten.

Um diesen Bruder ging es damals. Er war zwei Jahre alt, ein dickes, tappsiges Kerlchen, das immer lachte und ein rührend gutes, offenbar von meinem Vater überkommenes Wesen hatte. Er nannte mich, den Vierjährigen, »Sesi«, ein Name, der jäh mit ihm hinschwand und später nicht mehr gebraucht wurde.

Eines Tages erkrankte das Kind, bekam Ohrenschmerzen. Unser Arzt, der Dr. Stein, stellte Mittelohrentzündung fest. Diese Krankheit schritt so bösartig geschwind fort, daß Willy, nur wenige Tage später, tot in seinem Gitterbettchen lag.

Aber damit war es nicht genug. Auch ich hatte, obgleich die Krankheit nicht ansteckend ist, Ohrenweh bekommen, wurde unverzüglich in die Klinik geschafft und operiert. Eine Narbe vom rechten oberen Ohrenrand bis hinunter bis fast zum Adamsapfel ist mir zur Erinnerung an jene Zeit bis auf den heutigen Tag geblieben.

Ich weiß noch, wie man mich in einer Pferdedroschke zur Klinik fuhr. Man hatte mir den ganzen Kopf umhüllt und mich warm angezogen. Vorher war ich an Willys Bett geführt worden. Jemand hatte mich hochgehoben und die Bettdecke, die über Willys Kopf gezogen war, zurückgeschlagen. Da sah ich das Brüderchen im Schlaf wie schon so oft. Und doch spürte ich eine geheimnisvolle Veränderung an ihm. Es war ein anderer Schlaf. Ich wollte seine Augenlider mit der Hand berühren – da hielt man mir die Hand fest. Man hatte mir wohl gesagt: er ist tot. Aber was bedeutete mir damals »tot«, was konnte ich mir darunter vorstellen? Erst als ich ihn viele Wochen später nach meiner Genesung zu Hause vermisste, wurde mir ungewiß klar, was man unter »Sterben« versteht.

Von jenen Tagen ist in meinem Gedächtnis sonst nichts Gegenständliches haften geblieben. Ich weiß nur noch, daß man mich durch lange Gänge fuhr, weiße Betten und hohe Fenster, voll von milchigem Licht, huschten an mir vorüber, ein Gemisch von Gerüchen drang auf mich ein, und einer besonders, ein widerlich süßlicher, der mir das Gefühl gab, als würde ich steil emporgetragen.

Indes ich in glücklicher Bewußtlosigkeit fortträumte, stellte man nach Aufmeißelung des Knochens fest, daß auch ich kaum zu retten war. Ungewöhnliche Eitermengen erschwerten dem Chirurgen Arbeit und Glauben an mein Aufkommen. Mir wurde später oft gesagt: »Du warst einmal schon fast ein kleiner Engel.« Das hieß aus der Kindersprache in die unsentimentale des Alltags übersetzt: »Du warst aufgegeben, mein Lieber. Drei volle Wochen dauerte die Krise, man hatte dir bereits Kampferspritzen gegeben, doch du hast dich brav gehalten und dich durchgekämpft!«

Als ich dann aber außer Gefahr war, mit dick verbundenem Kopf im Krankenhaus lag, von Eltern, Krankenschwester und Besuchern über die Maßen verwöhnt, Spielsachen, Süßigkeiten und bunte Farbstifte, die ich sehr liebte, um mich gehäuft, da erfaßte mich, ich erinnere mich genau, eine aus jenem frühen Kindheitsbewußtsein kaum zu erklärende

Freude, da zu sein, die Gefahr, deren Schwere ich weiß Gott nicht zu ahnen vermochte, auf gute Weise hinter mich gebracht zu haben und vollgültig, wenn auch erheblich vernarbt, der Erde wiedergegeben zu sein.

In jene Tage der Genesung fällt meine erste Erinnerung an den Großvater. (Und nur deshalb ist von der Krankheit so umfänglich hier die Rede.) Sie hebt sich so scharf von allen anderen ab, daß ich mich jeder Einzelheit erinnere, während ich andere Menschen, die mich damals besuchten, außer Vater und Mutter, völlig vergessen habe.

Es war an einem frühen Morgen. Ich lag im Bett und sah durch das Fenster auf einen braunroten Dachfirst und einen, für unsere wetter- und regenreiche Gegend seltenen, tiefblauen Himmel. Aus einem Schornstein stieg ein lustig leichtes Rauchgebilde empor, das ich mit wachsendem Eifer beobachtete, denn es änderte und verwandelte sich fortdauernd – eine wunderliche Zauberei. Da wurde ich in meiner Beobachtung gestört: Großvater trat an mein Bett. Ich spüre noch heute die aufschäumende Welle des Glücks in mir. Ich sprang auf und umklammerte mit beiden Armen den bärtigen Greisenkopf, der sich mir entgegenneigte. Ich spüre noch den leichten Kitzel, den sein Barthaar auf meiner Wange verursachte, und den Duft seiner Haut. Was ich da in meinen Armen hatte, das war für mich seit dieser Minute Fels und Zuflucht. Das Gefühl der Geborgenheit, das mir seine Gegenwart gab und mir zum ersten Mal bei dieser Umarmung bewußt wurde, ist erst mit seinem Tode von mir gewichen. Dies war nicht die Begrüßung eines Kindes. Es war, als hätten sich zwei Männer, die sich einmal nahe gestanden, nach langer Trennung wieder gefunden.

Er mußte sich erst die durch mein Ungestüm verschobene Brille zurechtrücken und sich mit dem Taschenkamm ein paar Mal durch den Bart fahren, ehe er sich an mein Bett setzte. Ich hatte, nun wieder liegend, meine Hand in der seinen, und das Gefühl der Freude und Geborgenheit blieb und wuchs. Mehr weiß ich von jenem Tage nicht.

Nach vielen Wochen, als die langwierige Genesungsfrist mit ihrem ewigen Verbandswechsel, den Besuchen im ärztlichen Sprechzimmer und dem Fernbleiben von den kindlichen Spieltumulten glücklich überwunden war, fuhr ich mit meiner Mutter zu Großvater nach Osterode. Dort wollten wir nur einige Tage bleiben, um hernach in das nahe gelegene »Waldhaus« zu übersiedeln, denn ich war durch die Krankheit arg heruntergekommen und ein milchgesichtiges, spindeldürres Bürschchen geworden.

Damals nun sah ich Großvater zum ersten Male mit Bewußtsein in seiner Welt als einen tätigen, streng zupackenden Mann, aber auch als das Haupt der Familie, als das zusammenhaltende und ausgleichende erste Glied in der Kette, sah ihn als den Alten und Weisen, mit seiner patriarchalischen Fürsorglichkeit, aber auch, wenn es nottat, mit seiner erzieherischen und zwingenden Energie.

Vierunddreißig Jahre sind hingegangen, da ich ihn erstmalig so sah, wie er mir eingeprägt geblieben ist. Gewiß, Vater und Mutter, sie gab es als den selbstverständlichen Schutz, zu denen man mit seinen kleinen Nöten kam und auf die man bauen konnte. Großvater aber stand über ihnen, war in der Rangordnung der Erste, die höchste Instanz. Zu ihm konnte man nicht mit seinem Kinderkram kommen, an ihn lehnte man sich einfach an, um glückhaft zu spüren, daß dir nichts geschehen konnte.

Doch ihn wagte man nicht so einfach anzureden. In seiner Gegenwart konnte man nicht alles hemmungslos herunterplappern, was ein kindlich-komischer Einfall dich gerade aussprechen ließ. Er gab Wärme und Schutz, wie die Sonne und das Haus Wärme und Schutz gaben.

Damals hatte Großvater für mich etwas Übermenschliches. Er war in meiner bunten, leicht zu entfachenden Kinderphantasie ein Nachfahre der Erzväter, wie Jakob gütig, wie Moses streng und wie David, der König, Respekt gebietend. In ihm verkörperte sich Vergangenheit, alles Gewesene hatte sich in ihm gesammelt und konserviert, um einstmals auf uns, seinen Sohn und seinen Sohnessohn, zu überkommen, wenn es an der Zeit war. Großvater war das Gewesene – Vater das Seiende. Vater war doch mehr meinesgleichen, weil er, gleich mir, gegenwärtig war. Großvater dagegen war ein Quent von Vergangenheit, ein Rockzipfel des schon Dahingegangenen, den wir erfaßt hatten, um ihn noch ein wenig zu halten, ehe er uns unwiderruflich entschwand.

So nur ist die ehrfürchtige Distanz der Kinder zu dem Alten zu erklären. Sie wurde selbst dann nicht aufgehoben, wenn er mich gelegentlich auf seinen Schoß hob und ich ihn ein bißchen an seinem Bart zupfen durfte, so lange, bis er plötzlich mit einem kleinen komischen Schnarchton scherzhaft nach mir schnappte, ein Spiel, das ich über alles liebte.

Oder wenn er mich an die Hand nahm, um mit mir über den Osteroder Marktplatz in Richtung der Synagoge oder der Wohnung des Gemeindevorstehers gemächlich hinzuwandern: Ich weiß noch, wie seine Hand aussah. Sie umschloß die meine ganz, und ich hatte sie beim Gehen in Augenhöhe. Sie war ganz weiß, oder besser: blaß, als wäre sie zu wenig durchblutet. Die Haut war trocken, ledrig und stark behaart. Ein breiter Goldring mit einem ovalen Mittelstück, in das für mich damals noch unerforschliche Zeichen eingraviert waren, schmückte den knochigen Mittelfinger. Diesen Ring trug später mein Vater, und die unergründlichen Zeichen waren Großvaters Namensinitialen. Ich habe diese Hand so genau in Erinnerung, daß ich sie, wäre ich Maler, aus dem Gedächtnis nachzeichnen könnte. Es war eine Hand, die von einem langen, arbeitsharten Leben erzählte, eine richtige Runen- und Greisenhand.

Obwohl man aus diesem gemeinsamen Hinschlendern auf eine große Vertraulichkeit zwischen Ahn und Enkel hätte schließen können, war dem doch in Wirklichkeit nicht so. Ich kam bei diesen Gängen nicht auf den Gedanken, ihm zur Abwechslung ein wenig vorauszulaufen oder die Riegel der Fensterläden an den Hausmauern in rotierende Bewegung zu setzen, was ich sonst, ging ich mit jemand anders, so gern tat. Nein, gehalten und geradezu nachdenklich schritt ich neben ihm her, so als ströme ein Fluidum von Würde und Gewichtigkeit von ihm zu mir herüber. Etwas wie Stolz und jene Geborgenheit erfüllten mich, nichts aber von Vertraulichkeit oder Kameradschaft gar. Wie hätte ich es gewagt, ihn leichtfertig anzuplappern, oder womöglich vor mich hinzusingen, wie es sonst meine Gewohnheit war: Ich wartete, bis er mich ansprach und ein Gespräch einleitete. Immer war dies ein kleines Examen, und so sollte es bleiben, bis er starb.

Ehrwürdig war seine Erscheinung, obgleich er weder ansehnlich an Wuchs noch schön von Gesicht war. Die hohe Geistigkeit aber und der Ausdruck von Weisheit, die aus seinem Antlitz sprachen, geboten unwillkürlich jedermann Respekt und Aufmerksamkeit, verliehen seinem Rat und Wort über den Durchschnitt Gewicht. Würde er heute plötzlich zwischen uns treten, so mutete uns seine körperliche Erscheinung unwahrscheinlich und spukhaft an, weil es einfach solche Menschen nicht mehr gibt, und weil unser Blick sich entwöhnt hat, sie zu sehen. Großvater war der Repräsentant einer Epoche, die längst schon abgeschlossen war, als er noch lebte. Sein hohes Alter ließ ihn in jener abgerollten Zeit noch wurzeln, während er bereits in eine neue hineinragte.

Jakob Akiba Sturmann, wie er mit vollem Namen hieß, war in seinem Alter für die Menschen, die ihn umgaben, so etwas wie ein Patriarch, ein Mann, auf dessen Urteil man hörte, dessen Kritik man fürchtete und dessen Strenge man sich widerspruchslos unterwarf. Er war es, der das Leben seiner kleinen Gemeinde überwachte, weit bis in die private Sphäre des Einzelnen hinein. Er war der Hüter von Brauchtum und Religionsgesetz, der Lenker des jüdischen Sektors der Stadt in unanfechtbarer Autorität, Prediger, Seelsorger, Lehrer und Führer des jüdischen Bürgertums, so schritt er, unbeirrt, verantwortungsvoll, schlicht und doch sich seiner verwurzelten Stellung wohl bewußt, durch seine Zeit.

Ging er durch die Straßen der Stadt in das Bethaus zum Gottesdienst oder in die Schule zum Unterricht, so flogen die Hüte von den Köpfen. Es konnte geschehen, daß Kinder auf der Straße ihm die Hand küßten, wie dem katholischen Pfarrer der Stadt, nicht unterscheidend, welcher »Konfession« der alte Mann war, aber in voller Gewißheit, daß es sich hier nur um einen Gottesmann handeln konnte.

Großvater war von mittelgroßer Erscheinung. Er hatte ein offenes, weises Gesicht mit kleinen klugen Augen, die kurzsichtig waren. Er trug stets eine Brille mit goldgefaßten Gläsern. Sein Bart war weiß und spitz zugestutzt. Niemand seiner Kinder konnte sich erinnern, ihn je anders als ergraut gesehen zu haben. Über der stark gebogenen Nase wölbte sich die hohe klare Stirn. Sein Haupt war kahl. Er ging ein wenig gebeugt, als trüge er bereits schwer an seinem langen und harten Leben. Seine Stimme war etwas heiser und hüstelnd, dennoch durchdrang sie bei seinen Predigten voll das Gotteshaus. Diese hatten ihn bis weit über den Ort bekannt gemacht, und der Titel »Prediger« war von seinem Namen nicht zu trennen. Er war stets dunkel, schlicht und würdig gekleidet. Sein schwarzer Gehpelz mit einem Otterkragen, zu dem er an festlichen Tagen den hohen Hut, sonst aber, zumal auf Reisen, eine runde Fellmütze trug, gab seiner Erscheinung etwas von Sicherheit und Wohlstand, obwohl er niemals wohlhabend gewesen war, sondern mit seinen begrenzten Mitteln nur meisterhaft zu wirtschaften verstand.

Dies war der Mann, der uns, meine Mutter und mich, ein paar Tage in seinem Hause am Marktplatz gastlich aufnahm, ehe wir ins »Waldhaus« fuhren.

Seine Wohnung war von puritanischer Einfachheit, nur das sogenannte »Gute Zimmer« mit seinen roten Plüschmöbeln und den beiden großen Fenstern auf die Straße hin wollten nicht ganz zu der bescheidenen Lebenshaltung des Großvaters passen. Dieses Zimmer diente nur Repräsentationszwecken. Ich schlief, wie immer, mit Großvater im »Kabinett«, dem fensterlosen Durchgangszimmer, das von der guten Stube in Großvaters Arbeits- und Wohnraum führte.

Ich stand, wie Großvater, früh auf. Ich hörte den blechernen Klang der Wanduhr und die Bauernkarren auf dem holprigen Pflaster zum Markt fahren. Im Nachthemd und die Hausschuhe an den Füßen, wartete ich, bis meine Mutter erwachte, mich wusch und ankleidete. Indes vertrieb ich mir die Zeit, indem ich ins »Gute Zimmer« ging, um dort in dem umfänglichen alten Photoalbum mit Staunen ganze Reihen von unbekannten Onkeln und Tanten in unmodernen, mich ungemein komisch anmutenden Gewandungen zu betrachten. Oder aber ich stellte mich neben Großvaters Schreibtisch und sah ihm beim Morgengebet zu. Da stand er nun, die Gebetsriemen um Kopf und Arm, eingehüllt in den großen Tallith, und sagte, die Augen geschlossen und sich leicht hin und her wiegend, das lange, vielgegliederte Gebet, mit halblauter und zuweilen flüsternder Stimme vor sich hin. Ich wagte kaum zu atmen und den Blick von ihm zu wenden. Ernste Feierlichkeit hüllte ihn und mich ein. Und wenn er dann ganz verstummte und, sich tief nach Osten verneigend, die Schmone Esre, das achtzehnteilige Hauptgebet, sprach, dann hörte ich mein Herz bis zum Halse schlagen: Ich erwartete immer in heiligem Entsetzen während dieser Minuten der Stille das Auftauchen von Engelsflügeln oder ein flammendes Zeichen draußen am Himmel. Die Stille nahm mich ganz in ihren Bann, sie ließ mich wie in einer heiligen Erstarrung verharren, und stolzen Herzens fühlte ich mich dem bedeutenden Manne nahe, so nahe wie keinem anderen der noch schlafenden Menschen im Hause.

Hatte er sein Gebet beendet, so ließ er mich einige Lobsprüche nachsagen. Dann erst durfte ich ihm einen guten Morgen wünschen und der Tag nahm seinen Anfang. –

Ich werde zu der Schilderung des Hauses noch oft zurückkehren müssen; denn wenn ich von »Großvaters Haus« spreche, so ist immer von Großvater selbst die Rede, von der Atmosphäre, die er ausstrahlte und alle jene umgab, die zu ihm gehörten.

Großvater war seit langen Jahren Witwer. Von seinen fünf Kindern – ein Sohn, mein Vater, und vier Töchter – lebten Gertrud und Bella bei ihm. Sie führten ihm das Haus; Gertrud, die Ältere, mit selbstlosem Aufwand an Arbeit und Umsicht, Bella, die Jüngste und Nachgeborene, mit trällernder Lustigkeit. Bella hatte »moderne« Anschauungen, die nicht selten zu Konflikten mit Großvater führten. Dennoch war sie der einzige Mensch, der sich ihm gegenüber etwas mehr erlauben durfte, sie ging ihm sozusagen »um den Bart«. Und er war stets ein wenig hilflos, wenn er mit ihr zu tun hatte. So sah er ihr manches nach.

Diese Tante Bella, sie ist leider gestorben, widmete sich mir besonders. Sie war hübsch, lebhaft und jung und hatte tiefschwarzes Haar. Sie zog mich sehr an, und ich ging gern mit ihr, wenn sie mich zu einer Verabredung in die altertümliche Marktkonditorei mitnahm, wo sich ihre Freundinnen zu treffen pflegten.

Die Fahrt ins »Waldhaus«, die ich alsbald mit meiner Mutter antrat, ist mir genau in Erinnerung geblieben. Eines Morgens stand ein gelber Tafelwagen mit zwei Braunen vor der Türe. Wir stiegen ein, begleitet von Tante Bella und einem Kindermädchen, die Tochter der Hausbesorgerin mit einem nicht auszusprechenden polnischen Namen. Ein großer Koffer, ein Sack Betten und ein Korb mit Reiseproviant wurden aufgeladen, und so ließen wir Großvater und Tante Trude, die winkend vor das Haus getreten waren, zurück, nachdem ich noch mit einem großen Lamento durchgesetzt hatte, daß ich auf dem Bock neben dem Kutscher sitzen durfte. Er hieß Anton und war derselbe, der Großvater zu ernsten und freudigen Anlässen, zu einer Beerdigung also oder zu einer Trauung, mit einem großen und altersschwachen Landauer abzuholen pflegte, sofern er nicht gerade betrunken war und die angesagte Stunde in seinem Rausch vergaß. Anton hatte einen knallroten Schnauzbart und war Kutscher und Fuhrhalter in einer Person. Er begann in seinem breiten ostpreußischen Dialekt von »Liesche und Lenche«, seinen beiden Pferden zu erzählen, und jedesmal, wenn er den Mund nur öffnete, wurde ich in ein Wölkchen von Fuselgeruch gehüllt.

Als wir das holprige Pflaster des Marktplatzes hinter uns hatten und auf der glatten Landstraße waren, jubelte mir das Herz in meiner luftigen Höhe. Lustig fuhren wir in den strahlenden Morgen hinein. Auf den Wiesen blitzte noch der Tau auf Blatt und Halm. Der große See mit seinen morschen Fischerhütten und dem Dickicht aus Schilf blieb hinter uns zurück, Kinder winkten uns aus den buschigen und blumenreichen Bauerngärten einen Gruß nach, die Flügel der Windmühlen drehten sich, und drüben, fernher, sah uns der Wald entgegen.

Das »Waldhaus« war eine Mischung von Bauernhof, Försterei und Gastwirtschaft. Es lag mitten im Forst auf einer Höhe, die man vor Urzeit ausgerodet und nutzbar gemacht hatte. Von dem großen Wirtschaftsgebäude nahmen viele ins geheimnisvoll Dunkle führende Fußwege und Schneisen ihren Ausgang.

Wir wohnten in einem großen, einfach eingerichteten Zimmer mit hohen Bauernbetten, in die man tief einsank, und die immer ein wenig von der Abendluft feucht waren, wenn man sie zum Schlafe bestieg. Vom Fenster sah man auf den Wirtsgarten mit seinen vielen Tischen und Stühlen, einer Schießbude und einer aus dicken Holzkloben gefertigten Tanzfläche. Ich konnte mit Andacht, die Arme aufgestützt, auf das bunte Getriebe hinunterschauen, zumal am Sonntag, wenn die festlich herausgeputzten Osteroder und die Bewohner der benachbarten Dörfer hier zu einem kühlen Bier oder zu einem aus, dem Brauche gemäß, selbst mitgebrachten Bohnen gefertigten Kaffee zusammenkamen. Der Duft der mächtigen frischen Napfkuchenscheiben stieg mir lieblich in die Nase, und der blecherne Lärm einer erbärmlichen Dorfkapelle entzückte mein damals in musikalischen Dingen noch anspruchsloses Ohr. Das mitgenommene Mädchen, zu meiner Aufsicht bestimmt, aber in allem zur Kinderbetreuung ungeeignet, vertrieb sich indessen mit den Forstgehilfen in dem finstern Hausgang die Zeit.

Oft waren die Nachmittage von Spaziergängen ausgefüllt, die ich mit meiner Mutter, einer großen Naturfreundin, unternahm. Die Mahlzeiten waren reichlich und qualvoll, und die wenigen Pensionäre, die sich außer uns im Haus befanden, unterstanden der übertriebenen Umsicht der Försterfrau, einer über die Maßen dicken, gutmütigen Blondine. Sie empfand es als eine persönliche Beleidigung, wenn jemand ihrer Gäste die übervollen Schüsseln und Teller nicht bis auf den Grund leerte.

Mich hatte sie besonders in ihr Herz geschlossen, zumal als sie hörte, daß ich krank gewesen und Erholung mit Gewichtszunahme der dringliche Zweck des Aufenthaltes bei ihr war. Man zerbrach sich damals über Kinderernährung noch nicht sonderlich die Köpfe, man wußte nichts von Vitaminen, und das Wichtigste war das Quantum bei der Mahlzeit. So aß ein Kind entweder »gut« oder »schlecht«. Mit anderen Worten: Aß es mit Appetit von selbst, ohne den

Erwachsenen Arbeit zu machen, also ohne ihre Mithilfe und Drohung, so aß es »gut«. Weigerte sich das Kind aber, die ihm vorgesetzte Portion widerspruchslos in sich hineinzustopfen, machte es Spektakel oder schob es in seiner Verzweiflung den Teller so energisch von sich, daß er über den Rand des Tisches hinwegschoß und auf dem Boden landete und zerbrach, dann aß das Kind eben »schlecht«. Ich gehörte zu der Kategorie von »schlecht« essenden Kindern, und umso unlustiger ich aß, umso mehr steigerte sich die Bemühung meiner Umwelt, mich zum Essen zu bewegen. Hieran nahmen alle Hausgenossen teil, und der Prozeß meiner Fütterung bewegte die Menschen wie ein für alle wichtiges Ereignis, allen voran natürlich die Frau des Hauses, welche jammerte und schwitzte, wenn ich mich weigerte, ihre Portionen zu vertilgen. Sie mochte es sich mit allen Mitteln angelegen sein, daß mein Kuraufenthalt für meine Gesundheit von Erfolg war, so, als hinge der Ruf des Hauses davon ab, und wie schlug sie die Hände vor Freude zusammen, wenn die Waage den gespannt beobachtenden Gästen ein paar Gramm Gewichtszunahme anzeigte! So versprach mir der Förster den Dackel als Spielkameraden, falls ich fleißig aß, und meine Mutter drohte, sie würde sich beim Großvater über mich beklagen, falls ich <u>nicht</u> äße, und dann käme er uns am Sonntag gewiß nicht besuchen. Kurz, man wollte mit allen Mitteln meine Erholung erzwingen.

Doch Mahlzeiten nahmen schließlich nicht den ganzen Tag in Anspruch, und es blieben immer noch genügend Stunden des Freiseins, des Spielens und der Betrachtung übrig. Ich schloß rasch Freundschaft mit Groß und Klein und wurde mehr verwöhnt, als mir guttat.

Wunderbar waren die Waldspaziergänge mit meiner Mutter oder dem Förster, den ich zuweilen auf seinen Dienstwegen begleiten durfte. Der Geruch von feuchtem Moos, Tannennadeln, Farnkraut und Schwämmen hat mich später immer wieder in jene Tage zurückverzaubert und tief aus dem Unterbewußten wieder das erschlossen, was der Kopf längst vergessen hatte. Sicher rührt meine große Liebe zum Walde von jenen kindlich ersten Eindrücken her. Das Zwielicht über dem dicken Nadelteppich, die schräg zwischen den Stämmen einfallenden Sonnenstrahlen, die herzige Bewegung eines auflauschenden Eichkätzchens, das Zittern der Baumspitzen, hoch oben in der Helle des Himmels, die Schreie von Käuzen, Hirschen und wilden Katzen – dieses so geheimnisvolle Versponnensein in Einsamkeit und Betrachtung lernte ich damals schon lieben.

Der Wald hatte es mir angetan, so sehr, daß ich an einem Sonntagmorgen in ihn verschwand. Ich hatte einen günstigen Augenblick zu einer selbständigen kleinen Forschungsreise benutzt und nicht mehr zurückgefunden. Im »Waldhaus« geriet alles in Bewegung, man rief, man lief nach allen Richtungen, um mich zu suchen. Ich blieb einige Stunden verschollen, und meine Mutter war wie gelähmt vor Schreck. Schließlich wurde ich von dem Gehilfen des Försters im Walddickicht gefunden und heimgebracht.

Meine Mutter lief mir entgegen. Ich erinnere mich, wie sie von Weinen geschüttelt wurde. Großvater, der kurz vorher in Antons gelbem Tafelwagen eingetroffen war, mußte sie trösten. Er tat es mit Befangenheit, denn er war kein weicher Mann und schätzte solche Gefühlsausbrüche nicht. Mich dagegen fuhr er hart an und versuchte, mir scheltend glaubhaft zu machen, daß Kinder ohne Begleitung von Erwachsenen im Walde nichts zu suchen hätten. Er liebte den Wald nicht, sein nüchterner Sinn verschloß sich dem grünen Geheimnis des gedämpften Lichtes.

Zweites Kapitel

Osterode, der Name der Stadt, war in jüdischen Kreisen und darüber hinaus so sehr mit dem des Großvaters verbunden, dass man sogleich vom »Prediger Sturmann« zu sprechen begann, wenn der Ort nur erwähnt wurde. Großvater kam aus dem Westpreußischen, aus Neumark, wo sein Vater das Amt eines Chasan und Lehrers bekleidet hatte. Im Osteroder Arbeitszimmer hing über dem Schreibtisch (und nach Großvaters Tod bei uns in Königsberg) das Bild des Urahnen: ein kluges, schmales Gesicht mit traurigen Augen und – steter Anlaß unseres Staunens und Fragens – Schläfenlocken. Von seinem Leben und seinen Gewohnheiten wissen wir so gut wie nichts, wie überhaupt das Bedürfnis, sich mit Familiengeschichte zu beschäftigen, bei uns nicht sehr entwickelt war. Ich weiß nicht, welche Wege die Sippe gegangen ist: es gab einen Zweig im Brandenburgischen, dessen Nachkommen, wie ich zufällig vor kurzem hier in Palästina erfuhr, nach England ausgewandert sind, und einen zweiten im Elsaß.

Mein Vater hatte zu jenen entfernten Verwandten noch flüchtige Verbindungen; sie hörten mit seinem Tode völlig auf. Jetzt, in Palästina, stoße ich nicht selten auf unseren Namen. Es gibt im Lande eine offenbar große und recht angesehene Familie Sturmann. Es sind »Sabras«, in Palästina Geborene, und, wie ich höre, seit Generationen ansässig. Die restlose Inanspruchnahme von der Einordnung in die uns neue und gar nicht so entgegenkommende palästinische Umwelt, der Mangel an Neugier und schließlich die Scheu, in persönlichen Angelegenheiten an fremde Menschen heranzutreten, sind schuld daran, daß ich noch nichts Näheres über die Herkunft der palästinensischen Sturmanns in Erfahrung bringen konnte.

Als Großvater in jungen Jahren als Lehrer nach Osterode berufen wurde, nach meiner Schätzung um das Jahr 1860, fand er dort eine unentwickelte Kleinstadtgemeinde vor. Er hatte die Kinder zu unterrichten und den Gottesdienst zu leiten. Sein Einkommen war mehr als dürftig; denn daß der Lehrer ein armer Schlucker, nahezu ein Almosenempfänger war, schien damals das Übliche, wohl in Erinnerung an den »Melamed« des ostjüdischen Städtchens. So war es nicht selten, daß der jüdische Lehrer, jeder höheren Aufgabe beraubt, abgeschnitten von der Möglichkeit geistiger Fortentwicklung und hoffnungslos verstrickt in die Enge des ihn umgebenden Milieus, in den kleinen Orten innerlich und äußerlich verkam, keinen ideellen Sinn mehr in seiner Arbeit sah, zum Kindergespött wurde und als »Schlemihl« sein Leben beschloß.

Wie anders bei Großvater! Die guten alten Gemeindeväter von Osterode, kleine Kaufleute, Handwerker und Marktfahrer, mochten wohl bald gemerkt haben, daß der junge Mann, den sie sich für ein paar Taler im Monat zur religiösen Betreuung ihrer Gemeinschaft kommen ließen, aus anderem Holze geschnitzt war. Er ließ nicht mit sich umspringen, wie sie wollten, das zeigte sich bald. Er war keinesfalls gesonnen, sich in die demütigende soziale Stellung und die würdelose Passivität seiner Kollegen widerspruchslos zu fügen. Dieser junge Lehrer nämlich ließ es nicht bei den paar Unterrichtsstunden bewenden, die er zu geben hatte, und bei den sich gleichförmig wiederholenden religiösen Amtshandlungen in der »Schul«, einem erbärmlichen, halbzerfallenen kleinen Gotteshaus in irgend einer unsauberen Seitenstraße des Ortes – er wollte, welch ein Novum bei einem Schulmeister!, mehr Arbeit leisten, als er zu tun verpflichtet war. Zum Erstaunen der mit ihrem Gewerbe beschäftigten und von geistigen Dingen völlig abgezogenen Osteroder Juden, sah er in seiner Arbeit eine unbeugsame Verpflichtung und einen strengen, zu immer neuen Aufgaben anfeuernden Sinn. Großvater schuf erst eigentlich die Gemeinde, indem er das jüdische Jahr und sein Brauchtum mit seiner Geschichte und seinem Gesetz von der unverbindlichen Sphäre der auf Atavismus beruhenden Gewohnheit in das Bewußtsein der Gemeinde zurückschaltete. Man hielt bislang jüdische Schule und Gottesdienst recht und schlecht, weil es seit Generationen so üblich war, für etwas Selbstverständliches, über das man sich nicht lange die Köpfe zerbrach. Erst seit Großvaters Amtsführung erhielten Kult und Brauch gewissermaßen eine neue Weihe. Er erfüllte mit Lebendigem den toten Lehrstoff in der Schule, er brachte das mechanisierte Gemeindeleben zu neuem Aufblühen, er bereicherte den unsäglich eintönigen, seelenlos gewordenen und erstarrten Gottesdienst durch das improvisierte, anregende, mahnende, ja geißelnde Wort seiner Predigt so sehr, daß der Besuch der Synagoge nicht mehr bloße Pflicht und Gewohnheit blieb, sondern zum Bedürfnis und zur Freude wurde. Großvater erweckte das jüdische Leben in dem kleinen verschlafenen Städtchen, so als käme ein belebender Frühlingswind in kalte, verstaubte Stuben. Er sorgte dafür, daß die braven jüdischen Bürger neben ihren Geschäften noch etwas anderes in ihren Gehirnen beherbergten, daß ihre Frauen, bis dahin kaum mehr als Mägde und Gebärerinnen, nicht nur an ihre Töpfe dachten: Der soziale Gedanke wurde ihnen neu eingegeben, die Verpflichtung der Gemeinschaft. Man gründete Vereine und Zirkel zu wohltätigen und geselligen Zwecken, man schuf Hilfskassen, die Not zu lindern, kurz, man begann, über die Mauern des eigenen Hauses hinauszusehen. Fand Großvater, als er sein Amt antrat, die Gemeinde als eine träge, indifferente Masse vor, so nahm er sie bald in seinen strengen Machtbezirk und knetete sie autokratisch völlig um. Er schuf eine jüdische Gesellschaft, die von jüdischem Leben beseelt war.

Äußere Umstände kamen ihm hierbei sehr gelegen. Der gewonnene Krieg gegen Frankreich hatte das ehemalige Preußen mächtig zum Aufblühen gebracht. Handel und Industrie entwickelten sich mit geradezu beängstigendem Tempo, ein Goldstrom ergoß sich über das Land: Kaufleute wurden zu Handelsherren, Handwerker zu Industriellen, und eine kleine Ader dieses Geldstroms floß auch in das Städtchen Osterode. Es begann sich schnell zu entwickeln, es bekam neue Amtsgebäude, freundliche Anlagen, breitere Straßen. Es erhielt merklichen Zustrom von der anliegenden Landbevölkerung, seine Einwohnerzahl wuchs. Es wurde bald zu einer ansehnlichen Mittelstadt und zum Ausgangspunkt eines zwei Seen verbindenden Kanals, den die Provinzialbehörde mit großem Kostenaufwand graben ließ, und somit zur Durchgangsstation und zum Umschlagplatz für Waren aller Art.

Nach wenigen Jahren hatte sich die soziale Struktur der jüdischen Gemeinde grundlegend geändert. Sie bestand nicht ausschließlich mehr aus kleinen Kaufleuten, Handwerkern und Marktfahrern. Die ersten größeren und modernen Läden am Markt und in der Hauptstraße wurden von Juden eröffnet, die bald zu Vermögen und Ansehen kamen. Aus den Werkstätten wurden Gewerbebetriebe, kleine Fabriken. Die jüdischen Marktfahrer, die den Bauern einen Sack Saatkorn verkauft hatten, organisierten von ihren Büros aus den ostpreußischen Getreidehandel, der sich, weit über die russische Grenze zurückgreifend, bei immer neu hinzukommenden Absatzplätzen bald über das ganze Reich erstreckte.

Es war eine glücklich regsame Zeit, voll behaglichen Bürgersinns. Das Selbstbewußtsein des Einzelnen wuchs, das Gefühl der sozialen Sicherheit steigerte sich, die Welt schien ein musterhaft arbeitendes Uhrwerk, Wohlstand, Frieden und Achtung vor dem Nächsten streute die Zeit aus ihrem überreichen Füllhorn. So kam es von selbst, daß Jakob Akiba

Sturmann kein kleiner Religionslehrer blieb, sondern zu Geltung und Ansehen wuchs. Einflußreiche und vermögende Männer gehörten nun zu seiner Gemeinde. Das Standesbewußtsein hob sich, das jüdische Familienleben bekam neue, großzügige Formen. Die Söhne gelangten in die akademischen Berufe, der Zuzug von außen bereicherte die Gemeinde nicht nur zahlenmäßig. So glich sich die jüdische Gesellschaft dank ihres sozialen Aufstiegs der übrigen Stadt an, in deren Rat die ersten jüdischen Bürger Sitz und Stimme erhielten. An den Stammtischen der Honoratioren fanden auch Juden, nicht nur geduldet, sondern selbstverständlich dazugehörig, ihren Platz. Die »Jüdische Gemeinde« als Ganzes wurde zum festen Begriff für jedermann, eine geistliche Behörde mit umfänglicher Autorität. So wurde das Haupt dieser Gemeinde – man lebte in einem liberalen Zeitalter, das dürfen die Heutigen dabei nicht vergessen – zur offiziellen Persönlichkeit der Stadt.

Jetzt war es an der Zeit, daß die Gemeinde auch nach außen hin sich wirksamer repräsentierte. Man ging daran, ein neues Gotteshaus in einem guten Stadtbezirk zu errichten. Die Summe für den Bau wurde dank Großvaters Umsicht und Autorität in relativ kurzer Zeit aufgebracht, und als die neue Synagoge mit ihren Kuppeltürmchen, ihren bunten Fensterscheiben, ihrem mit hohem Eisengitter umgebenen Hof und den beiden stolzen Laternen, die das breite Eingangstor flankierten, für den ersten Gottesdienst bereitstand, war es für die Stadt ein halber Festtag. In feierlichem Zuge wurden die Thorarollen, mit Silber und bunter Seide geschmückt, aus ihrer Seitengasse über Markt und Hauptstraße in das neue Gotteshaus getragen. Voran schritten Großvater, der Chasan, der fortan den Titel »Kantor« trug, die Gemeindevorsteher und die Vertreter der staatlichen und städtischen Behörden. In seiner Predigt, mit der er die Synagoge weihte, feierte Großvater den liberalen Gedanken, der endlich siegreich über die Erde gezogen war, das Jahrhundert der Vernunft und des Vertrauens; er feierte die Gleichheit der Bürger vor dem Gesetz und das Judentum als eine rechtlich dem Schutze des Staates unterstellte religiöse Gemeinschaft.

Die würdigen Gemeindeväter trugen schwere Gehröcke und drückende Zylinderhüte. Sie schwitzten in dem voll besetzten Gotteshaus, denn es war ein heißer Sommertag. Aber sie mochten wohl voll Stolz den feierlichen Gedankengängen Großvaters gefolgt sein, sich an die Armut und Nichtigkeit ihrer Jugend erinnert haben und überzeugt gewesen sein, daß über sie das goldene Zeitalter hereingebrochen sei. Fünfzig Jahre später haben ihre Söhne, Enkel und Urenkel zu spüren bekommen, was es in Wahrheit mit diesen »liberalen Gedanken« in Deutschland auf sich hatte, und an der Stelle feierlicher Weihe eines stolzen jüdischen Gotteshauses sollten in den ersten Novembertagen des Jahres 1938 nur noch Trümmer rauchen.

Aber ich wollte doch eigentlich von Großvaters Leben erzählen. Da es so sehr mit der Geschichte der Osteroder Judenheit verknüpft war, habe ich bereits einen Teil berichtet.

In jenem dicken, vergilbten Photoalbum, in das ich mich an stillen Morgenstunden im »Guten Zimmer« zu vertiefen pflegte, befand sich auch ein Jugendbild Großvaters. Ich kannte dieses Bild also seit meiner frühen Kindheit, aber ich hielt es für das eines der vielen unbekannten Onkel, die zwischen den Seiten des alten Albums vergessen wie in einem Grabe ruhten. Dieses Bild wich nämlich so sehr von Großvaters Erscheinung, wie sie uns allen vertraut war, ab, daß ich selbst gar nicht auf den Gedanken kommen konnte, daß dies einmal Großvater gewesen war. Ein jüngerer Mann mit einem Vollbart stand in einer für die Frühzeit der Photokunst charakteristischen konventionellen Pose neben einer unbeschreiblich häßlichen Holzsäule. Er hatte die rechte

Hand in den Westenausschnitt geschoben und hielt in seiner Linken ein Buch. Ich habe erzählt, daß keines von Großvaters Kindern sich erinnern konnte, ihn je anders als ergraut gesehen zu haben. Also ward mir klar, daß dieses Bild, als man mir später sagte, daß es Großvater darstellte, aus einem Lebensabschnitt kommen mußte, in dem es unsere Familie noch nicht gab. Und so war dem auch. Es hatte nämlich in Großvaters Leben eine Frühzeit gegeben, von der seine Kinder kaum etwas, wir aber, seine Enkel, nichts mehr wußten. Ich habe nach seinem Tode aus Tante Gertruds Mund andeutungsweise etwas über diese Frühzeit erfahren.

Großvater hatte in jungen Jahren geheiratet. Seine erste Frau ist keines natürlichen Todes gestorben: ein Unglücksfall hatte sie ihm entrissen. Von anderer Seite erzählte man mir, daß sie Selbstmord begangen habe. Welches die Motive gewesen sein mochten, unter welchen Umständen sich der Unglücksfall ereignet hatte, habe ich nie in Erfahrung bringen können. Jedenfalls hat eine geheimnisvolle Tragödie Großvaters Jugend umschattet. Niemand in der Familie sprach über das Geschehnis jener fernen Tage, keiner wußte etwas über jene Frau, wie sie ausgesehen, welcher Art und Herkunft sie gewesen war. Was sich damals abgespielt hatte, mochte so sehr von dem gewohnten Ablauf des Lebens in der jüdischen Familie entfernt, so extravagant und zugleich so tragisch gewesen sein, daß Großvater selbst niemals darüber sprach, und aus natürlichem Takt auch niemand von uns auf den Gedanken kam, ihn über diese Lücke in seiner Lebensgeschichte zu befragen. Er selbst hatte wohl den Wunsch gehabt, zu vergessen und sein Leben neu zu beginnen. Aber es waren offenbar Spuren jenes Ereignisses in seiner Seele geblieben.

Er war im Grunde ein unfroher Mensch, ernst und streng ging er seinen Weg zuende, er glaubte an die Macht des Verstandes, er mißtraute jeder gesteigerten Gefühlsäußerung und bekämpfte Triebhaftigkeit und Leichtsinn, nicht allein nach dem Gebot der Lebensführung seines Standes, sondern auch aus natürlichem Abscheu. Er bewahrte immer seine Haltung und, mit Ausnahme der Tage seines hohen Alters, habe ich ihn nur weich gesehen, wenn er, Vorbeter im ursprünglichen Sinne des Wortes, an den hohen Festen für seine Gemeinde betete, an den Tagen der Buße und Kasteiung, den »Jamim noraim«, den furchtbaren Tagen: Dann konnte er vor seinem Gotte weinen, aber dann ging es nicht um sein Schicksal, sondern um das seiner Brüder und um das seines Volkes. Er trug es voll Bewußtsein für ungezählte andere. Und wie seine Seele Spuren jenes Verlustes seiner Jugend trug, so auch sein Antlitz: Haar und Bart waren frühzeitig ergraut, und seine Kinder, die ihm später geschenkt wurden, hatten immer einen alten Vater gehabt.

Großvater hatte in zweiter Ehe die Tochter des Osteroder Bäckers Haimann Herrmann geheiratet. Sie hieß Jeannette und war unsere Großmutter, eine umsichtige und tüchtige Hausfrau, die hinter äußerer Härte eine besondere Herzensgüte verbarg, die sie fast allen ihren Kindern auf den Lebensweg mitgab. Sie starb vor meinem ersten Geburtstag.

So war über Großvaters Tage wiederum ein Schatten hingegangen, nachdem er kurz vorher plötzlich seinen zweiten Sohn verloren hatte. Großmutter hatte ihm sechs Kinder geschenkt. Die fünf, die ihm verblieben waren, umhegte er, obgleich alle, bis auf Bella, die Jüngste, schon erwachsen waren, mit einer seltenen, nie in Worten, aber stets in Taten sich äußernden Liebe. Die Kinder und deren Gatten hingen an ihm, solange er lebte, mit Ehrfurcht und Vertrauen. Niemand traf eine Entscheidung, ohne Großvater vorher zu hören, er war in allem ihr Vater, Führer und Richter.

Seine Töchter Gertrud und Bella blieben bei ihm im Haus, mein Vater lebte als Goldschmied in Königsberg, und Henriette und Johanna waren in kleinen Orten der Provinz mit

Kaufleuten verheiratet. Wie in solch einem Satz die Geschehnisse von Jahren und Jahrzehnten festgehalten sind, wie die Zeit, ohne daß ich ihrem genauen Ablauf gerecht zu werden vermöchte, darin verfangen ist! Ach, es hat Enge, Arbeit, Kümmernis und Leid in Großvaters Leben gegeben. Das glückliche Zeitalter, in das er hineingestellt war, blieb im Grunde doch nur die prächtige Kulisse, vor der sich das schwere Auf und Ab seines Lebens abspielte. Er hatte mit seiner großen Familie nie einen Überfluß und konnte, da er Beamter war und Zeit seines Lebens ein bescheiden besoldeter, an dem allgemeinen wirtschaftlichen Aufschwung jener Jahre kaum einen oder einen nur geringen Anteil nehmen. Er blieb immer nur ein kleiner Sparer, einer, der es verstand und zu verstehen gezwungen war, die Pfennige zusammenzuhalten. Daß er aber dennoch seinen sechs Kindern eine gute Erziehung und eine höhere Schulbildung zuteil werden ließ; daß er hierbei immer noch Gäste bei sich sah, einen jüngeren Schwager im Hause erzog und die Armen seine Hand stets offen fanden; daß er später ein Haus erwarb und seither nicht nur nach Ansehen, sondern auch nach Besitz ein richtiger Bürger der Stadt wurde – das erscheint mir heute bei seinem kleinen Predigereinkommen wie eine Zauberei.

Doch das ganze Geheimnis lag darin, daß Großvater wie kein Zweiter zu wirtschaften verstand, und daß er im Sparen schlechthin ein Meister gewesen sein muß. Über alle Ausgaben in Küche und Hausstand wurde peinlich Buch geführt. Ich erinnere mich, daß die Umschläge von Großvaters allwöchentlich in Königsberg eintreffenden Briefen mit der Innenseite nach außen gekehrt wurden. Er pflegte Briefe, die er erhielt, an den Klebestellen sorgfältig zu öffnen und die Umschläge aufzubewahren, um sie später für seine eigene Korrespondenz nochmals zu verwerten. Dies nur als Beispiel für Großvaters Sparkraft, die es ihm schließlich ermöglichte, das Haus am Markt zu erwerben.

Dieses Haus am Osteroder Marktplatz mit seinem halbdunklen Treppenhaus, der langgestreckten Wohnung, den puritanisch einfach möblierten Zimmern mit den weißgescheuerten Dielen, dem kleinen Hof und dem Hinterhäuschen, mit der unverhältnismäßig großen Küche, die mich heute an die Küchen auf den Bildern alter holländischer Meister erinnert – dieses Haus ist mit jedem seiner Winkel und jeder seiner knarrenden Treppenstufen in meinem Gedächtnis wie auf einer photographischen Platte festgehalten. Seltsam, daß gerade diese Erinnerungen deutlicher in mir geblieben sind als manche andere aus meiner Kindheit, obgleich ich doch in Osterode stets nur für begrenzte Zeit und später nur während der Schulferien weilte! Doch vielleicht liegt es eben daran, daß die Osteroder Tage sich von dem Gleichmaß des Alltags in Königsberg deutlich abhoben und daß die Reise zu Großvater von mir immer als eine besondere Auszeichnung bewertet wurde, auch später, als ich schon ein Schulkind war und das Zusammentreffen mit Großvater zuweilen getrübt war aus Gründen, über die ich noch zu berichten haben werde.

Allein, noch war ich kein Schulkind. Osterode bedeutete mir ein ununterbrochenes heiteres Spiel. Mit den Nachbarjungen und den Hunden tollte ich sorglos herum, mit den Tanten machte ich, wohlangezogen und »artig«, Besuche. Bei solchen Gelegenheiten fütterte man mich mit Kuchen bis zum Erbrechen. Es war stets so, daß mich Vater oder Mutter nach Osterode brachten, einige Tage bei Großvater blieben und mich dann unter der Obhut der Tanten, oft für viele Wochen, zurückließen.

Tante Trude durfte ich in der großen halbdunklen Küche nach Belieben zuschauen. Dort ging es immer zu wie in einer Wirtschaftsküche, jedenfalls erinnere ich mich an fieberhaften Betrieb, an grell aus dem Herde herausschlagende Flammen, an Hitze, an schwitzende Frauen – aber es mag sein, daß die Größenverhältnisse, da ich selbst noch so klein war, das Tempo der Arbeit und diese ganze erstaunliche Betriebsamkeit mir gesteigerter erschienen, als sie in Wirklichkeit waren, zumal vor dem Schabbat oder gar vor den großen Feiertagen. Dann wurde Teig geknetet, und Tante Trude flocht kunstvoll die großen Challoth. Sie wurden, noch bleich anzuschauen, mit Öl bestrichen und in den glühend heißen Backofen geschoben. Die Hühnerbrühe siedete in riesigen eisernen Töpfen, dampfende Geflügelleiber wurden umsichtig tranchiert, während das Mädchen am Tisch die großen, böse anzusehenden Hechte schuppte. Die Hausbesorgerin mit dem unaussprechlichen polnischen Namen wurde aus dem Hinterhaus herbeigerufen. Sie saß auf ihrem Schemel und putzte das Gemüse oder walzte mit energischen, kurz abgehackten Bewegungen den Nudelteig hauchdünn aus, ehe er in der Sonne getrocknet, gerollt und fadenfein geschnitten wurde. Manchmal stand die Hausbesorgerin, klein und häßlich wie eine Hexe, an der riesigen Fleischmaschine und half Tante Trude beim Wursten. In dieser Küche wurde auch Brot gebacken, hier räucherte man Würste und Gänsebrüste. Hier bereitete man Rosinenwein, Marmeladen und wackelnde Puddings. In all dem Getriebe durfte ich umherspringen und unermüdlich Fragen stellen. Obgleich alles beschäftigt war, erhielt ich auf alle Fragen, sei es von der Hausbesorgerin, sei es von Tante Trude, in aller Geduld stets eine Antwort. Nie wies man mich schimpfend zurück oder mir gar die Türe – man hatte damals eben noch gute Nerven, und der kleine Nichtstuer störte nicht.

Schließlich holte mich Tante Bella, die sich nur im Notfall um die Küche zu kümmern brauchte, während Gertrud immer in Arbeitskleidern steckte, im Küchendunst schwitzte, stets ein mögliches Mißlingen einer Mahlzeit fürchtete und immer bereit war, für alles die Schuld auf sich zu nehmen, was es im Hause an kleinen und großen Mißgeschicken gab.

Im Gegensatz zu ihr war Bella, die Jüngste, stets sorglos, heiter und strahlend gut gelaunt. Sie kleidete sich mit Umsicht, sie hatte Zeit für jedermann, sie trug ihren wunderhübschen schwarzen Lockenkopf mit nicht ganz unbewußter Anmut durch die Straßen der Stadt, sie nahm Klavierstunden, sie organisierte Picknicks und Tanzkränzchen – kurz, sie war ein schelmischer kleiner Teufel im Haus, das sie, den strengen Großvater eingeschlossen, insgeheim regierte. Mich nahm sie gerne mit, ein wenig stolz auf den Neffen. Das aber geschah nicht immer zu meiner Freude.

Einmal mußte ich sie zu einer Freundin begleiten, bei der sie sich zum vierhändigen Klavierspiel angesagt hatte. Außer mir waren noch einige erwachsene Zuhörer erschienen. Während diese dem Vortrag der Symphonie von Beethoven ergriffen zuhörten und voll Andacht schwiegen, rutschte ich auf meinem Stuhl gelangweilt hin und her. Ich war über die Maßen enttäuscht, wenn nach einer kleinen Pause, während welcher die Menschen weiterschwiegen und ich schon erlöst, aber vergeblich, aufgeatmet hatte, das endlose Spiel von neuem begann. Als die Sache schließlich doch zuende gebracht war, die Spieler erschöpft ihre Hände in den Schoß legten und die Zuhörer immer noch schwiegen, konnte ich meinen Zorn nicht länger meistern und sagte aufstöhnend vor mich hin: »Gott, war das aber ein langes Lied!« Die Ergriffenen lachten laut über mich und ich verstand nicht warum, denn ich glaubte die Wahrheit gesagt zu haben. Sie hielten mich in der Folge wohl für unmusikalisch.

Es war damals nicht immer einfach, mich zu beschäftigen. Ich war ein sehr lebhaftes Kind, wißbegierig, und hatte eine rasche Auffassungsgabe. Großvater erzählte mir Geschichten aus der Bibel. Ich saß auf seinem Schoß und hörte andächtig zu. Er wußte eine Menge von Sagen und Märchen zu erzählen, die er dem jüdischen Schrifttum entnahm und mit denen er nicht geizte. Zuweilen nahm er mich in die Schule mit. Dort saß ich ganz vorne vor Großvaters Pult und hörte zu, wie er unterrichtete. Es war der sogenannte »Religionsunterricht«, den die jüdische Jugend am Nachmittag und an den Vormittagen des Sonntags erhielt. Ich kam mir sehr winzig und unbedeutend unter den Schulkindern vor, die mich kaum beachteten. Aber um so mehr den Großvater! Er war für sie die Respektsperson. Ich erinnere mich aus meiner späteren Schulzeit keiner derart mustergültigen, stillen und disziplinierten Klasse. Die rüdesten Burschen der Gemeinde, die eben noch in eine wilde Schlägerei verwickelt waren, wurden sanft wie die Lämmer, sobald Großvater nur an das Pult trat. Selbstverständlich war er ein Schulmeister vom alten Schrot und Korn. Der Rohrstock spielte eine große Rolle in seinem Unterricht, und zuweilen wütete er wie ein Unhold, während es mir in herzloser Behaglichkeit wohltat, unangetastet von dem Sturm ringsum als Gast dasitzen zu dürfen, als kugelsicherer Schlachtenbummler sozusagen. Trotz Großvaters Strenge hingen ihm die Schüler mit Liebe und Verehrung an. Und wenn ich später einmal einem von ihnen begegnete, manchmal waren es schon alte Leute, so sagten sie: »Er war ein guter Lehrer, und wir haben wirklich etwas bei ihm gelernt.«

Im Obergeschoß von Großvaters Haus wohnte die Witwe Grauke. Ihr Mann war ein kleiner Beamter gewesen, und sie bezog eine Pension, die bei ihrer zurückgezogenen Lebensweise ausreichte. Gab es im »Guten Zimmer« nichts Anziehendes für mich, war Großvater beschäftigt, fand ich auf der Straße gerade keine Spielgefährten, war der hitzige Betrieb in der Küche für mich zu langweilig geworden und hatte Tante Bella eine Verabredung, bei der sie mich nicht brauchen konnte, so ging ich zu Frau Grauke, die immer für mich Zeit hatte. Ihre Wohnung war ein Durcheinander von alten Möbeln, Bildern, porzellanenen Nippsachen und dem buntesten Kleinkram. Kein Wunder, daß sie den halben Tag damit beschäftigt war, Staub zu wischen, indem sie jeden Gegenstand in die Hand nahm, um ihn pietätvoll abzuwedeln, denn die große Mittelmeermuschel vor dem Spiegel – man hörte zu meiner Verwunderung immer noch das Meer in ihr rauschen, wenn man sie ans Ohr legte – war ihr ebenso ans Herz gewachsen wie der kleine Porzellanamor, auf dessen Hinterteil sich der Staub hartnäckig täglich aufs neue festsetzte. Von der Photographie ihres Seligen wollen wir gar nicht reden! Sie wurde täglich zu einer umständlichen Säuberungsaktion von der Wand genommen und nach deren liebevoller Beendigung behutsam wieder auf ihren Platz gehangen.

Frau Grauke war immer beschäftigt. Hatte sie die Wohnung, die einem wahren Kitschmuseum glich, aufgeräumt, so setzte sie sich an die Nähmaschine. Doch neben ihrer Arbeit hatte sie immer Zeit für mich. Ich erinnere mich, daß unsere Unterhaltungen sehr anregend für mich waren. Sie erzählte mir Geschichten von ihrem Mann oder aus ihrer Mädchenzeit, da sie noch auf dem großen Bauernhof ihres Vaters lebte.

Ich fühlte mich wohl in ihren engen muffigen Stuben, die mir mit all ihrem Krimskrams so gemütlich erschienen. Es roch nach Winteräpfeln. Frau Grauke pflegte sie auf die Schränke zu legen, und der ein wenig faulige Geruch war nicht mehr zu vertreiben, auch im Frühjahr nicht, wenn die Fenster den ganzen Tag offen und die Äpfel längst verzehrt waren. Ich fand es einfach behaglich bei der alten Frau, um so mehr, als sie sich weidlich bemühte, meinen Hunger nach Spielzeug und meine Kramneugierde zu befriedigen. Sie brauchte ja nur eine Schublade aus der Kommode zu ziehen und vor mich hinzusetzen: dann hatte ich Beschäftigung. Was aber fand sich da nicht alles an »Schmuskes« und »Kinkerlitzchen«, wie wir in Ostpreußen zu sagen pflegten. Witwe Grauke hatte die Gewohnheit, <u>alles</u> aufzuheben, nichts wegzuwerfen: abgewickelte Garnrollen, zerbrochene Brillen, leere Blechkästchen, kupferne Münzen, alte Portemonnaies, Muscheln, Steine – für mich eine fortdauernde Beglückung und eine immer wieder anhebende Entdeckung von »Kostbarkeiten«! Das Herrlichste von allem jedoch war ihre Sammlung von Knöpfen. In allen Größen und Farben, aus allem nur möglichen Material, wie Stoff, Glas, Bein, Blech oder Perlmutter gefertigt, wurden sie in verschiedenen Kästen aufbewahrt und dienten mir zum anregendsten Spielzeug. Viele Stunden konnte ich so bei ihr sitzen, indes die Maschine ratterte. Ich sortierte die Knöpfe, ich legte sie, nach Sorten getrennt, in langen Reihen auf den Tisch, sie waren für mich Soldaten, Geldstücke, Edelsteine und Tiergesichter: meine Spielphantasie war überaus beweglich. Hier hatte sie alle Möglichkeiten, ins Traumhafte und Gespenstische abzuschweifen. Und wenn mir zu all dem Guten die Witwe Grauke noch ein Märchen erzählte, so war ich glücklich und zufrieden.

Ich sehe die Alte noch über ihre Näharbeit gebeugt, die Stahlbrille auf der Nasenspitze. Auf ihrem grauen Scheitel saß ein brauner Zopfkranz als letztes Requisit ihrer Jugend. Ich wunderte mich sehr über diese braune Zopfkrone, die irgendwie spukhaft ihren alten Kopf krönte. Sie zog immer meinen Blick an, denn diese Oase der Jugend war mir etwas schlechthin Rätselhaftes, bis ich sie an einem Morgen, als ich Witwe Grauke so früh besuchte, daß sie eben noch mit ihrer Toilette beschäftigt war, auf der Kommode liegen sah.

»Warum ist das denn nicht angewachsen?«, fragte ich, bar aller Kenntnisse weiblicher Toilettenkunst. »Weil er falsch ist, mein Kerlchen, ein ›Wilhelm‹, wie die Leute sagen. Aber er ist aus meinen eigenen, ausgekämmten Haaren gemacht – ein paar fremde hat der Bader vielleicht noch hinzugegeben, aber ganz so falsch ist er hierdurch nicht.«

Mir war die Sache ein wenig widerwärtig, und von nun ab vermied ich es, die Witwe Grauke allzu früh zu besuchen, und zog es vor, erst dann bei ihr zu erscheinen, wenn der »Wilhelm« dort war, wo er hingehörte.

Drittes Kapitel

Das aber geschah vor Beginn meiner Schulzeit. Großvater lehrte mich schon das Tischgebet für Kinder und die Lobsprüche über Händewaschen, Brot und Wein, damit ich imstande war, mit ihm die Bräuche während der Mahlzeiten am Schabbat zu halten. Sonst bedrängte er mich kaum mit Pflichten religiöser Art – das sollte einer späteren Zeit vorbehalten bleiben. Nur zuweilen nahm er mich an die Hand, wenn er, Psalmen sagend oder leise vor sich hinsingend, im Zimmer auf und ab ging. Allerdings mußte ich schon regelmäßig am Schabbat die Synagoge besuchen und, wenn mir gerade nichts anderes oblag, mit ihm in die Schule gehen.

Da ich die wenigen hebräischen Sätze, die man mir vorgesprochen, rasch gelernt hatte und mit offenbar gutem Gedächtnis die biblischen Geschichten, welche ich gehört hatte, nachzuerzählen wußte, kam Großvater auf einen absonderlichen Gedanken.

Es war nach den hohen Feiertagen, man saß schon in der Sukka und Simchat Thora, der heitere Abschluß der langen Festezeit, stand bevor. Es war nun Brauch, daß aus diesem Anlaß alle männlichen Gemeindemitglieder bis hinunter zum jüngsten Schulkind zur Thora aufgerufen wurden. Greise, Männer, Jünglinge und Knaben brachten im feierlich geschmückten Gotteshaus den zweiteiligen Lobspruch über die heilige Pergamentrolle zum Vortrag. Diesmal beschloß Großvater, einen Knaben in noch nicht schulpflichtigem Alter, nämlich mich, seinen Enkelsohn, zur Thora aufrufen zu lassen. Wollte er seiner Gemeinde eine besondere Sensation bieten und mich, ein wenig selbstgefällig gar, als eine Art von Wunderkind präsentieren? Sollte es ein Akt besonderer Pädagogik sein, wollte er mein wolkenloses und ungehemmtes

Kleinkinderdasein trüben? Ich mußte jedenfalls von nun ab täglich mit ihm in die Schule gehen und dort mit den Kleinsten, die aber, im Gegensatz zu mir, doch schon ein wenig Hebräisch verstanden, den Lobspruch über die Thora lernen. Das ist ein langer, gar nicht einfacher Text. Ich tat mein Äußerstes, um mein verspieltes Kinderhirn zum Aufmerken und Aufnehmen zu zwingen, kam aber nur schwer voran. Zu Hause, nach dem Mittag- und nach dem Abendbrot, übte Großvater mit mir. Ich lief davon, aber er holte mich von der Straße oder vom Hof zurück in das Zimmer. Ich vergoß Tränen, ich bettelte, mir diese nutzlose und aufregende Zeremonie zu ersparen, ich versprach, daß ich im nächsten Jahr, dann schon als Schüler, den Lobspruch sicher im Kopfe, nach Osterode kommen würde, um geradezu draufgängerisch vor versammelter Gemeinde zu produzieren – es half nichts. Großvater blieb unerbittlich. Er hatte sich die Sache in den Kopf gesetzt, mein »Auftreten« in der Gemeinde bereits angekündigt, man erwartete es allgemein als etwas Besonderes, als einen kleinen Scherz des sonst so ernst gesonnenen alten Herrn – kurz, er befreite mich nicht von meinen Qualen, und der für alle anderen so heitere Feiertag kam wie ein drohendes Gespenst auf mich zu.

Schließlich hatte man mir den Lobpreis eingepaukt, ungezählte Male leierte ich ihn herunter, und ich verstand natürlich kein Wort von seinem eigentlichen Sinn. Großvater hatte nur noch leichte Regie zu führen. »Nicht so schnell!«, mahnte er, oder »Nochmal anfangen und deutlich sprechen!«, oder »›Chaje olam‹ besser betonen!« Ich war dressiert wie ein kleines Zirkuspferd und zitterte vor Nervosität, wenn mir eine plötzliche Sprechprobe anbefohlen war oder ich nur an die bevorstehende »Premiere« dachte. Vor dem Schlafengehen, vor dem Aufstehen, nachts, wenn ich aufwachte, ja, bis in meine Träume hinein sagte ich den Lobspruch vor mir her, eine stets sich erneuernde, gleichmäßig hinsprudelnde Litanei. Aber nun konnte ich sie – sozusagen »im Schlaf«! Dennoch kannte ich damals noch keine »Thorafreude«, wie das Gesetz es vorschreibt, ich kannte nur Thoraangst.

So kam der Festtag heran. Geputzt wie ein kleiner Prinz ging ich schon frühmorgens an Großvaters Seite in die Synagoge. Das Gotteshaus füllte sich. Nach dem Morgengebet wurde die Thora aus ihrem Schrein gehoben und entrollt. Großvater, der weder ein Levite noch ein Cohen war, wurde als Dritter aufgerufen, und ihm folgten nach Alter und Ansehen die Väter, Söhne und Enkel der Gemeinde. Ich sah, wie die Aufgerufenen immer jünger wurden, und mein Herz schlug vor Angst. Ich wollte den Lobspruch zur Sicherheit nochmals memorieren, aber hier, an Ort und Stelle, fiel er mir nicht mehr ein, er war wie herausgeblasen aus meinem Kopf, und statt des Textes steckten in ihm nur noch höllischer Schrecken und Verzweiflung. Was sollte ich tun? Ich schlich mich aus dem Männerraum hinauf zur Frauenempore. Hier schien mir die Atmosphäre nicht so drohend lauernd wie unten, hier war sie milder, persönlicher. Zwischen Gertrud und Bella, den Tanten, glaubte ich etwas mehr Zuflucht zu haben, ich fühlte mich inmitten der vielen weiblichen Wesen geborgener als unten in der strengen Männerwelt, in der ein rohes Gesetz unerbittlich waltete und mich zu vernichten drohte. Ich hörte die Knabenstimmen immer heller den Lobspruch sagen, das Verhängnis kam immer dichter an mich heran, eine Schlinge, die man mir um den Hals gelegt hatte und langsam zuzog. Bald, so wußte ich, würde es über mich kommen, das Verhängnis. Nochmals versuchte ich, den Text leise vor mich hinzusprechen, aber in fliegender Angst purzelten alle die fremden hebräischen Worte durcheinander, wie aufgescheuchte Vögel flatterten sie in meinem armen Kopf herum.

Da kletterte ich auf Tante Bellas Schoß, suchte weinend Schutz bei ihr und flüsterte ihr zitternd ins Ohr, daß ich unter keinen Umständen hinuntergehen würde, wenn man mich aufriefe. Die Tanten erschraken über die Maßen über meine Meuterungsabsicht. Man redete mir tuschelnd zu, ja, man beschwor mich geradezu, folgsam zu sein und den Lobspruch aufzusagen. Es wäre gar nicht schlimm, da ich ihn doch wußte, und wie würde man auf den jüngsten der Männer stolz sein, und wie sehr würde Großvater andererseits sich grämen, wenn ich ihn jetzt plötzlich im Stich ließe, Großvater, der mich doch so lieb habe und immer so gut zu mir sei! Gertrud versprach mir eine Schachtel nagelneuer Bleisoldaten als Belohnung für mein Debüt, und Bella sogar das große rote Pappherz, das ich immer so gern gewollt hatte. Doch all diese Lockungen waren schwächer als meine Angst. Ich ließ meine Tränen auf Tante Bellas Seidenbluse tropfen und netzte sie, noch schlimmer war's, mit dem, was aus meiner Nase lief, sodaß ich schließlich auch von dieser Zufluchtsstätte vertrieben wurde in der Erkenntnis, daß alle Verführungsversuche zu spät kamen und zwecklos waren. Aber die beiden Tanten mochten dennoch wohl gehofft haben, daß dieser plötzliche Ausbruch von Debütfieber, bei manchen Bühnensternen trotz allem Ruhme wohlbekannt, sich legen würde, sobald die entscheidende Minute gekommen – sie hätten doch sonst wohl Großvater unten verständigen lassen, damit auf meine Aufrufung verzichtet und eine peinliche, ja für die Familie geradezu blamable Situation vermieden würde.

Statt dessen ließen es die guten Mädchen, gar zu leichtsinnig meiner Beherrschung vertrauend, darauf ankommen, und als endlich die stolz geschwellte Stimme des Kantors durch das Gotteshaus klang »Jammod Menachem ben Zvi«, trat eine peinliche Pause ein: Der Aufgerufene erschien nicht vor Gottes heiliger Schrift. Er kauerte vielmehr, vor Angst gelähmt, in einem Winkel des Frauenraumes. Er war wie erstarrt, und weder die Tanten noch der eiligst heraufgekommene Gemeindediener konnten es mit Güte, Drohung oder Zwang zuwege bringen, daß er sich der hohen Pflicht unterwarf.

Der festliche Tag hatte plötzlich ein Loch, man schüttelte die Köpfe, man flüsterte, man lachte sogar leise – bis eine gewichtige Handbewegung des Gemeindevorstehers dem Ganzen ein Ende machte und man in dem vorgesehenen Ritual fortfuhr.

Großvater ließ hernach keinen Vorwurf hören, er sprach über die ganze Angelegenheit nicht mehr, aber, was vielleicht schlimmer war, er redete ein paar Tage lang überhaupt nicht mehr mit mir, er übersah mich einfach, so als hätte ich mich plötzlich in Luft verwandelt. Seine Enttäuschung muß sehr groß gewesen sein, denn ich hatte ihn vor seiner eigenen Gemeinde im Stich gelassen und nun vor aller Welt bewiesen, daß ich keinesfalls ein Wunderkind war, sondern ein ganz gewöhnliches, durchschnittliches junges Menschenwesen mit allen seinen natürlichen Fehlern, Ängsten und Nöten.

Zur pädagogischen Seite der Angelegenheit ist zu sagen, daß sie daran schuld war, daß ich lange nicht imstande gewesen bin, frei vor der Öffentlichkeit zu sprechen.

Zum Glück war dieser mißglückte Dressurversuch nur ein kurzer Schatten über jenen Tagen. Großvater trug mir die Enttäuschung nicht nach, und wir wurden wieder gute Freunde. Er hatte wohl eingesehen, daß ich noch zu jung war, um Zielpunkt für seinen Ehrgeiz zu sein.

Als ich wieder bei den Eltern in Königsberg war, wo ich übrigens einen neuen kleinen Bruder mit Namen Hans anstelle des armen Willy vorgefunden hatte, erschienen mir die Osteroder Tage so schön und wolkenlos wie stets.

Bald war ich wieder zur Stelle, größer und verständiger geworden, nun bald ein Schulkind. Wie herrlich war am ersten Morgen das Erwachen in Großvaters Kabinett! Geweckt von dem blechernen Uhrschlag aus der guten Stube, sprang ich aus dem Bett, betrachtete vom Fenster das Marktleben draußen, die Bäuerinnen, die, auf dem Pflaster hockend, vor sich Früchte, Gemüse und Eier ausgebreitet hatten. Ich hörte die Pferdekarren heranrollen, den Stadtpolizisten schimpfen und ein leidenschaftliches Gefeilsche. Wie immer rollte das Leben in Osterode in seinem behaglichen Gleichmaß ab: Spaziergänge, Besuche, Knopfspielen bei Witwe Grauke und gelegentliches Geraufe mit den Gleichaltrigen. Aber diesmal sollte es etwas Besonderes für mich geben: die Fahrt nach Kukukswalde.

Großvater hatte einen Vetter. Er hieß Simon und war Bauer. Sein Hof lag bei dem Dorfe Kukukswalde, ein paar Bahnstationen und eine kurze Wagenfahrt von Osterode entfernt. Dorthin nahm Großvater mich mit. An einem schönen Sommermorgen, in aller Frühe, stiegen wir in den Zug. Großvater hatte eine altertümliche Reisetasche bei sich, er trug einen leichten Rock und war heiterer und aufgeschlossener als sonst. Jedenfalls erinnere ich mich, wie er mir von Simon, dem Vetter, und seinem schweren Leben erzählte. Der war damals schon alt, seit Jahren verwitwet und musste zusammen mit einem Knecht und einer Magd die ganze Wirtschaft versorgen. Seine beiden Söhne waren fern in der Welt, der eine sogar in England – in meinem Kinderkopf erschien mir »England«, ich erinnere mich genau, als ein fernes, sagenhaftes Land dieser Erde. Großvater war ungewohnt gesprächig. Wohlgelaunt fütterte er mich mit Äpfeln und Butterbrot, er erklärte mir die Aufschriften auf den kleinen Bahnhöfen, die wir durchfuhren. Auch hier kannte ihn jedermann. Bauern, kleine Händler, zu einer Stadtfahrt herausgeputzte Landmädchen, die während der Fahrt aus- und einstiegen, grüßten mit einem respektvollen »Guten Morgen, Herr Prediger.« Wir fuhren durch den fruchtbaren Sommer, an Wäldern vorüber, durch fettes Weideland und an fruchtschweren Äckern entlang.

Am Ziel unserer Fahrt erwartete uns ein breiter, grobschlächtiger Mann. Ohne viel Worte nahm er mich in seine Arme. Ich bekam einen knallenden Kuß, daß mir die Ohren dröhnten, ein Bart stach mich. Dem armen Großvater schlug er mit seinen gewaltigen Pranken ein paarmal auf den Rücken. Er verursachte einen solchen Freudenwirbel mit seiner Polterstimme, seinem Händereiben und Händeklatschen und mit seinen mächtigen Schnaufern, daß ich nicht mehr wußte, wie mir geschah. Er schmauchte hörbar seine Pfeife, spuckte in einem großen Bogen aus, stieß seinen dicken Stock in die Erde und schob die Mütze aus der Stirn, um sie mit einem knallroten Schneuztuch zu trocknen, denn vor lauter Wiedersehensfreude und Aufregung war er stark in Schweiß geraten. Als er sich schließlich ein wenig beruhigt hatte, fragte er sogleich mit bärenhafter Besorgnis, ob wir denn nicht großen Hunger hätten (als wären wir nach einer Tagesreise angelangt), ob wir hier im Gasthaus Milch, Brot und Butter essen oder lieber warten wollten, bis wir es uns bei ihm zu Hause gemütlich machen konnten. –

Großvater, den ungleichen Vetter an seiner Seite, schien völlig zugedeckt von diesem Wortschwall und Getöse. Schließlich beendete Simon die Freudenorgie, indem er sich zu mir herunterbückte und nun auch mir einen herzhaften Schlag versetzte, daß mir die Knochen wehtaten. »Er ist man bloß ein Hämske«, meinte er, vorwurfsvoll auf mich mit der Pfeife deutend. »Den möcht' ich einmal auffüttern. Beine hat er wie ein Storch, der Lorbas! Na, in der Stadt, wie kann da auch was wachsen! Jetzt aber rein in den Wagen!«

Ein alkoholisches Wölkchen war während dieser Rede, die in der Nähe meines Gesichts gehalten wurde, zu mir herübergeweht. Simon hatte die Fahrt zur Station gewohnheitsmäßig zu einem Aufmunterungsschlückchen benutzt; denn ihn »juckte die Gurgel« öfter als es seiner Gesundheit dienlich war.

Großvater, der neben dem polternden Vetter kaum zu einem Wort gekommen war, beeilte sich, einzusteigen. Simon hob mich mit Schwung in das Wägelchen und ließ sich stöhnend und schwitzend in das schadhafte Sitzpolster fallen. Der fromme Ackergaul zog an, unter dem lärmvollen Hüh und Hott seines Lenkers.

In Kukukswalde hielten wir vor einem großen Bauernhaus, auf einem quadratischen Hof mit Stall, Scheune und Remise. Dann saßen wir an einem mit Wachstuch gedeckten Tisch bei einem nahrhaften Frühstück. Schwärme von Fliegen setzten sich mir beim Essen auf Gesicht und Hände.

Simon hatte eine recht stattliche Wirtschaft. Er war dank seinem Fleiß und seiner außerordentlichen Arbeitskraft im Verlaufe vieler Jahre vorwärtsgekommen. Ich vergegenwärtige ihn mir, wie er damals gewaltig kauend mir gegenüber saß, in seiner von Arbeit und Wetter geprägten Erscheinung; wie seine das Essen begleitenden Bemerkungen von Grobheit strotzten. Wenn er auf seinem Feld die Sense handhabte, unter Mithilfe von Knecht und Magd und eines zur Ernte gedungenen Tagelöhners, wenn er hernach, wie ein Riese auf dem Wagen stehend, die Garben ins höchste Fach hinaufstakte, ein älterer, aber unsagbar tatkräftiger Mann – dann erscheint er mir heute als das Urbild des Bauern und, hier in Palästina zumal, als das ferne und vergessene Beispiel jüdischer Arbeit. Welcher jahrelangen Entbehrungen und Erziehungsmaßnahmen hat es bedurft, um hier im Lande Israel ähnliche Typen des arbeitenden Menschen zu entwickeln!

Simons Söhne, und das war für die soziale Aufschichtung der Juden in Deutschland bezeichnend, waren Intellektuelle. Sie hatten studiert und keine Neigung, sich um den väterlichen Hof zu kümmern. So wirtschaftete der Alte Jahr um Jahr, vereinsamt, polternd und nicht selten ein Glas Branntwein in die »juckende Gurgel« gießend, bis ihn eines Tages, mitten auf dem Felde, der tödliche Schlag traf.

Großvater hatte stets zu diesem bäuerlichen Vetter Simon freundschaftliche Beziehungen unterhalten. Er kam regelmäßig nach Osterode zum Arzt, seiner kranken Augen wegen, und blieb dann den Schabbat über in Großvaters Haus, wie dieser und seine Familie öfter nach Kukukswalde zur Erholung fuhren. Was diese beiden Männer bei der auffallenden Gegensätzlichkeit ihres Wesens aneinander band, vermag ich nicht zu sagen. Es war eine Beziehung knorriger und wunderlicher Art. Es mochten sich wohl bei Vetter Simon hinter seinem lärmenden Wesen zartere Züge und bewährte Charakteranlagen verborgen haben, die Großvater kannte und schätzte, denn die Herzlichkeit, die zwischen beiden bestand, war offenbar. Dennoch hatte ich stets den Eindruck, daß der polternde Simon Großvater bei jedem Zusammensein gar bald irritierte, und daß seine Neven durch den Wirbel, den die Anwesenheit jenes stets verursachte, über Maß und Gebühr in Anspruch genommen wurden.

Mir jedenfalls erschienen die ländlichen Tage in Kukukswalde als die reinste Glückseligkeit. Wie durfte ich mich in Garten, Feld und Wiese tummeln! Ich begegnete dem Tier, schloß Freundschaft mit Hunden, Pferden, Katzen, Kühen und dem Federvieh – und lernte das Wachstum verstehen. –

Kurz bevor ich zur Schule kam, wurde Großvaters 70. Geburtstag auf eine seinen Verdiensten entsprechende Weise gefeiert. Für die Osteroder Gemeinde war es ein Festtag, sie nahm Gelegenheit, ihrem Haupte für die jahrzehntelang geleistete Führung zu danken. Die ganze Familie, Kinder und Kindeskinder, fand sich in Osterode ein. In Tante Gertruds Küche ging es hoch her, sie hetzte sich weidlich ab und kam aus dem Befürchten des Mißlingens der Festmahlzeiten überhaupt nicht mehr heraus. Sie nahm die alleinige Verantwortung für alle Vorbereitung leidend auf sich, obgleich ihr ihre Schwestern, die Hausbesorgerin, das Mädchen und diesmal sogar die Witwe Grauke helfend zur Seite standen.

Die Zimmer wurden ausgeräumt, lange Tafeln gedeckt und mit Blumen geschmückt. Am Geburtstagsmorgen kamen die Gratulanten geradezu in Massen. Reden wurden gehalten, Zeitungsartikel und Festadressen verlesen, Orden überreicht. Stimmengewirr, Menschengewühl, Blumenduft, Gläserklingen, die vor Rührung verweinten Gesichter der Tanten – das sind die Fetzen meiner Erinnerung. Ich weiß noch, daß ich ein von meiner Mutter verfaßtes Gedicht am Abend vor der Familie und den versammelten Freunden unter furchtbarem Lampenfieber, jedoch mit Anstand zu Gehör brachte und durch diese deklamatorische Leistung, wenigstens zum Teil, die Enttäuschung bei Gelegenheit des ausgefallenen Thoralobspruches bei Großvater wieder gutmachte. Das Poem trug mir allgemeinen Beifall ein. Kein Wunder, denn in schwungvollen Reimen versprach ich Großvater im Hinblick auf die bald beginnende Schulzeit, ein guter Schüler zu werden. Meine Mutter hat dieses Versprechen in ihrer dichtenden Begeisterung damals leichtsinnig für mich abgegeben. Ich habe es nie gehalten.

Daß ich mich entsinne, wie mein Bruder Hans, das Wickelkind, auf Wunsch der Gäste mitten in der Nacht grausam aus seinem Schlaf genommen und als jüngster Enkelsohn der Festgesellschaft präsentiert wurde, sei diesem Kapitel noch hinzugefügt.

Viertes Kapitel

Mit sehenderen Augen und mit aufgeschlossenerem Herzen kehrte ich nach Osterode zurück, denn jene verantwortungslose und selige Zeit, da das Kind, eigentlich ohne jeden Zwang, aufwächst, wie getragen von einem gütigen Fittich, nur empfangend, noch nicht gebend, locker und unverbindlich eingefügt dem Ganzen der sich regenden Welt – jene Zeit hatte mit dem Schulbeginn ihr plötzliches Ende gefunden. Ich hatte Osterode als solch ein Kind verlassen, war nach Königsberg zurückgekehrt, in das Alltägliche, und dort hatte mein kurzes Leben den entscheidenden Einschnitt empfangen, der Schulanfang, Pflichtanfang, ja vielleicht Ich-Anfang heißt. Jetzt konnte ich nicht mehr freizügig den Wünschen Großvaters oder der Eltern gemäß im Hause am Marktplatz Einkehr halten; ich war »gebunden«, mein kleines Leben erhielt zum ersten Male seine genaue Einteilung. Ich hatte zu warten, bis die ersten Sommerferien, da ich schon mit großen, ungelenken Buchstaben meinen Namen schreiben konnte, mir einen Aufenthalt in Osterode erlaubten.

Wie hatte ich diesem Ferienbeginn entgegengeharrt, und wie war ich froh, daß das Schuljoch für einige Wochen von mir genommen war! Denn ich stehe nicht an, offen zu bekennen, daß ich von jener Minute, da ich das düstere Vorschulhaus des Altstädtischen Gymnasiums an meiner Mutter Hand zum ersten Mal betrat, bis zum recht und schlecht bestandenen Abiturium nur ungern zur Schule ging.

Schon die Reise nach Osterode sollte unter anderen Umständen als sonst vor sich gehen. Hatten mich früher Vater oder Mutter begleitet, so wurde ich diesmal der Obhut eines Geschäftsfreundes anvertraut. Er fuhr zwar nur bis Allenstein; dort aber mußte ich ja in jedem Falle umsteigen, und der größte Teil der Strecke war bereits zurückgelegt. Man hatte Tante Mathilde an die Bahn bestellt, um mich aus der Obhut des Geschäftsfreundes zu übernehmen und in den Osteroder Zug zu setzen, denn von Allenstein bis Osterode mußte ich <u>allein</u> reisen – das war natürlich ein Ereignis!

Tante Mathilde, in der Sippe eine vertraute Gestalt, war die Frau des Allensteiner Stadtrats Simon. Ich habe sie als altes Mütterchen in Erinnerung. Sie trug einen schwarzen Kapotthut, hatte eine Warze am Kinn, redete unaufhörlich mit einer heiseren, weinerlichen Stimme und litt an Kopfzittern. Diese gute alte Tante schloß mich aufatmend in ihre Arme, redete während des kurzen Aufenthaltes pausenlos in mich hinein, fütterte mich mit Obst und Naschereien und ließ mich unter warnenden und ermahnenden Worten in den Osteroder Zug steigen: Ich dürfe mich weder an die Tür stellen noch während der Fahrt den Kopf zum Fenster herausstecken, von irgend einem der Mitfahrenden etwas annehmen – ich solle vielmehr ruhig auf meinem Platz sitzen bleiben, bis der Zugführer »Osterode!« rufe. Es schien, als hätten ihr meine Eltern mit dem Ersuchen, mich hier in Allenstein ein wenig zu betreuen, eine schwere Bürde aufgeladen, denn als ich auf meinem Fensterplatz saß und hinaussah, wischte sich die Gute die Stirn und atmete hörbar auf, als sei eine große Gefahr gnädig an ihr vorübergezogen.

Kein Wunder, daß die wenigen Schulmonate mich verändert hatten! Ein stärkeres Bewußtsein hatte mich ergriffen. Ich sah Osterode, das Haus, Großvater, die Tanten mit anderen Augen wieder, als eine in sich geschlossene Welt, zu der ich indessen eine ganz bestimmte Distanz gewonnen hatte. Ich war wohl innerlich ein wenig älter, sozusagen vom Kind zum Kind-Knaben geworden. Es war, als ob ich allmählich zu fühlen begann, daß mein Ich herausgeschält war aus der mütterlichen Masse der Umwelt, die mich so lange wärmend und schützend, als Teil von ihr, umschlossen hatte. Ich selbst war nun eine kleine, selbständig lebende und sich bewegende Welt geworden.

Der Umstand, allein gereist zu sein, und das erste Wiedersehen mit Großvater ließen mich merklich fühlen, daß ich aufgehört hatte, nur ein sorgloses Kind zu sein. Denn als ich mit froh pochendem Ferienherz Großvaters Studienstube betrat und die altertümliche, anheimelnde Atmosphäre des Raumes beglückend fühlte, fragte mich Großvater sogleich, ob ich die hebräische Lesefibel eingepackt habe. Diese Frage riß mich jäh aus allen Himmeln. Welch ein absurder Gedanke, ein Schulbuch in die Ferien mitzunehmen! In dieser Minute war mir klar geworden, daß sich auch Großvaters Stellung zu mir geändert hatte, und es sollte mir täglich klarer werden: Das Schulkind hat Pflichten, das Enkelkind des Predigers aber besondere! Daß Großvater, der Lehrer, ein Exemplar der von mir daheim zurückgelassenen Lesefibel zur Hand hatte, war selbstverständlich. Er setzte sich die Brille auf, hieß mich die Mütze holen, was mir ungewohnt war, denn im Königsberger Religionsunterricht trugen wir keine Kopfbedeckung, um ihm Rapport über das bisher Gelernte zu erstatten. Da hatte ich nun meine Augen zu übergangslos über der mich drohend und fremdartig anstarrenden hebräischen Quadratschrift, und mein Ferienherz schlug plötzlich in einer anderen Gangart: Es schlug aus Angst, und diese Angst ließ mich den Lesetext stotternd und mit Tränen in den Augen hersagen, einen Text, den ich zu Hause nach ergiebig erfolgten Übungen mit Leichtigkeit herunterlesen konnte. Die Nähe von Großvaters Haupt lenkte mich überdies ab, ich mußte immer wieder, vom Buche weg, meine Augen zu jener Stelle seiner Nase lenken, auf welcher der goldene Bügel seiner Brille saß, und hätte so gerne wie früher – wie lange war das her! – auf völlig kindische Art an seinem Bart gezupft, worauf er den ulkigen Schnarchton hatte hören lassen. Damit ist es nun endgültig vorbei, dachte ich, während ich mich beim Lesen hoffnungslos verhedderte. Ob er mich wohl noch einmal zu Vetter Simon nach Kukukswalde mitnehmen wird?

Es war der Tag, an welchem Großvater zum ersten Male aus Anlaß meines Hebräischlesens ernst und nachhaltig den Kopf schüttelte. Er sollte es in der Zukunft noch oft tun. Für heute sagte er mir nur, daß ich zerfahren und völlig ungeübt gelesen hätte. Das bewies die fortdauernde Verwechslung der o- und a-Laute. Er werde von nun ab täglich mit mir lesen und den Vater anweisen, nach meiner Rückkehr meine Fortschritte besser zu überwachen.

Was meinen Lehrer in Königsberg betraf, einen bescheidenen kleinen Mann mit einem schwarzen Hornkneifer, der auf den unauffälligen Namen Hoffmann hörte und während des Unterrichts mit Hingabe in Nase und Ohren bohrte, so beklagte er sich, daß wir nicht annähernd den vorgeschriebenen Teil des Jahrespensums erledigt hätten. Hierbei sei nachgetragen, daß Großvater der von dem Provinzial-Schulkollegium beauftragte Inspizient für jüdischen Religionsunterricht in Ostpreußen war.

Da sich nun hinfort diese Leseübungen bei jedem Besuch in Großvaters Haus wiederholten und ich, wie dieses erste, so auch jedes spätere Mal bei Großvaters strengem Maßstab versagte, spielte ich insofern die unfreiwillige Rolle eines Denunzianten, als Großvater mich als den Zähler betrachtete, auf welchem er die Lehrmanier und die Erfolge des Königsberger Religionsschulwesens ablesen konnte. Wiederholte Beschwerdebriefe an die dortige Stelle von seiner Hand erweckten den Anschein, als hätte ich etwas gegen meine eigenen Lehrer Belastendes ausgesagt. Ich werde hiervon noch in einem anderen Zusammenhang zu erzählen haben.

Doch schließlich brauchte ich Großvater ja nicht den <u>ganzen</u> Tag vorzulesen. Ich betrachtete die tägliche Prüfung, die übrigens nicht immer mit Tränen, zuweilen, wenn auch selten, sogar mit einem zurückhaltenden Lob endete, als das Opfer, das ich einer mir wohlmeinenden Gottheit zum Dank für den überwiegend heiteren und sorglosen Teil der Ferientage darzubringen hatte. Der enge Bezirk des Hauses begann sich zu weiten. Knopfspiele und Märchenanhören bei Witwe Grauke, das Verweilen in Tante Gertruds Küche, das Photoalbum im »Guten Zimmer« verloren an Reiz. Ich strebte aus dem alten Hause hinaus, witternd, daß es überall mir jetzt passendere Spiele und abenteuerlichere Dinge geben mochte. Ich suchte und fand Spielkameraden in der Nachbarschaft, vor allem in Werner und Kurt, die mir während der folgenden Jahre eng verbunden bleiben sollten. Kurts Vater hatte Großvaters Haus gegenüber einen Tabak- und Zigarrenladen. Er war der Enkelsohn des Alten Jacobi, einer stadtbekannten und eigenartigen Persönlichkeit, von der noch die Rede sein wird. Das Jacobi'sche Anwesen, ein breiter altfränkischer Patrizierbau an der gegenüberliegenden Marktzeile, mit seinem erregenden Auf und Ab von Treppen, Mauernischen und Bodenkammern war uns ein unübertreffliches Spielparadies.

Immer aber kehrte ich mit freudig erwartendem Herzen in Großvaters Haus zurück, das zwar um vieles kleiner und nüchterner war, aber doch eben Großvater und also auch im weiteren Sinne mir gehörte. Nichts vermochte mir damals Großvaters Autorität und meine Liebe zu ihm zu schmälern – auch daß ich täglich mit ihm Hebräisch lernen mußte, konnte mir nichts an ihm verargen. Er war und blieb der Mann, der immer das Rechte tat, alles wußte und mit weiser Hand das Leben der Seinen lenkte, ein Wächter über uns allen.

Wenn das Haus am Freitagabend allmählich zur Ruhe kam, der Lärm der Küche verstummte, das Mädchen nochmals von Tisch und Winkeln das letzte Stäubchen wedelte; wenn Tante Gertrud dem breiten Schrank ein frisches, leicht nach Jasmin duftendes Tafeltuch entnahm, um in würdiger Ruhe unter Tante Bellas Hilfe den Tisch zu decken, das altertümliche Silbergerät und Porzellan, die Challoth, die Weinflasche, die hohen Leuchter und den silbernen Becher nach gleichbleibender Ordnung auf ihren Platz tat und Großvater nach einem heißen Bade in schwarzem Rock und steifer Wäsche seinen »Chapeau claque«, den mattglänzenden Seidenklapphut, unter einem lustigen kleinen Knall von der Ruhelage zu der hohen, für den Gebrauch bestimmten Form brachte – dann war der Schabbatfrieden in den Zimmern wie eine alles wohlig umfangende Wärme. Die Dämmerung draußen sank wie Samt vor den Fenstern herab, und es war, als käme über die ganze Stadt abendliche festliche Stille. Mit dem Aufgang des ersten Sterns schritt Großvater, mich in meinem Schabbatwämslein an der Hand, in die Synagoge, frohgemut gestimmt, die Gemeindekinder, gleichen Wegs, begrüßend.

Wieder zu Hause, brannten Lampen und Kerzen, und das ganze Zimmer hatte einen feierlich geheimnisvollen Glanz. Stets waren Gäste zugegen, zwei oder gar drei der Junggesellen der Stadt, irgend ein ortsfremder schüchterner Referendar und etwa ein »Junger Mann« aus einem der jüdischen Geschäfte, die mit Gertrud und Bella auf Großvaters Heimkehr gewartet hatten. Und jetzt geschah etwas, worauf ich von Freitagabend zu Freitagabend wartete: Großvater segnete. Er segnete zunächst seine Töchter, dann mich. Er legte mir beide Hände aufs Haupt und sprach mit geschlossenen Augen den Segen. Ich erschauerte, es war, als strömten Großvaters geflüsterte Segensworte wie ein Elixier in mich ein, um mich schuldlos, gut und unantastbar zu machen. Die Zeremonie erschien mir wie eine Reinigung, die Großvater an mir vornahm und mit der er jede kleine Unart und Verfehlung der vergangenen Woche von mir abwusch. Beugte er sich nach den Schlußworten »Der Ewige wende dir sein Antlitz zu und gebe dir Frieden« zu mir herunter, um mich, meinen Kopf in beide Hände nehmend, zu küssen, so schien mir dieser Kuß als das Siegel unter meinen Freispruch.

Nach den Lobsprüchen über das Händewaschen, den Wein und das Brot setzte man sich zu Tisch, und nun trat Tante Gertrud in ihr Recht. Behutsam füllte sie die Teller mit siedender Nudelsuppe und teilte das Fleisch aus. Forschenden Blickes sah sie umher und füllte sofort nach, wenn einer der Esser beim Tellergrund angelangt war. Derart kam sie selbst verspätet zu ihrer Mahlzeit und beendete sie immer erst dann, wenn die anderen, aufatmend und im Übermaß gesättigt, das Eßgerät aus der Hand legten. Man wartete ein wenig, denn jetzt erst schien Tante Gertrud, die, wie wir wissen, stets das Mißlingen einer Speise befürchtete, endlich zu ihrem Schabbatfrieden gelangt und gönnte es nun auch sich, ihren Hunger zu stillen.

An Großvaters Tisch wurde einfach, aber in großen Mengen gegessen, auf eine patriarchalische und ausdauernde Art (Magenverstimmungen oder Appetitlosigkeit gab es nicht), und so zog sich die Mahlzeit lange hin. Ein jeder kaute hingegeben und schweigend. Schließlich verrichtete Großvater das lange Tischgebet, zuweilen begleitet oder unterbrochen von den Gästen, an denen es lag, die Folge der Lobsprüche und Texte mit Wechsel- und Abgesang zu bereichern. Dann aber war es um mich geschehen! Das Essen, die wohlige Wärme und der Singsang des Tischgebetes hatten mir die Augen zufallen lassen. Halb schon im Schlaf machte ich die Tischrunde zum Gutenachtgruß, wankte in Großvaters »Kabinett« und versank im Federpfühl.

Oft besuchte ich am Schabbatvormittag nach dem Gottesdienst mit Großvater den »Alten Jacobi« und seine Frau, die uralt, reich und sonderbar in ihrem großen Hause am Markt als Wohltäter und Stifter, also als gewichtige Mitglieder der Gemeinde wohnten. Sie waren so alt, daß es schien, als habe der Tod sie vergessen. Sie hatten schon alle Hochzeitsjubiläen hinter sich und aus Anlass des diamantenen an beiden Seiten der Synagogenpforte große eiserne Kandelaber mit entsprechenden Inschriften aufstellen lassen.

Das Ehepaar Jacobi hielt Empfang in einem großen, prunkvoll überladenen Zimmer des Obergeschosses ihres Hauses. Da saßen sie nun, die beiden Alten, in ihren mächtigen Ledersesseln, als wären sie nur noch Zuschauer auf dieser Welt, und ließen sich von ihren Besuchern Neuigkeiten aus der Stadt und Gemeinde berichten. Der Alte Jacobi trug ein buntgesticktes Samtkäppchen und einen wunderlich geschnittenen Hausrock. Eine silberne Tabatiere war immer in seiner Hand. Er hatte ein dickes bartloses Gesicht mit faltigen Hängebacken und sprach mit heiserer eintöniger Stimme.

Sobald Großvater kam, mußte er sich dem Alten zur Seite setzen, und sie besprachen Gemeindefragen. Frau Jacobi strich mir immer mit zwei Fingern über die Backen und sagte: »Es kommen gleich Küchlein«, womit sie die Bewirtung meinte: kleine runde Kuchen, die ich leidenschaftlich gerne aß, und für die Erwachsenen zusätzlich ein Gläschen Südwein.

Frau Jacobi hatte einen Blick, der von weither zu kommen und kein Ziel zu haben schien. Sah sie mich an, so dünkte mich, sie blicke durch mich hindurch, so, als sei ich eine Scheibe Glas und hinter mir irgend etwas Betrachtenswertes. Jetzt erst weiß ich, daß die Arme fast blind war und einen toten und ziellosen Blick hatte. Die Alte trug stets ein steifseidenes dunkles Kleid, das am Halse und an den Ärmelenden spitzenbesetzt war, genau so wie ihr sorgfältig gestärktes Häubchen. Sie betonte ihre Vornehmheit durch langsames, näselndes Sprechen, wobei sie »ü« für »i« setzte. Ein Satz von ihr klang etwa so: »Münna, brüngen Sü doch bütte noch ein büßchen Sherrü. Üch sehe, der Sanitätsrat wüll noch trünken.«

Kostbarer Schmuck, besonders die mehrfach um ihren Hals geschlungene Perlenkette, sowie die überaus großen

Edelsteine ihrer Ringe zeugten für den Reichtum des Hauses. Das große Repräsentationszimmer glich mehr einem Museum als einem Aufenthaltsraum. Mengen von silbernen Geräten waren hier angesammelt, standen auf dem Buffet, den Kommoden und Anrichten herum. Ich vergesse nicht, welch erstaunte Augen ich machte, als bei meinem ersten Besuch im Hause Jacobi die Bewirtung auf zwei fahrbaren kleinen Tischen aus gediegenem Silber hereingeschafft wurde, oder wie man zu Pessach große Brabanter Trauben reichte – eine seltene Delikatesse in unserer Gegend, zumal im Vorfrühling!

Das ganze Haus, die Möbel, die Tracht des alten Paares, seine Art sich auszudrücken – das alles hatte einen altfränkischen Stil, den die Zeitgenossen ebenso vergessen hatten wie der Tod die alten Leute. Sie waren so alt, daß der Alte Jacobi Großvater wie einen jungen Mann behandelte. Das war schließlich nicht unberechtigt, wenn man bedenkt, daß rund zwei Jahrzehnte zwischen ihnen gelegen haben mochten.

Zuweilen, wenn das Wetter besonders milde war, konnte man noch dem Alten Jacobi auf der Straße begegnen. Dann hatte er einen langen, beim Gehen glockig schwingenden Oberrock an und einen wunderlichen breitrandigen Hut. Sehr langsam, mit rundem Altersrücken und gestützt auf seinen schwarzpolierten Stock mit dem faustgroßen Silberknauf, bewegte er sich vorwärts. Er pflegte den Marktplatz einmal auf und ab zu gehen, öfters stehenbleibend, wobei er mit seiner heiseren eintönigen Stimme zu sich selbst sprach, um dann ermüdet heimzukehren.

Er besuchte bis kurz vor seinem Tode noch regelmäßig an den Feiertagen die Synagoge. Dort saß er auf seinem Ehrenplatz in der ersten Reihe, den schwarzen Stock zwischen seinen Knien und die zitterigen Hände auf den Silberknopf gelegt. Betrat Großvater nach der Thoravorlesung die Kanzel zur Predigt, um mit gelehrtem Wort an den eben gehörten Thoraabschnitt anzuknüpfen, dann, die Stimme steigernd, Parallelen ziehend zwischen den vergangenen Zeiten und der Gegenwart oder die versammelte Schar seiner Gemeindekinder mahnend oder rügend, weil vielleicht in diesem oder jenem Hause der Schabbat nicht geheiligt oder die Gebote der Schechita nicht umsichtig genau befolgt wurden, so lauschte der Alte Jacobi hingegeben und ergriffen. Ja, es konnte geschehen, daß ihm die Tränen über die faltigen Hängebacken liefen. Stieg des Alten Ergriffenheit gar zu hoch und verlangte seine seelische Erregung nach einem Ventil, so ließ er sich zuweilen zu einem kurzen Zwischenruf hinreißen, indem er, mitten in die Predigt hinein, laut und bestimmt »Oi wai!« vor sich hinsagte. Für die Gemeinde war dieser von der Last eines überlangen Lebens verursachte Seufzer kein Anlaß zum Erschrecken mehr oder zum Gelächter gar: Man kannte und entschuldigte ihn stillschweigend als die Eigenheit eines der Gemeinde immer in Großzügigkeit dienstbar gewesenen Greises. Für Großvater aber war dieses »Oi wai!« stets der Mahnruf, zum Ende zu kommen. In aller Beredsamkeit begann er den Strom der Worte und Bilder langsam abzudämmen und mit einem passenden hebräischen Bibelzitat zu schließen.

Über dem Reichtum des Ehepaars Jacobi lag übrigens ein von fernher kommender Hauch von Exotik. Dieser Reichtum war eigentlich nicht der ihre: Ihre Söhne waren in jungen Jahren nach Südamerika ausgewandert und hatten dort mit solchem Erfolg einen Handel mit Diamanten begonnen, daß sie zu den reichsten Männern ihres Landes zählten. Bruchstücke ihres Vermögens, die den alten Eltern zugeflossen waren, hatten, nach Osteroder Maß gemessen, eine solche Höhe, daß sie mit Abstand die wohlhabendsten und wohltätigsten Leute nicht nur der jüdischen Gemeinde, sondern der Stadt überhaupt geworden waren.

Fünftes Kapitel

Je größer ich wurde, und nach wie vor blieb es Brauch, daß ich die Ferien in Osterode verbrachte, desto strenger und anhaltender wurden Großvaters Lese- und Lernproben. Nach dem ersten und dem zweiten Schuljahr und gar erst, als ich die Vorschule beendigt hatte und mit mittelmäßigem Zeugnis in die Sexta versetzt war, verlangte Großvater von mir, was ein Osteroder jüdischer Schüler entsprechenden Alters in Bibelkunde, Hebräisch und der sogenannten »Religionslehre« zu wissen hatte. Da aber die Osteroder Kinder unter Großvaters unmittelbarer Aufsicht wesentlich konzentrierter und unabgelenkter dem jüdischen Leben und Lernen hingewandt waren als ein kleiner Großstädter, standen unsere Kenntnisse bei weitem zurück. Uns erschien der ganze Religionsunterricht, von den jüdischen Lehrern langweilig und seelenlos erteilt, als ein zwar unvermeidliches, aber lästiges Anhängsel des an sich schon nicht beliebten allgemeinen Schulbetriebes.

Daß unsere Lernmöglichkeiten geringer waren als die der Osteroder Schüler, wollte und konnte Großvater nicht verstehen. Er schlug die Hände zusammen über meine Unwissenheit. Ich ging das dritte Jahr zur Schule und konnte noch immer nicht fehlerlos die einfachsten Gebetstexte lesen. Vergebens drang er in mich, vergebens mußte ich Lesen und Übersetzen üben (wobei ich bei jedem Fehler von Großvater einen Puff erhielt), vergebens ließ er meine Spielkameraden Werner und Kurt kommen, damit sie mir, gute Schüler von Großvater, fehlerlos und mit richtiger Betonung die vorgelegten Texte vorlasen, um mich zu beschämen und derart meinen Eifer anzufeuern – es half nichts. Ich lernte keinen Deut hinzu, weil mein Kopf nicht bei der Sache war, sondern nur bei den Annehmlichkeiten der Osteroder Tage, und das Ganze hatte nur den Zweck, mir den Stoff zu verleiden, so sehr, daß ich ihn nie ganz beherrschte und erst ein halbes Jahr vor meiner Auswanderung nach Palästina durch intensiveres Studium der hebräischen Sprache hinter ihre eigenartige Schönheit kam, und das waren mehr als fünfundzwanzig Jahre nach jenen erfolglosen Korrekturversuchen Großvaters an meinem Wissen.

Großvater war sonst ein erfolgreicher Lehrer, Lehrer aus innerer Berufung. Einen schlechten Schüler zum Enkelsohn zu haben, schmerzte ihn über die Maßen. Um dem abzuhelfen, setzte er bei den Eltern durch, daß ich, zusätzlich zu dem auf dem Gymnasium erteilten Unterricht, die Religionsschule der Königsberger jüdischen Gemeinde besuchen mußte. Das bedeutete, daß ich nun einmal in der Woche am Nachmittag und jeden Sonntagvormittag zur Schule zu gehen hatte. Die Religionsschule hatte finstere Gasträume in einem alten Gebäude in der Nähe des Schlosses, und noch jetzt erinnere ich mich, wie ich bangen Herzens an Regennachmittagen meine Spielsachen im Stich lassen mußte, um in feuchtkalten Schulstuben, unter summenden Gaslampen, alles das noch einmal in mich einpauken zu lassen, was ich im Religionsunterricht des Gymnasiums schon einmal gelernt hatte. Da hiervon immerhin noch einiges in meinem Kopfe haften geblieben war, wurde ich im ersten Jahre in der Sonntags- und Nachmittagsschule ein guter Schüler. Es war Brauch, daß am Ende des Schuljahres die Schüler aller Klassen zu einer Feier zusammenkamen. Rabbiner Vogelstein, der Leiter der Schule und ein zündender Redner, hielt eine Ansprache an die Schüler. Ich hatte das erste Jahr, wie erzählt, mit gutem Erfolg beendet und also keinen Grund zu fürchten, nicht in die nächsthöhere Klasse aufsteigen zu dürfen. Aber niemand kann ermessen, wie freudig ich erschrak, als Doktor Vogelstein am Schlusse der Feier die Namen der vom Lehrerkollegium ausgezeichneten Schüler vorlas und der meine darunter war! Völlig verdattert, bis zur Erde dienernd und zum Händedruck mich zu seinem Katheder hinaufreckend, empfing ich ein kleines Buch mit überaus lobender Widmung als Prämie. Es war ein unheimliches Chaos in mir: In Osterode wurde mir bis zum Überdruß gesagt, daß meine Leistungen und Kenntnisse mangelhaft waren, und hier wurde ich vor der ganzen Schule belobt! Das Staunen wich bald einer wilden Freude, jetzt hatte ich es Großvater gezeigt, jetzt endlich mußte auch er anerkennen, daß es gar nicht so schlecht mit mir bestellt war.

Ich fuhr zu den Osterferien nach Osterode. Obenauf in meinen Koffer legte ich das Prämienbuch. Sehr stolz und einen kleinen Triumph in meinem Blick, brachte ich es Großvater. Er setzte sich bedächtig die Brille auf und las die Widmung. »Sehr schön«, sagte er nur, während ich herzklopfend nunmehr auf sein Lob wartete. Aber was sagte er mir? »Hole die Mütze, wir wollen doch mal sehen, ob du die Prämie auch verdient hast.«

Diese Prüfung bestand ich genauso wenig wie alle vorangegangenen, und Großvater, der Inspizient des jüdischen Religionsunterrichtes, schrieb an den Kollegen Vogelstein einen Brief, in dem er sich darüber beschwerte, daß sein Enkelsohn bei derart mangelhaften Leistungen eine Prämie erhalten habe. Die Folge davon war, daß mir Vogelstein bei der Schlußfeier des nächsten Jahres vor versammelten Lehrern und Schülern sagen mußte: »Sturmann, deine Leistungen hätten auch diesmal eine Prämie verdient, aber dein Großvater erlaubt es nicht!«

Genug dieser leidigen, sich über die ganzen Jahre bis Großvaters Tod hinziehenden Bemühungen, mich aus meiner Beharrung im Weniger-als-Durchschnittlichen herauszureißen. Sie blieben als Schatten über jeder Osteroder Ferienwoche, und Großvater setzte seine Versuche genauso unbeirrt fort, wie ich mich ihnen, ergeben und keine Besserung hoffend, fügte.

Zum Glück gab es Knabenspiel und Waldlauf, Briefmarken und Haustiere – der Kummer wurde immer wieder bald vergessen. Meine Spielkameraden Werner und Kurt waren mit mir eine richtige Jungenbande geworden. Wir hielten durch dick und dünn zusammen, beherrschten die Marktstraße mit unserem Geschrei und wurden die Freunde aller Hunde in der Nachbarschaft. Einige wurden als vierbeinige Gefährten in unseren Kreis gezogen. Ich sehe sie noch, ihrem Charakter und Körperbau gemäß, vor uns hertrotten und habe sogar noch ihre Namen behalten. Da war vor allem »Männe«, der dem Getreidehändler aus Großvaters Nachbarhaus gehörte, ein komischer brauner Dackel, ein richtiger Bruder Übermut, klug, hintertrieben und wehleidig. Er hatte die Eigenheit, ungemein spaßig auf seinen Krummbeinen seitlich zu laufen. Da war »Schnuffler«, ein Boxer, der Werners Eltern gehörte. Sein Name bezeichnete die Gewohnheit, wie ein Asthmatiker hörbar zu atmen. Er war ein scharfer, auf den Mann dressierter Hund. Uns Kindern jedoch zeigte er nichts als Geduld und rührende Gutmütigkeit. Da war »Rex«, ein junger Dobermann, der Hund des Sanitätsrats, rassig, vornehm, eigensinnig. War Männe ein Gassenjunge, Schnuffler ein grobschlächtiger Jägersmann, so war Rex ein richtiges Herrschaftskind.

Aber daß ich »Jonny« nicht vergesse, den alten, lahmenden, und auf einem Auge blinden, an seiner nervösen Schnauze schon merklich ergrauten Zwergpinscher. Und wem gehörte er? Nun – Hunde werden wie ihre Herren –, er gehörte dem Alten Jacobi. Einer der brasilianischen Söhne hatte Jonny, der übrigens einen falschen Namen trug, denn »er« war eine Hundedame, den Eltern bei einem Besuch in Osterode zur Aufheiterung und Ablenkung geschenkt – vor Jahren, als Trost- und Abschiedsgabe. Jonny war giftig wie eine alte Jungfer, kläffte mit heiserer Stimme jeden und jedes an und war dennoch wohlgelitten in unserer Buben- und Hundebande.

Kurt war etwas älter als ich, ein handwerklich ungemein geschickter und einfallsreicher Junge, der in seinem Zimmer die tollsten Dinge zusammenbastelte und dem ich viel abgesehen habe. Ihm danke ich die eigentliche Erweckung einer ganz bestimmten manuellen Begabung, die mir mein Leben lang stets zugute gekommen ist. Er war aber auch ein begeisterter Sammler von Briefmarken, schönen Steinen und Münzen. In seiner Stube im Jacobischen Anwesen gab es an Regentagen Kurzweil genug, ganz zu schweigen von den Spielsachen, die er von den reichen Großeltern erhielt!

Werner war jünger als ich, ein schmächtiges Bürschchen, das immer »Lichter zog«, weil er nie ein Taschentuch bei sich hatte. Er konnte gut pfeifen, was ihm einiges Ansehen bei uns sicherte, obwohl er sich sonst weder durch besondere Gaben noch durch einen besonders guten Charakter auszeichnete – wie sich noch zeigen wird. Mit der Wahrheit nahm er es nicht sonderlich genau. Zuweilen log er so handfest, daß wir ihm die Lüge sofort auf den Kopf zusagten, obgleich wir beiden anderen sonst durchaus leichtgläubig waren; denn zur Skepsis den lieben Mitmenschen gegenüber hatten wir noch keinen Grund.

Wir drei waren große Naturfreunde. Nahe der Stadt lag der weit sich hindehnende Wald, auf dem Wege zu ihm der See und der Kanal – überall gab es ein grünes, liebliches Landschaftsbild. In der Annahme, daß einer den anderen bewachen würde, zumal ein Teil der Hunde fast immer mit uns ging, ließ man uns unbeaufsichtigt ziehen. So tummelten wir uns in einer seligen Freizügigkeit. Wir hatten das Gefühl, daß der Wald uns gehörte. Wir schulten unseren Blick an Stein, Strauchwerk, Blume und Baum. Wir ahmten bis zur Meisterschaft die Vogelrufe nach und zischten wie die wilden Katzen, hinter denen Männe oder Rex jagdfiebernd dahinschossen. Wir brachten Insekten und Gewürm nach Hause, ließen borstige Raupen in Pappschachteln sich verpuppen, spießten Schmetterlinge auf und legten Herbarien an. Dies alles unter Kurts alleskönnerischen Leitung. Werner aber, der ein Luftikus mit stets laufender Nase war, hatte zuweilen die unheimliche Neigung, Schmetterlingen, die er soeben gefangen hatte, die Flügel auszureißen, oder Schnuffler solange zu quälen, bis selbst dieser Gute die Geduld verlor und knurrend nach ihm schnappte. Zum Glück zügelte Kurt solch abwegige Neigungen mit wohlgezielten Ohrfeigen, die von Werner widerspruchslos eingesteckt wurden und im übrigen die Harmonie des Dreiklangs nicht störten.

Einmal, nach einigen schweren Regentagen, zogen wir drei, begleitet von Männe und Jonny, in den Wald, um auf Kurts Vorschlag Pilze zu suchen. Jeder von uns trug ein Körbchen am Arm und ein Frühstücksbrot in der Tasche. Im Wald war noch die faulige Feuchtigkeit der im Moose versickernden Regenlachen. Es gab Pilze aller Art in Mengen. Der würzige Geruch mischte sich in die dampfige, von der Sonne nur kümmerlich durchwärmte Luft. Wir stapften tapfer ins Dunkel hinein und kappten Steinpilze und Pfifferlinge, die von den anderen Sorten zu unterscheiden wir von dem tüchtigen Kurt gelernt hatten. Männe trottete, sich schief vorwärtsbewegend, vor uns her, steckte seine Schnauze in jedes Bodenloch, begann, plötzlich aufjaulend, wie ein Wahnsinniger zu graben, den Sandboden im Bogen zwischen seine Hinterpfoten schleudernd. Oder er rannte mit schlappenden Ohren einfach davon, um sich erst nach langem Rufen und Warten wieder einzufinden. »Der« arme Jonny hoppelte mühselig hinter uns her, sehr oft und sehr umständlich an einem Baumfuße ein Geschäft erledigend. Das alte Hundeweibchen kläffte in seiner närrischen Reizbarkeit jede Schnecke und jeden Regenwurm an und auch den verrückten

Männe, der sich im übrigen vor allem Kriechtier ekelte und Fersengeld gab, sobald er seiner nur ansichtig wurde. Sonst aber nahmen die beiden Hunde keine sonderliche Notiz von einander, ein jeder war auf seine Art beschäftigt: Jonny hatte sich zu ärgern – und Männe machte Entdeckungsläufe. Daß Jonny eine Hundedame war, keine sehr schöne, gewiß, aber immerhin eine, schien auf den Herumtreiber Männe keinen Eindruck zu machen. Er kümmerte sich ungalanter Weise überhaupt nicht um sie. Vielleicht aber war sie auch schon zu alt und hinfällig oder mit ihren hohen Jahren für ihre Hundegenossen einfach geschlechtslos geworden.

An diesem Tag trug sich etwas zu, was auf grausige Art lange in mir geblieben ist. Ich entsinne mich, daß wir, Werner und ich, beim Aufspüren der Pilze unter Farnkräutern und Moos Kurt verloren hatten. Das regte uns nicht weiter auf, denn wir fanden uns später immer wieder zusammen. Aber Werner und ich blieben allein, das war der besondere Umstand, und es fehlte Kurt, der ein scharfes Auge auf die gelegentlichen Abwegigkeiten Werners hatte. Unsere Körbe waren fast schon voll, als Werner eine fette, große Waldschnecke entdeckte; sich nach dem Regen in der Sonne wohlig streckend, glitt sie über den Waldgrund daher. Dort eine, und hier wieder eine! Wir hatten plötzlich eine große, schwarze und häuserlose Schneckenkolonie um uns versammelt. Da mir die Tiere widerlich waren, kümmerte ich mich nicht um sie, sondern suchte weiter Pilze. Doch nicht so Werner. Er war bei den Schnecken stehen geblieben und beobachtete sie angestrengt. »Komm mal her«, rief er mir zu, »ich zeige dir etwas sehr Komisches!« Neugierig, was er wohl entdeckt habe, ging ich zu ihm. Er hatte ein aufgeklapptes Taschenmesser in der Hand und stieß es, als ich gerade hinsah, einer der dicken Schnecken in den Leib. Schleimiges Eingeweide quoll heraus. Es war ein widerlich und grausiger Anblick. Doch Werner fuhr fieberhaft fort, den Schnecken die Bäuche aufzustechen, und unverständlich ist es mir noch heute, daß ich ihn hieran nicht hinderte, sondern ihm sogar noch zusah. Plötzlich fragte er mich: »Willst du auch einmal?« und hielt mir das Messer hin. Und ich, der ich sonst zu Tieren gut war, nahm das Messer und stach in unerklärlichem Zwang in eine und in noch eine Schnecke. Dann aber ließ ich das Messer fallen und lief davon: ein Würgen in meinem Halse, ein Angst- und Ekelgefühl in meiner Brust. Ich kam mir besudelt und widerlich vor, wie irgend ein schleimig-feuchtes Kriechtier. Ein furchtbarer Druck, ein nagendes Schuldgefühl legte sich mir auf die Seele, und indem ich über den Waldgrund dahinstolperte, weinte ich und hatte nur den einen Wunsch, mich jetzt an jemand anlehnen und gestehen zu dürfen.

Zum Glück stieß ich auf Kurt, der nichtsahnend seine letzten Pilze einsammelte. Ich legte meinen Arm um seine Schultern, atmete auf, aber ich sagte nichts zu ihm. Daß ich geweint hatte, merkte er nicht.

Noch Tage später stand ich unter dem Eindruck dieser Untat. Ich schien mir vor aller Welt gekennzeichnet, als trüge ich ein Schandmal auf meinen Händen. Ich wurde den Anblick der angestochenen, sich windenden Waldschnecken nicht mehr los. Es war zu unerträglich, unverständlich, daß ich der Aufforderung Werners, mich an dem grausigen Spiel zu beteiligen, nachgekommen war – vorher und nachher hätte ich ihm das Messer entrissen und in einem großen Bogen ins Walddickicht geworfen. Doch in jener einen Sekunde hatte ich das Messer genommen und mich an dem rüden Wahnsinnsspiel beteiligt. Ich hatte jetzt nur noch den einen Wunsch, zu bekennen, mich irgend jemand anzuvertrauen, Kurt, oder besser noch, Großvater. Aber ich schämte mich zu sehr und trug das Erlebnis mit mir herum. Ich wurde schließlich krank, bekam Fieber und lag im Zimmer der Tanten zu Bett. Bella saß bei mir und pflegte mich. Die Nächte waren erfüllt von schrecklichen Träumen. Ich schrie in die Dunkelheit.

An einem Morgen fragte mich Tante Bella: »Was war's denn eigentlich mit den Schnecken? Du hast immerzu aus dem Schlaf geredet.« Ich täuschte Erstaunen vor. »Schnecken? Ich weiß nichts von Schnecken«, beteuerte ich. Doch ich suchte den Träumen nachzuspüren, ich begann mich langsam zu entsinnen, und plötzlich war er da und mir unvergeßlich eingefallen:

Der Schneckentraum

Die Hunde Männe, Schnuffler und Rex hatten beschlossen, auf dem Markt einen Wettlauf zu veranstalten, und Jonny, der altersschwache und gebrechliche Zwergpinscher, sollte Schiedsrichter sein. Nun standen die drei in einer Reihe, Männe, der schieflaufende Dackel, Schnuffler, der grobe Boxerhund, und Rex, der glatte und vornehme Dobermann, und warteten auf das Zeichen zum Starten, das Jonny geben sollte. Der sah angestrengt auf die Läufer, denn er war auf einem Auge erblindet, und bellte endlich heiser und zänkisch nach seiner Art auf. Da liefen die anderen Hunde gegen das Ziel.

Anfangs war der schlanke Rex im Vorteil. Wie ein Reh flog er dahin. Männe konnte nicht aufholen, obgleich er seine laufbewährten krummen Beine warf, während Schnuffler, der gutmütige Kinderfreund, schwerfällig und asthmatisch hinterdrein trottete. Männes Ehrgeiz wurde durch einen heiseren Bellruf seines – im übrigen unparteiischen – Freundes Jonny angefacht. Männe sammelte alle Kräfte und alle nur mögliche Anspannung in seinem kleinen Körper und rannte mit schlappenden Ohren wie um sein Leben. Und wirklich, es gelang ihm, sich Rex, den Vornehmen, wesentlich zu nähern. Dem armen Ehrgeizigen hing die Zunge so weit aus dem Maule, daß es den Anschein hatte, als lasse er sie auf dem Pflaster schleifen. Jetzt überholte der Kleine – wieder ein Bellruf des Pinschers Jonny – den ruhig dahinfliegenden Rex und wollte eben sein letztes Quentchen Energie beschwören, um die gewonnene Nasenlänge zu einem entscheidenden Vorsprung auszudehnen, als er plötzlich, unbegreiflich und wider jede Vernunft, mitten auf der Strecke stehen blieb und, die Schnauze am Boden, jämmerlich aufjaulte, während Rex, das Ziel schon fast erreicht, hinzuschoss, und Schnuffler, Männe nun auch überholend, Aussicht hatte, als Zweiter durchs Ziel zu gehen.

Was hatte den Dackel so irritiert, daß er den erregenden Kampf auf derart lächerliche Weise abbrach? Eine Schnecke, eine schöne große, mit Haus und kugelgeschmückten Hörnern, hatte ihn aus der Fassung gebracht, und während er sonst, vor jedem Kriechtier sich ekelnd, Reißaus nahm, hielt ihn diese Schnecke hier so in ihrem Bann, daß er einfach stehen bleiben mußte, um sie anzustarren und gleichzeitig in ein jaulendes Lamento über das damit eingebüßte Laufvergnügen auszubrechen.

Da packt Männe die Wut. Er überwindet seinen Ekel und schnappt nach der Schnecke. Plötzlich hat er ihr Haus im Maul, die helle schöne Weinbergschnecke aber ein gräßliches Loch im Rücken. Sie windet sich vor Schmerz, sie wird in ihren Qualen dunkler und dunkler und schließlich so schwarz wie eine gewöhnliche Waldschnecke. Sie beginnt mit feiner silberner Stimme zu klagen, sie klagt vor Schmerz und über den Verlust ihres Hauses. Das aber kann Männe nicht ertragen. So bleibt er sitzen und stimmt in ohrenbetäubender Dissonanz in die Klage mit der armen Schnecke ein.

Nun geschah etwas höchst Seltsames, Schnuffler, der Boxer, kommt böse herangetrottet, packt Männe, der das Schneckenhaus immer noch in der Schnauze hat, beim Genick und trägt ihn wie ein dienstfertiger Gendarm quer über den Markt geradewegs in Großvaters Haus. Er setzt den

Übeltäter auf den mächtigen Armstuhl vor dem Schreibtisch. Großvater schiebt die Brille auf die Nase und tippt mit dem Finger auf die Schreibtischplatte. Männe läßt jämmerlich die Ohren hängen und legt das Schneckenhaus in Großvaters Hand.

Damit aber ist die Sache für Männe noch nicht erledigt. Großvater schlägt ein großes Buch auf und hält es Männe unter die Nase: Männe muß vorlesen. Er tut es mit jaulender Hundestimme, voller Angst. Er liest stockend und mit falscher Betonung; Großvater hat den Rohrstock geholt, und bei jedem Fehler, den Männe macht, bekommt er einen tüchtigen Hieb. Männe wimmert so herzzerreißend, denn er ist wehleidig, daß Großvater schließlich Gnade vor Recht walten läßt. Er stellt den Stock in die Ecke, nimmt die Brille von der Nase, gibt Männe das Schneckenhaus und sagt: »Da, trag das zurück!« Männe schnappt das Schneckenhaus und ist schon aus der Stube.

Er sucht die ganze Stadt nach der Schnecke ab, steckt seine Schnauze in jeden Winkel, er forscht das Gemäuer ab und findet sie nicht. Endlich, als Männe schon ganz verzweifelt ist, ratlos seine Vorderpfote hebt und Kopf und Ohren hängen läßt, findet er die Schnecke am armseligsten und abgelegensten Ende der Stadt. Mit tolpatschiger Behutsamkeit setzt er das Haus auf die Wunde, und siehe, die Schnecke wird wieder hellfarbig und schön wie sie ehedem war. Stolz strecken sich die Kugelhörner und bedächtig gleitet sie davon.

Männe aber macht einen Luftsprung und jagt, schief laufend und mit schlappenden Ohren, nach Hause.

Sechstes Kapitel

Nicht das Erinnern ist schwer – es ergänzt sich erstaunlich aus sich selber beim Erzählen –, sondern Umstand und Zeitfolge in das richtige Verhältnis zu bringen. <u>Wann</u> geschah mir das, ist zu fragen; war es in Großvaters letzten Tagen, oder noch in jener Kleinkinderzeit, die einzufangen mir mit dieser Erzählung gelang? Oh, wie täuschend ist doch alles Zeitliche! Es rauscht an uns vorbei, es treibt uns mit sich fort, es läßt uns weit zurück, und ehe wir recht zum Nachdenken gekommen sind, rauscht schon Neues und wieder Neues heran, und das Vergangene verliert an Umriß und wird Nebel, der Vergessenheit heißt.

Die Jahre sind hingegangen, aus dem Kind-Knaben wurde der Knabe, während Großvater sich der Vollendung seines achten Jahrzehntes näherte. Sein Rücken krümmte sich unter der sich noch immer nicht erleichternden Lebenslast. – Erst ein Jahr vor seinem Tode sollte er bereit sein, das Amt in die Hände eines Jüngeren zu legen und von seiner Arbeit auszuruhen. Noch hielt er die Zügel in den Händen, streng und kompromißlos, doch ohne recht bemerkt zu haben, daß die Zeit eine junge Generation in die erste Reihe schob, und daß Leben, Form und Anschauung seiner Zeitgenossen sich merklich geändert hatten. Immer weniger zufrieden war der alte Mann mit den Menschen, die er um sich sah. Er hielt an dem Maßstab fest, den er kannte und nach dem er maß, einst genau so wie heute.

Und doch, auch Großvater hatte sich als Mensch gewandelt. Es war nur im engsten Kreise der Seinen zu merken, doch zuweilen allerdings auch in seinen Predigten. Nicht mehr als stählerner Ankläger stand er nun vor seinen Hörern, wenn auch immer noch als der unbestechliche Verfechter seiner festen Glaubensform. Ein weicherer Ton hatte sich in seine Rede geschlichen, eine dunklere Klangfarbe der Klage, die von jener jungen Generation oder gar von deren Söhnen nicht mehr verstanden, sondern als unsachlich, oder gar als sentimental empfunden wurde. Sie opponierten innerlich gegen den für sie weinerlichen Geist des Alters, ohne zu verstehen, daß dies ein natürlicher Wandlungsprozeß eines Menschen war, der nicht mehr lange zu leben hatte. Ich, der Enkelknabe, verstand ihn.

Ich habe seinen hohen Forderungen in jüdisch-geistiger Hinsicht nie entsprechen können. Es schmerzte ihn tief, daß ich, ein sonst aufgewecktes und in gewissem Sinne auch begabtes Kind, in jene weiten Gebiete nicht einzudringen vermochte, in welchen er seit seiner Kindheit zu Hause war. Er resignierte nicht, sondern versuchte mit nie erlahmender Geduld, mein Interesse an dem jüdischen Geschichtsstoff und vor allem an der hebräischen Sprache zu erwecken. Mit Beschämung und Bedauern gestehe ich, daß es ihm nicht gelang, in mir auch nur ein kleines Flämmchen der Liebe zu dieser mir damals starr und seelenlos erscheinenden Welt zu entfachen. Andere Dinge, die mich bewegten, ließen sie nicht zum Leben aufkommen. Und wenn mich vielleicht doch einmal unter Großvaters grenzenloser Mühewaltung etwas wie Wärme für den Lehrstoff ankam, und ich mir gestand, daß ich ihn mir, wenn ich mich wirklich hineinkniete, auch näher bringen konnte, so versanken solche lichtvollen Erkenntnisse sofort wieder im Meer der Vergessenheit, sobald die Osteroder Ferien beendet waren und ich nach Königsberg zurückkehren mußte.

Dort allerdings gab es niemand, der den jüdischen Lehrstoff, tot, wie er uns geboten wurde, zum Leben zu erwecken vermochte. Es war bezeichnend, daß für uns »Religion« nur ein Unterrichtsfach war, das im wöchentlichen Stundenplan des Gymnasiums zweimal auftauchte. Den Besuch der mir so verhaßten Religionsschule hatte ich nach und nach völlig eingestellt, was Großvater übrigens nicht wußte. Aber traf uns, mich und meine Generation, die Schuld an diesem Übelstand? Konnte unsere Haltung eine andere sein? Kam sie nicht viel mehr aus der assimilatorischen Gesinnung, welche die Juden, und insbesondere die Männer, beherrschte, denen unsere jüdische Erziehung anvertraut war und die das Fach »Religion« lehrten? Sie waren, bis auf geringe Ausnahmen, die unfähigsten Lehrer, denen ich begegnet bin, als Persönlichkeiten dürftig, in ihren pädagogischen Grundsätzen unklar und in ihrer Art zu lehren von einer Öde und Langweile, die uns die Unterrichtsstunde, ehe sie noch begann, als nutzlos und vertan erscheinen lassen mußte.

Hatte Großvater bislang versucht, mich mit Strenge und Strafe zu einer richtigen und würdigen Einstellung zu bringen, so schien jetzt, in seinen letzten Jahren, auch mir gegenüber die Härte gebrochen. Er bemühte sich, mir klar zu machen, warum er mehr von mir fordern mußte als jene jüdischen Lehrer in der Großstadt. Sie täten eben nur ihre Pflicht, und wenn ein Schüler nichts lernte, so sei es seine Sache, und er habe später darunter zu leiden. »Sieh einmal«, so sagte er wohl zu mir, »mein Vater, mein Groß- und mein Urgroßvater haben in dieser Lehre ihren Lebensinhalt gesehen. Dein Vater ist gleichsam aus der Reihe gesprungen, sein Sinn war in eine andere Richtung gelenkt. So ist er kein Mann der Lehre, sondern ein Handwerker geworden. Ich möchte, daß Du wieder in die Reihe eintrittst und sie dereinst weiter führst. Darum sehe ich so auf Dich, Kind.« Und von der hohen Warte seines Alters erklärte er mir den Sinn des Judeseins. Richtiger als seine Zeitgenossen erkannte er, daß Judesein keine bloße Formalität, sondern ein Gesinnungsinhalt zu sein habe und nicht zuletzt ein Wissensfundus.

Ich habe damals nicht verstanden, worum es ging, und Großvaters Ermahnung huschte an meinem Ohr vorüber.

Meine Unkenntnis empfand ich nur vor Großvater als einen Mangel, nicht aber vor den anderen, die keinen Anstoß daran nahmen und auch keine Gelegenheit hatten, das, was mir fehlte, zu bemerken. So wurde mein Herz nicht angerührt von dem Gebot des alten Mannes, und erst Jahre später, als er lange nicht mehr war, näherte ich mich ihm auf mannigfachen Umwegen. Jetzt erst, nahezu dreißig Jahre später, hier in Palästina, begann ich mit dem Ernst um die hebräische Sprache zu ringen, den Großvater so erfolglos damals von mir verlangt hat.

Ein warmes Menschentum ging von Großvater aus, ich war verständig genug, es zu spüren. Er nahm mich schützend unter seinen Fittich, ich war mir dessen bereits bewußt. Die Spätsonne seines Lebens füllte noch einmal das alte Haus am Marktplatz. Jetzt erst war er in Wahrheit Ahne und Patriarch geworden.

Der von ihm mit Strenge und Umsicht geübte Brauch; die Tradition in der Familienmitte; das jüdische Jahr in seinem bunten abwechslungsreichen Umlauf, mit seinen Festen und Symbolen, hatten immer einen hohen Reiz für mich – im gleichen Maße wie der tote Wissensstoff der Bücher mir fremd geblieben ist.

Wenn der harte ostpreußische Winter gebrochen war und plötzlich eine warme Sonne über den Schneeresten der Felder erschien, die Eisdecke des Sees dünner und dünner wurde, bis sie schließlich von dem wieder zum Leben erwachten Wasser verschlungen wurde, rüstete man zum Pessachfest. Tante Gertrud hatte schwere Tage, das Haus wurde bis zur Bodenkammer hinauf durchstöbert und gereinigt, man rückte Möbel, wusch Gardinen, scheuerte Dielen, wenn nicht gar der Maler gerufen wurde, damit eines der Zimmer einen neuen Anstrich oder eine neue Tapete erhielt. Großvaters Haus, diese gerühmte Stätte der Ordnung, war für Tage zum Chaos und zur Lärmhölle geworden. So benutzte der alte Mann, der Tante Gertruds Stöber- und Reinigungswut hilflos ausgeliefert war, diese Woche vor Pessach gern, um zu Vetter Simon nach Kukukswalde zu fahren, wenn er nicht gerade eine bis dato aufgeschobene Dienst- und Inspektionsreise antrat. So konnte Tante Gertrud nach Belieben das Haus regieren, und während sie Bella, die in diesen Tagen ohne Erbarmen eingespannt wurde, gewissermaßen als ihre Assistentin damit betraute, die begonnene Reinigungsaktion nach ihren Plänen zu Ende zu führen, eröffnete sie selber zusammen mit der Hausbesorgerin mit dem unaussprechlichen polnischen Namen in der Küche eine solche fieberhafte und lärmvolle Tätigkeit, daß nicht nur Herd und Töpfe, sondern auch die herumhantierenden Frauen dampften.

Rechtzeitig vor Pessach-Anfang kehrte Großvater zurück. Er fand das Haus gereinigt und zum Feste gerüstet vor. So konnte er daran gehen, »Chomez zu batteln«, die symbolische Nachforschung nach gesäuertem Brot vorzunehmen und ein aufgespartes Stückchen zu verbrennen, um somit Tante Gertruds Reinigungswerk abzuschließen. Und wenn dann Großvater, angetan in seinem weißen Sterbekittel, den jeder Jude schon zu Lebzeiten besitzen und bei besonderen Anlässen tragen soll, die seidene silberbetresste Mütze auf dem Haupt, an der Sedertafel Platz nahm, umgeben von Kindern, Enkeln und Gästen, und die Geschichten vom Auszug aus Ägypten, so wie sie sich nach der Haggadah zugetragen haben, mit feierlichem Singsang zu erzählen begann, dann war es wirklich, als seien vergangene Zeiten zu kurzem Leben erweckt. Und wenn ich auch die hebräischen und aramäischen Texte nicht verstehen konnte und dem Ablauf der Erzählung nur mit Mühe und, der Schönheit der Quelle entfernt, lediglich an Hand der beigedruckten deutschen Übersetzung folgen konnte, so taten doch die Bilder der Haggadah das ihre, um meine Phantasie mächtig anzuregen. Ich sah Moses im orientalisch-üppigen Palast vor Pharao für sein Volk reden, seine Brüder beim Pyramidenbau in der Ferne, die Heimsuchungen der Ägypter durch die von Gott gesandten Plagen, den endlichen Auszug der Kinder Israel, das Wunder beim Roten Meer und die geheimnisvolle Wasserweckung aus dem Felsen. Die Lieder des Sederabends schlossen sich an, mit ihren eigenartig rhythmisch-eintönigen Melodien. Großvater saß, wie ein König gekrönt und auf Polster gestützt, in unserer Mitte. Ich vergesse nicht, wie ihm bei diesen Gesängen die Tränen in den Bart liefen. Ich wunderte mich, daß er an diesem freudigen Ereignis weinte. Wie konnte ich damals auch das tragische Schicksal des Judenvolkes begreifen – weit, weit zurück lagen die Geschehnisse von Knechtung und Wüstenwanderung, und was ich vernahm, hatte das Gruselig-Anheimelnde von alten Märchen. Dem lauschenden Knaben, der das Schicksal seines Volkes als Realität damals nicht erfassen konnte, sollte es vorbehalten bleiben, mehr als zwei Jahrzehnte später den grausigsten und mörderischsten Ablauf jüdischer Geschichte mitzuerleben. Der Großvater aber, der in weiser Einfühlung den Sinn der Haggadah verstand und bei ihrer Vorlesung wie ein Kind weinte, sollte von der erlebten Wiederholung der Geschichte verschont bleiben.

Die Pessachwoche verlief in beschaulicher Feststimmung, eine Zeit des Friedens und der Sicherheit für jedermann. Acht laue Vorfrühlingstage, die zu nachbarlichen Besuchen und zu Spaziergängen einluden, verdrängten nur zu bald die Erinnerung an eine schicksalsschwere und quälende Vergangenheit.

So brachte der Umlauf des Jahres das Wochenfest, da wir Kinder helfen durften, das Gotteshaus mit jungem Birkengrün zu schmücken. Der Sommer verging. Schon waren die hohen Feiertage gekommen, das Neujahrsfest und der Versöhnungstag. Nun galt es, Buße zu tun, Rechnung und Rückschau zu halten. Großvater rief von der Kanzel herab seiner Gemeinde von neuem die Bedeutung der »furchtbaren Tage« ins Gedächtnis, da ein jeder vor Gottes Thron zu erscheinen hatte, um sich zu rechtfertigen für alle Gedanken und Handlungen während des vergangenen Jahres und um gereinigt und von Sünde erleichtert einzutreten in das kommende.

Diese Feste waren zu schwer, zu lastend für mein Kinderherz, das von Schuld und Sühne noch nichts wußte. Ich war weidlich froh, wenn sie vorüber waren. Sie brachten doch zuviel der Tränen und der Seufzer, und es war mir einfach peinlich, in all dem Lamento nicht mitweinen und nicht mitseufzen zu können, weil ich doch nun einmal nicht begriff, worum es eigentlich ging.

Das Sukkothfest hingegen erschien mir immer als die wohlverdiente Belohnung für all mein wackeres Durchhalten an den ernsten Festen. Großvater besaß eine große Sukka, eine hölzerne, dachlose Laubhütte, die in jedem Jahr im Hofe, an die Hausmauer gelehnt, von Zimmermannshand neu aufgeschlagen wurde. Ich unternahm mit Kurt und Werner, gefolgt von dem keifenden Jonny und dem asthmatischen Schnuffler, Streifzüge in den herbstlichen Wald. Mit Tannengrün, Tannenzapfen und Farnkraut beladen kehrten wir heim und gingen daran, unter Bellas Aufsicht die noch kahle Hütte zu schmücken. Auf der Leiter hantierend, gaben wir der Sukka ihr tannenduftendes, grünes, der Bläue des Herbsthimmels Durchlaß gebendes Dach. Wir nagelten die Farnkräuter an die Holzplanken der Wände, fertigten Guirlanden aus buntem Glanzpapier und hängten in gleichen Abständen Tannenzapfen und rote Äpfel daran. Noch heute habe ich das Duftgemisch von Tannengrün, brennenden Wachskerzen und Harz in der Nase.

Es war geboten, die Mahlzeiten in der Sukka einzunehmen. Bei Kerzenschimmer saßen wir um den gedeckten Tisch. Nach dem Gottesdienst drängte sich die große Menge der von Großvater zum Kiddusch Geladenen in die Sukka. Oft war es schon so herbstlich-winterlich, daß wir mit Mänteln und Halstüchern vor unseren Tellern saßen und Großvaters Atem beim Lichterglanz sichtbar wurde, wenn er die Lobsprüche über Wein und Brot hersagte. Kein noch so jäher Temperatursturz konnte Großvater daran hindern, in der Sukka die Mahlzeiten einzunehmen und auf diese »Mizwah«, dieses fromme Gebot, zu verzichten. Da er von bester gesundheitlicher Konstitution war, erkältete er sich nie bei dem Anlaß, und während uns anderen zuweilen bedenklich die Nasen liefen und wir mit klammen Fingern kaum den Löffel halten konnten, bemerkten wir an Großvater nie ein Anzeichen, daß es ihm in seiner Sukka nicht gemütlich war.

Von Simchat Thora, dem Thora-Freudenfest, habe ich schon erzählt. Es war einmal ein trauriger Tag für mich gewesen, wie wir uns erinnern, in Zukunft aber wieder zu dem geworden, was es sein sollte, ein Freudenfest, zumal ich als auswärtiger Gast der Gemeinde – und nach der schlechten Erfahrung, die man mit mir gemacht hatte – hinfort von der Pflicht, zur Thora aufgerufen zu werden, entbunden blieb. So saß ich, vergnügt und unangefochten von Lampenfieber, im Gotteshaus, im sicheren Bewußtsein, daß mir nichts geschehen konnte. Es war ähnlich wie damals, als mich Großvater in die Schule mitnahm und mir, dem noch nicht Schulpflichtigen, die Gefahren des Unterrichts nichts anhaben konnten.

Damals kam Tante Johannas ältester Sohn Bruno, mein Vetter, der mir bis zu seinem frühen Tode in Freundschaft verbunden blieb, zu Großvater in Pension. Er besuchte das Osteroder Gymnasium. Leider traf ich ihn bei meinen Besuchen in Großvaters Haus nie an, da er während der Schulferien stets zu seinen Eltern heimfuhr. Doch ich fand in Osterode seine Spuren, seine Bücher nämlich und sein Schreibpult, die mir nachgerade seine Gegenwart ersetzten, und von denen ich eigenmächtig vorübergehend Besitz ergriff. An diesem Schreibpult begann ich zu lesen, Jungen- und Abenteuergeschichten, vor allem aber den »Robinson«. Ich las mit glühenden Wangen, sodaß ich bei dieser Lektüre sogar Kurt und Werner, die Waldgänge und die Hunde vergessen konnte. Etwas völlig Neues erschloß sich mir. Zum ersten Male spürte ich den Genuß des Lesens, sodaß ich in der Folgezeit gar manche Bücher zur Hand nahm, nur um des Lesens willen, und ich derart, völlig programmlos und vom Zufälligen abhängig, den Grundstock zu meiner Geistesbildung legte. So war mein Vetter Bruno schon damals ein für mich überaus wichtiger Anreger, ohne daß er es wußte. Später, als er ein Jahr vor Großvaters Tod auf das Gymnasium in Königsberg kam und wir richtige Freunde wurden, hat er diese Anregung bewußt fortgesetzt. Aus seinem Munde hörte ich zum ersten Male Namen wie Eichendorff, Mörike, Heine, Hermann Hesse und Thomas Mann. Bruno hatte damals schon eine Bibliothek, obgleich er nur zwei Jahre älter war als ich. Ein Bändchen Gedichte von Eichendorff, das er mir schenkte, sollte das erste meiner eigenen werden.

Bruno ging nach dem Ersten Weltkrieg nach Berlin. Er trat in die Fabrik meines Onkels Oskar Skaller als Lehrling ein und wurde ein ungewöhnlich befähigter Kaufmann, der rasch aufstieg und zu großen Einkünften kam. Er war für mich immer das Vorbild des Lebenstüchtigen, den ich insgeheim beneidete. In allem, was er begann, hatte er Glück, er war beliebt bei Vorgesetzten und Untergebenen und galt allgemein als Günstling des Schicksals – bis er urplötzlich an Tuberkulose erkrankte, rasch verfiel und in jungen Jahren starb.

In Brunos Osteroder Schreibpult also fand ich eines Tages eine graue Broschüre, sie hieß »Im deutschen Reich«, und darin einen Aufsatz Großvaters mit dem Titel »Können die Juden unserer Zeit ein modernes Volk sein?«. »Im deutschen

Reich« war das Organ des Zentralvereins deutscher Staatsbürger jüdischen Glaubens. Ich will nicht behaupten, daß ich Großvaters Aufsatz, den ich sofort, wie alles Gedruckte, das mir in die Hände kam, las, nun auch verstanden habe. Fest steht, daß ich damals bereits etwas von Zionismus wußte, und so dem Sinn von Großvaters Arbeit entnehmen konnte, daß er ein leidenschaftlicher Gegner des jüdisch-nationalen Erneuerungsgedankens war.

Woher kamen mir die Kenntnisse von der jüdisch-politischen Situation jener Jahre? Lange Zeit wohnte bei meinen Eltern eine uns befreundete Dame, die wir Tante Martha nannten, weil sie uns nahestand, wie nur irgend eine unserer Verwandten. Tante Martha war Zionistin, in ihrem Zimmer hing Herzls berühmtes Bild, ihn auf der Rheinbrücke in Basel darstellend, wie er über den Fluß sinnend in die Ferne blickt. In diesem Zimmer sah ich auch zum ersten Mal eine Nationalfondsbüchse. Tante Martha, vom romantischen Geist jener Frühepoche des deutschen Zionismus besessen, sparte nicht mit Antworten auf meine Fragen. Sie pflanzte, noch vor meiner Schulzeit, die zionistische Idee in mich, die mein zukünftiges Leben geistig nähren und, zumal nach Hitlers Machtergreifung, bei inneren Kräften erhalten sollte. Ein Freund Tante Marthas, ein Referendar namens Ilk, gehörte mit ihr zu jenem verdienstvollen Kreis junger Zionisten wie Walter Pelz, Walter Stein, Hugo Hoppe und anderen, deren Namen in den Annalen des deutschen Zionismus unvergeßlich bleiben werden. Da meine Eltern scharfe Antizionisten waren, Tante Martha und ihre Freunde sich oft bei uns am Familientisch versammelten, kam es zu heftigen Diskussionen, deren Zeuge ich war. Selbstverständlich hing mein Herz an der jungen Herzl'schen Bewegung. Die zionistische Forderung, die ich ihrem Sinne nach bestimmt noch nicht verstehen konnte, erschien mir wie die Zauberformel für ein neues Leben, und erst in späteren Jahren, als mir Tante Martha die zionistische Kinderzeitschrift Jung Israel bestellte, nahm mein Zionismus die ersten bewußteren Formen an. Jedenfalls war damals schon Palästina ein fester Begriff für mich; es war das Wunderland der Erlösung, das Land des Weines, der Palmen und der ackernden Juden vor einer aufgehenden Sonne. Der Begriff »Palästina« wandelte sich in mir mit allen nur möglichen Variationen, bis ich das Land schließlich in seiner schönen und zugleich brutalen Realität erleben durfte.

Ich will hier eine kleine Geschichte erzählen, die bezeichnend ist für die mir von Tante Martha eingegebenen romantisch-zionistischen Träumereien: Im ersten Schuljahr ließ der Lehrer Raffel alle Kinder in der Klasse ein beliebiges Lied singen. Als die Reihe an mir war, sang ich wie selbstverständlich Theodor Zlocistis »Wohlan, laßt das Sinnen und Sorgen«, das damalige Kampflied der Zionisten, das mich in allen Strophen Tante Martha und Referendar Ilk gelehrt hatten. Ich sang es mit dem für den Lehrer Raffel völlig unverständlichen Kehrreim »Auf Hedad, Hedad, unsre Bahn ist frei!« Als mich der Lehrer hernach fragte, was denn eigentlich dieses »Hedad, Hedad« bedeute, antwortete ich ihm, achselzuckend über so viel Unkenntnis: »Das ist ein alter jüdischer Schlachtruf!«

Großvater hatte für die romantische Idee des Zionismus nichts übrig. Ich ersah, oder besser: erahnte es aus jenem Aufsatz. Sonst war von dieser Gegnerschaft nicht viel zu spüren. Ich zerbrach mir nicht weiter den Kopf über Großvaters Einstellung zu den jüdischen Problemen, zumal er für mich turmhoch über jenem Hin und Her der Meinungen stand, dem ich zuweilen im elterlichen Wohnzimmer, kaum etwas verstehend, zuhörte. Nun aber geschah eines Tages dies: Referendar Ilk wurde als erster zionistischer Redner in die Provinz geschickt. Er kam auch nach Osterode. Über meine Eltern bestand eine Beziehung zu Großvater, der ihn sehr kühl empfing und ihm riet, bei seinem Bemühen Osterode aus dem Spiel zu lassen und davon Abstand zu nehmen, hier eine zionistische Propagandaversammlung einzuberufen.

Der junge Mann kümmerte sich nicht weiter um Großvaters negative Einstellung zu seinem Vorhaben, sondern mietete einen Saal in einem Wirtshaus. Er hatte in Tante Bella, auf welche Weise auch immer, ich weiß es nicht, die erste Osteroder Gesinnungsgenossin gefunden. Deren Freundin war ebenfalls bald gewonnen. Diese Drei nun machten eine fieberhafte Propaganda für die bevorstehende Versammlung, während Großvater sowohl privat von Mund zu Mund als auch qua officio von der Kanzel herab seinen Gemeindekindern geradezu verbot, die Versammlung zu besuchen, deren Erfolg denn auch entsprechend sein sollte.

Im Hause gab es zunächst zwischen Großvater und Tante Bella einige heftige Auftritte. Aber wir wissen ja, daß diese seine jüngste Tochter zu einer Aufsässigkeit neigte, welcher der alte Mann einfach nicht gewachsen war. Bellas Begeisterung wuchs nur noch durch das väterliche, in der Wirkung völlig platonisch bleibende Machtwort. Sie gefiel sich bereits in der kleidsamen Märtyrerrolle, die sie für den Zionismus spielte, und warb mit nur noch gesteigertem Elan für die Versammlung.

Sie kam schließlich zustande, wurde von elf Osteroder Juden, die jugendlichen eingerechnet, besucht, vor denen Referendar Ilk mit einem Pathos, als stände er vor tausend Hörern, seine zionistischen Ideen und Forderungen entwickelte. Ilk reiste in unbeirrbarem Optimismus ab, als hätte er eine große Schlacht gewonnen. Tante Bella und ihre Freundin Paula ließ er als glühende Anhängerinnen zurück, denen es in der Folge gelang, in Osterode sechs Nationalfondsbüchsen aufzustellen. Eine davon befand sich, versteckt und umhütet, in Großvaters Haus.

Siebentes Kapitel

Die Ferien in Osterode unterschieden sich, wenigstens in dieser Altersperiode, kaum mehr voneinander. Es gab die gleichen Schatten, nämlich die Lese- und Lernproben bei Großvater, und die gleichen Lichtpunkte: das Spiel und das Herumstreifen mit den Freunden, die patriarchalischen Gebräuche des Hauses, und nunmehr auch ein sacht einsetzendes Träumen und Nachdenken über aufgeschlagenen Büchern, ein Gedanken- und Phantasiespiel, das anfing, mir zur Gewohnheit zu werden und das mich nachdenklich machte. Will ich meinen damaligen Standort feststellen, so liegt er schon nahe der Stufe, die vom Knabenalter hinweg- und hinaufführt; denn nachdenklich ist das Kind nicht, der ältere Knabe ist es, wobei die Zahl der Lebensjahre für uns nicht ins Gewicht fallen darf. Damals war es, daß sich die ersten Stürme und Beunruhigungen, noch kaum spürbar, ankündigten.

Es war ein Gleichmaß in der Welt, das wir, Söhne einer bewegteren und bedrohteren Epoche, vergessen oder überhaupt nicht gekannt haben. Die einzelnen Ferienabschnitte glichen einander so bis ins Letzte, weil das Leben ablief wie eine Uhr mit gutem Werk, und gab es wirklich einmal eine Störung, so fand sich rechtzeitig ein guter Uhrmacher – ein tüchtiger Arzt etwa, oder ein wohlhabender Verwandter, der auf andere Art zu helfen wußte – und brachte das Gangwerk wieder in Ordnung, so daß die Uhr weiterlief, wie man es gewohnt war. Man arbeitete und aß und liebte, man zankte und versöhnte sich, und man starb schließlich auf die überkommene und gewohnte Weise – es war eben das endgültig in den Schlund der Weltkatastrophe gestürzte Zeitalter der bürgerlichen Idylliker.

Als ich im Juli 1915 meine Sommerferien in Osterode verbrachte, nunmehr bereits zwölf Jahre alt, waren die alten sorglosen Zeiten, hier wie überall, bereits merklich verändert. Der Krieg sammelte Wolken über den Häuptern der einst so Sorglosen und sich so sicher Dünkenden. Die Provinz Ostpreußen hatte in den ersten Kriegswochen maßlos gelitten und war wie durch ein Wunder von den eingefallenen Russen befreit worden und somit von der Okkupation verschont geblieben. Durch die Stille der Osteroder Straßen hallte der Marschtritt der grauen Kolonnen, Transportzüge mit Menschen- und Heeresmaterial donnerten Tag und Nacht durch die kleine Station nach Osten, und nur zu oft sah man, heimwärts fahrend, die langen, mit dem Roten Kreuz gezeichneten Waggonketten der Lazarettzüge.

Noch war es der Anfang des Krieges. Niemand ahnte, welch langer und schrecklicher er werden sollte. Trotz großer Opfer, trotz Verlusten an Gut und Leben, war man zuversichtlich. Die Möglichkeit, daß Deutschland den Krieg verlieren könnte, zog niemand in Rechnung. Noch war es der schneidige Anfang der tönenden Phrasen und des Selbstbetrugs, noch gab es zu essen, noch sang man kriegslustige Lieder. Man steckte sich patriotische Abzeichen in die Knopflöcher und war stolz auf jedes Familienmitglied, das im Felde war. Der Krieg war, vorerst noch, für jeden Deutschen ein schmetterndes Abenteuer.

Und in welchem Maße erst für uns Jungen! Wir spielten »Krieg«. Ich selbst, bisher nicht sonderlich sportlich oder martialisch veranlagt, wurde mitgerissen von dem allgemeinen Taumel nach Kriegerischem. Auf dem Paradeplatz in Königsberg wurde ich eifriges Mitglied einer Jungenkompagnie, die täglich exerzierte und im Buschwerk der Anlagen oder im Gewinkel der anliegenden Straßen ihre Feldübungen machte. Ein jeder erschien so waffenstarrend als möglich, man rüstete sich mit allem aus, was man nur irgend aufstöbern konnte, mit alten Rapieren, Indianerdolchen aus Holz, erbeuteten russischen Monturstücken, welche die Väter beim Urlaub als Trophäen von der Front heimgebracht hatten. Ich trat mit einem Kavallerie-Spielsäbel an, eine Schreckschuß-Pistole in der Hand, zu welcher mir meine Mutter ein Futteral aus braunem, lederähnlichem Stoff gemacht hatte. Da ich keine geeignetere Kopfbedeckung hatte, trug ich zum »Dienst« meine an sich schon nicht unmilitärische Matrosenmütze, deren Bänder mir beim Laufen lustig im Nacken flatterten. So verbrachte ich ganze Nachmittage beim »Kriegsspiel« und kam erst nach Einbruch der Dunkelheit abgerissen, schmutzig und über alles Maß hungrig nach Hause – dabei begannen schon Kleidungsstücke, Seife und Brot knapp zu werden.

Obgleich ich in kurzer Zeit zum stellvertretenden Kompagniechef aufgerückt war, genügte mir dieses Spiel mit der bunt zusammengewürfelten Rotte, die wir bildeten, nicht mehr, ähnelten wir doch eher einer furchteinflößenden Räuberbande als einer gleichmäßig ausgerichteten und gekleideten militärischen Einheit. Nach langem Bitten und nach glücklich erfolgter Versetzung in die Quarta erlaubten mir die Eltern meinen Eintritt in den »Jungsturm«, eine richtige militärische Jugendorganisation, und auf meinem Geburtstagstisch fand ich beseligt eine Drillichuniform mit blau-weiß-blauen Kragenspiegeln, einen Südwester mit einer großen Kokarde und Ausrüstungsgegenstände wie Brotbeutel, Feldflasche, Riemen, Trinkbecher und Wickelgamaschen. Meine Freude hatte keine Grenze, denn jetzt war ich beinahe schon ein wirklicher Soldat geworden. Nun ging ich am Sonntag zu planmäßigen Felddienstübungen, wurde gedrillt, mußte marschieren und durfte Offiziere auf der Straße grüßen, wenn ich in Uniform zum Dienst ging.

Das alles fand seine zeitweilige Unterbrechung durch die Osteroder Ferien. Ich lernte es wieder, mich als Einzelwesen zu fühlen und mich mit mir selbst zu beschäftigen. Ich lernte allerdings den Krieg auch von einer anderen Seite kennen.

Tante Bella, die ein Jahr vor dem Krieg nach Domnau geheiratet hatte und deren Mann als Unteroffizier seit den ersten Augusttagen 1914 an der Ostfront stand, hatte mit ihrer kleinen Tochter Irma in Großvaters Haus Zuflucht gefunden. Sie hatten in Domnau ein Haus und ein Geschäft gehabt, das Bella, als ihr Mann so plötzlich ins Feld kam, recht und schlecht allein zu versorgen versuchte, obgleich sie eben erst ein Söhnchen, ihr zweites Kind, geboren hatte. Beim Einbruch der Russen mußte sie zusammen mit ihren Nachbarn aus der Stadt fliehen. Sie hatte nichts bei sich als die beiden Kinder und ein Bündel Wäsche, in der Hast des Aufbruchs zusammengerafft. Auf einem Leiterwagen fuhr sie Tag und Nacht, zusammen mit den anderen obdachlosen Frauen und Kindern, bis nach Westpreußen. Dort erst konnte man die Flüchtlinge sammeln und in Schulen und Scheunen notdürftig unterbringen. Aber auf dieser Leiterwagenfahrt erkältete sich Tante Bellas Baby und starb eines Nachts in ihren Armen. So kehrte sie schließlich heim in Großvaters Haus.

Es war nicht mehr die heitere, trällernde, spitzbübische Bella, die ich jetzt in Osterode antraf, nicht jene, die ihren schwarzen Lockenkopf mit bewußter Anmut durch die Straßen der Stadt getragen hatte und mit welcher der strenge Großvater niemals fertig werden konnte. Was da in Großvaters Studierstube auf mich zukam, war eine kranke, müde Frau mit einem hageren, vergrämten Gesicht und den ersten grauen Strähnen im Haar. Zwar herzte sie mich bei diesem Wiedersehen in gewohnter Weise, aber ich gewahrte, daß diese Freude nur ein kurzes Aufflackern, ein Sich-Emporreißen aus tiefer Melancholie war. Es war ein Sprung in ihrem ganzen Wesen und ein Mißton in ihrem Lachen. Sie sprach unaufhörlich von ihrem kleinen Sohn. Wie ein Engel sei er während der Fahrt über die holprige Landstraße auf ihrem Schoß eingeschlafen, ohne zu weinen. Erst am Morgen habe sie es bemerkt und vergeblich des Kleinen erkaltenden Körper warmzureiben versucht.

Großvater fiel ihr ins Wort und versuchte sie abzulenken. Es gelang ihm auch für eine kleine Weile. Bald aber sprach sie wieder von dem toten Kinde. Sie saß traurig auf dem Sofa, sie blickte mit übergroßen Augen ins Leere vor sich hin und wartete, wartete auf einen Feldpostbrief von ihrem Mann. Kam ein solcher endlich, so lebte sie auf, las Stellen daraus vor, fand wieder Lebensmut und beschäftigte sich mit ihrer Tochter Irma, bis sie wieder von ihrem Sohn zu erzählen begann, um schließlich wieder in ihre Versunkenheit zu verfallen und zu warten, bis der nächste Brief kam. Das war Bellas Leben.

Es kam mir in den Sinn, daß der Krieg nicht nur ein schmetterndes Abenteuer war. Ich wußte ja eigentlich noch nichts von ihm, aber die veränderte Tante Bella hatte seine bunte Verkleidung herabgerissen und mich tief in die Mitte seines Wesens blicken lassen. Jetzt erst lernte ich begreifen, was »Krieg« bedeutete. Das Schicksal Bellas griff mir ans Herz. Ich ahnte plötzlich die Leiden, die über die Erde gekommen waren, und es wurde mir klar, daß jenes Soldatenspielen in Königsberg eigentlich ein frivoles Spiel gewesen war. Großvaters Menschentum, ganz aufgetan für die arme, vertriebene Frau, seine selbstverständliche Betreuung ohne viel Worte, sein Einsatz, um die Gebeugte aufzurichten und für das Leben und ihre Pflichten wieder brauchbar zu machen, was ihm schließlich auch gelang – das schien mir ein größerer und gemäßerer Kriegsdienst.

Aber noch ein zweites Erlebnis sollte mich auf gleiche läuternde Art indirekt mit dem Kriege konfrontieren: An einem Freitagabend waren zwei jüdische Soldaten bei Großvater zu Gast. Tante Gertrud hatte das Mahl mit der üblichen Umsicht gerichtet, es mangelte an nichts, denn in Osterode war dank seinem fruchtbaren Hinterland von einer Verknappung der Lebensmittel noch nichts zu spüren. Wir saßen also um die festlich gedeckte Tafel wie mitten im Frieden, und nur die feldgraue Gewandung der beiden Gäste erinnerte an den Wandel der Zeit. Einen von ihnen hatte ich sofort ins Herz geschlossen. Es war ein Musiker aus Berlin, ein quicklebendiger kleiner Kerl, ein richtiger Tausendsassa der Unterhaltung. Nach dem Essen sang er mit wunderschöner Stimme Schubert-Lieder, er gab Rätsel und Anekdoten zum besten, er erzählte auf unvergleichlich komische Art Geschichten aus seiner Kindheit und seiner Schulzeit. Wir lachten bis zu Tränen. Selbst Großvater, den ich nicht oft lachen gesehen habe, wurde durch den Gast so angeregt und aufgeheitert, daß er seinerseits ein paar lustige Geschichten aus seiner Jugend und den Anfängen seiner Osteroder Amtszeit zum besten gab. Es war ein ungewohnter Freitagabend; sonst ging es ernster zu an Großvaters Tisch. Der kleine Soldat hatte gewissermaßen frische Luft ins Haus gebracht und Großvaters Gewohnheiten, und damit die unseren, auf ein paar Stunden wohltuend durcheinandergebracht und die Freitagabend-Ordnung einfach auf den Kopf gestellt. Selbst Tante Bella schien wieder wie früher geworden, sie lachte so herzhaft und ausgiebig wie in alten Zeiten, ihre Wangen röteten sich und ihr schwarzes Lockenhaupt hatte ein wenig von seiner einstigen Lieblichkeit zurückerhalten. So kam es, daß man weit über die gewohnte Stunde aufblieb. Ich dachte nicht daran, mich frühzeitig zu verabschieden, um mich in Großvaters Kabinett schlafen zu legen. Ich blieb am Tisch sitzen und hörte mit heißen Wangen zu. Niemand hinderte mich daran und schickte mich ins Bett. Der kleine Soldat hatte die Aufmerksamkeit aller derart auf sich gelenkt, daß man mich einfach vergaß. Es war spät, als das Haus zur Ruhe kam.

Wer aber beschreibt unseren Schrecken, als wir am nächsten Morgen erfuhren, daß sich unser kleiner Musiker und Geschichtenerzähler, der Gast an Großvaters Freitagabendtisch, der uns alle entzückt und verwandelt hatte, noch in derselben Nacht, heimgekehrt in die Kaserne, mit seinem Dienstgewehr erschossen hatte! Wir erstarrten geradezu bei dieser Nachricht. Der Soldat hatte sich durch die Kehle geschossen – durch die Kehle, die uns so unvergleichlich mit Schuberts Liedern entzückt hatte. Großvater brachte ihn zu Grabe. Militärische Ehren wurden ihm abgesprochen, denn ein preußischer Soldat erschießt nicht sich, sondern nur andere.

Eine starke Mißstimmung gegen den Selbstmörder verbreitete sich in der Stadt, bei Juden und bei Christen gleich. Der Freitod wurde ihm als feige Angst vor der Front ausgelegt. Ich war empört darüber: Der Soldat hatte nicht wie ein Drückeberger ausgesehen. Aber es dämmerte mir, daß man sich in diesem Kriege auch aus Gründen, die nicht mit der eigenen Person zu tun zu haben brauchten, umbringen konnte. Und ein zweites Mal lernte ich, noch deutlicher und unerbittlicher, daß der Krieg nicht der Vater, sondern der Zerstörer aller Dinge ist.

Doch es wäre unnatürlich gewesen, wenn solche Erwägungen nun einen fortdauernden Druck auf mich ausgeübt hätten. Ich war viel zu jung und im Grunde zu unbekümmert, als daß die Kriegszeit mein Wesen, das zu Frohsinn und Optimismus neigte, hätte verändern können. Unsere Osteroder Spielgewohnheiten blieben, wie sie waren, nämlich friedlich und unmilitärisch. Kurt und Werner waren nicht beim »Jungsturm«, sie gehörten noch keiner wilden, kriegspielenden Jungenrotte an. Nach den Begegnissen mit Tante Bella und dem armen kleinen Soldaten war mir das gerade recht.

Damals sollte unsere Jungen- und Hundebande eine reizende Bereicherung erhalten. Bei dem benachbarten Getreidehändler, Männes Herrchen also, war Ferienbesuch eingetroffen, ein Mädchen, das Ilse hieß und um zwei Jahre jünger war als ich. Es war ein gar nicht zimperliches kleines Wesen, das recht gut zu uns paßte und sich zu uns hingezogen fühlte, weil wir nett zu ihm waren und es zufällig keine gleichaltrigen Mädchen als Spielgefährtinnen in der Nachbarschaft gab. Also zog Ilse mit uns und den Hunden in den Wald oder hockte mit uns in Kurts Zimmer, denn sie hatte genau so flinke Hände wie er und stand ihm bei Spiel und Bastelei an Geschicklichkeit und Handfertigkeit kaum nach. So war es kein Zufall, daß ihr Kurt von uns Dreien der liebste war. Kurt aber schien das nicht zu merken oder nicht merken zu wollen. Er behandelte sie nicht anders als uns Jungen, er zog sie in keiner Weise vor, nahm sozusagen keine Notiz von ihrer Weiblichkeit, ja, er ließ sie zuweilen geradezu spüren, daß sie keinen Anspruch auf eine Sonderstellung habe, sondern im Gegenteil als die zuletzt in unseren Kreis Getretene, gleichsam als Rekrutin, sich unterzuordnen und in unser Ansehen erst hinaufzudienen habe. Da aber Ilse ein Mädchen war, verlangte sie, unausgesprochen, ein wenig Courtoisie und Ritterlichkeit von uns. Es schmerzte sie, daß ihr solches nicht zuteil wurde, besonders vermißte sie es natürlich von Kurts Seite. Und diesen kleinen Schmerz, diesen ersten Anflug von gekränkter weiblicher Eitelkeit, suchte sie in unserer Mitte durch ein burschikoses Gehabe zu verbergen, das gar nicht zu ihr paßte und zuweilen komisch wirkte.

Ich hingegen, der bis dahin noch nie auf ein Mädchen aufmerksam geworden war, im Gegenteil ihre Gegenwart im Kreise von Jungen immer als störend empfunden hatte, beneidete Kurt mit wildem Grimm, weil er offenbar als Einziger vor ihren Augen Gnade gefunden zu haben schien. Ich wünschte mich an seine Stelle.

Ilse war ein wunderschönes Mädchen, sie hatte lange schwarze Locken, die ihr, von keinem Band gehalten, locker und zuweilen wild über die Schultern fielen, und große braune Augen. Wenn sie sprach, runzelte sie die Stirn ein wenig, und ihr Gesicht nahm einen angestrengt ernsten Ausdruck an. Man erkläre es, wie man wolle, aber dieses eigentümliche Stirnrunzeln und dieser angestrengt ernste Blick hatten es mir angetan. Eine Zeitlang war sie mir ganz gleichgültig geblieben, als sie aber Kurt offenbar den Vorzug gab und dies nur zu schlecht verbarg, begann ich mich zu ärgern. Damit, also mit etwas durchaus Negativem, begann ich mich mit ihr zu beschäftigen. Ich grollte ihr, das war das erste Gefühl, das ich für sie hegte. Aber anstatt daß mich dieser Groll von ihr entfernte, trieb er mich geradeswegs auf sie zu. Ich sah plötzlich, wie hübsch und eben sie war, und ich wartete schließlich mit schlagendem Herzen auf ihr Stirnrunzeln.

Ich wußte bald nicht mehr, was eigentlich mit mir los war. Ging ich zu Kurt, so war ich unruhig, bis sie endlich kam, und kam sie nicht, so war ich traurig und enttäuscht. Ich schämte mich, denn ging ich etwa um ihretwillen zu Kurt? War es nicht stillschweigend zwischen uns Jungen ausbedungen worden, kein Aufhebens mit ihr zu machen? Und nun sah ich ihr Gesicht vor dem Einschlafen, es zauberte sich hinter meine geschlossenen Augenlider. Ich bekam Herzklopfen, wenn ich sie auf der Straße traf, und war überglücklich, wenn mich Großvater mit einem Auftrag ins Nachbarhaus schickte. Ich war, der Wahrheit die Ehre, hoffnungslos verliebt in sie, und da mir dies zum ersten Male geschah, erschrak ich über die Maßen. Ich war, wie man so sagt, völlig aus dem Häuschen, mit anderen Worten: aus dem üblichen Geleise gebracht und in Unordnung geraten, ein Zustand, der mit vielem »Ach und Weh« verbunden ist und dem von ihm Befallenen leicht den Spott seiner Mitmenschen einträgt. Es war nun aber Verliebtheit um des Verliebtseins willen, ich war noch zu jung, zu wenig erschlossen, um irgendwelche Wünsche mit dieser seligen Verzauberung zu verbinden, und wußte im Grunde mit mir, der sich plötzlich so erschreckend verwandelt hatte, nichts anzufangen. Es drängte mich in ihre Nähe, gewiß, das war aber auch alles. Sie drängte es offenbar in Kurts Nähe, und das war das Fatale daran. Und so wob sich eine kleine Tragödie, unter der ich litt, und nun hatte ich zuweilen, zum Werther geworden, den Wunsch zu sterben. Dann wieder wollte ich am Leben bleiben, um für sie da zu sein, sie vor irgend einer Gefahr zu bewahren und als unbestellter Hüter um sie zu wachen. So wogte es in unruhigem Auf und Ab in mir, bis es wirklich zu einem Ritterdienst kam.

An einem Sonnabend nach der Synagoge trafen wir uns, Ilse und ich, zufällig auf dem Hofe. Ilse trug einen weißen Mantel über einem hellblauen Kleid. Das Schwarz ihrer Haare vollendete den schönen Farbendreiklang. Es ergab sich die seltene Gelegenheit, allein mit ihr einen Spaziergang zu machen. Wir gingen ein weites Stück das Kanalufer entlang, dann quer über duftende Sommerwiesen. Hummeln summten und Schmetterlinge wiegten sich trunken in der warmen Luft. Im Stadtpark setzten wir uns auf eine Bank. Wir hatten uns nicht viel zu sagen. Wir sprachen von gleichgültigen Dingen. Ich hatte es nur darauf abgesehen, sie zum Stirnrunzeln zu bringen, und runzelte sie die Stirne, dann fühlte ich eine heiße Welle in mein Herz schlagen. So saßen wir beide in der Sonne und hörten den Vögeln zu, die einen wohlgelaunten Sommerspektakel vollführten. Ich sah sie von der Seite an, auf dieses süße Profil, das mich bis zu Tränen entzückte. Sie sah auf ihre Fußspitzen und dachte wahrscheinlich an Kurt. Die ganze Welt schien mir angefüllt mit Unrecht und Verdrehung: Warum war ich nicht Kurt, warum dachte sie nicht an mich?

Als wir schließlich, schon auf dem Heimweg, am Stadtrande waren, griff sich Ilse plötzlich an den Hals. »Ich habe mein Herz verloren«, sagte sie, aufs tiefste erschreckt. Natürlich meinte sie das ganz unsymbolisch. Der Ausruf bezog sich in keiner Weise auf Kurt. Ilse trug an einem feinen Kettchen stets ein goldenes Herz um den Hals. Das hatte sie während unseres Spaziergangs verloren und den Verlust nun plötzlich entdeckt.

Meine Stunde war gekommen. Der Ritter durfte seiner Dame dienstbar sein. »Warte hier auf mich«, sagte ich, »ich laufe zurück, ich suche es dir«. Und ich sprang wie ein Reh davon, den Kopf zu Boden gerichtet. Ich wußte, daß ich das Herz finden würde, ich konnte ohne es nicht zu ihr zurückkehren, ich mußte das Herz finden oder ihr von nun ab aus dem Wege gehen. Ich war gar nicht erstaunt, als ich das Schmuckstück vor der Bank, auf der wir gesessen waren, schon von weitem in der Sonne funkeln sah. Beglückt trabte ich zurück und hielt ihr das an seinem Kettchen baumelnde Herz entgegen. Sie kam auf mich zugelaufen, riß mir das Kettchen aus der Hand, wirbelte vor Freude einmal um mich herum und umarmte mich. Zart und leicht, wie einen Hauch, spürte ich ihre Lippen auf meiner Wange.

Ich ging an ihrer Seite wie betrunken nach Hause. Es brannte mich im Halse, ich bemühte mich, die Tränen hinunterzuschlucken, die immer wieder meinen Blick verschleierten. Dabei hatte die Straße plötzlich ein festliches Aussehen bekommen, und die Schwalben zwitscherten auf den Dächern, als wollten sie mich beglückwünschen. Als wir uns verabschiedeten, sagte sie noch: »Du, hab nochmals Dank! Wenn ich das Herz nicht mehr hätte – nein, ich kann es mir nicht vorstellen.« Ich hatte kein Wort sagen können, so schnell war sie im Nachbarhaus verschwunden.

Meinen Zustand nach so vielen Jahren zu schildern, ist schwer. Die ganze Welt hatte ein anderes Gesicht. Ich war glücklich, aber was war denn eigentlich geschehen? Ich hatte einen kleinen Gegenstand, den sie verloren hatte und der ihr wichtig war, gefunden. Sie war dankbar, hatte mich in aufwallender Freude geküßt – was war das schon? Das hätte ein kühles Hirn sich überlegt. Ich aber flammte vor Glückseligkeit, ich war einfach verzaubert von diesem flüchtig hingehauchten Kleinmädchenkuß.

Doch wie endete dies alles! Am nächsten Tag traf ich Werner auf dem Markplatz. Wir schlenderten durch die Straßen, und plötzlich sprach er von Ilse. »Sie gefällt dir, wie?«, fragte er in seiner hinterhältigen Art. »Wie kommst du darauf?«, fragte ich und heuchelte Gleichgültigkeit. »Sie ist ganz nett, aber noch klein und dumm«, meinte Werner geheimnisvoll. »Warum – wie meinst du das?«

Und nun erzählte Werner, dieser Intrigant, nur in der Absicht, mich zu quälen, mir, der ich von diesen Dingen noch eine unklare und unterdrückte Vorstellung hatte, eine Schauergeschichte, dass er sich bei Ilse des nachts eingeschlichen und – er sagte es unverblümt – mit ihr geschlafen habe.

Ich blieb stehen und trat nach ihm. Zu etwas anderem, zu irgend einem Wort gar, war ich nicht imstande. Werner war zur Seite gesprungen und so dem Tritt entgangen. Als ich mich jetzt auf ihn stürzen wollte, denn solch einen Jähzorn wie in dieser Minute hatte ich noch nicht gespürt, stand plötzlich Großvater neben mir. Er nahm mich am Arm. »Komm' mit, bei Kamnitzer ist Jahrzeit, ich gehe zum Minjan.« Willenlos folgte ich Großvater, während Werner sich eiligst aus dem Staube machte.

Hatte ich in diesen Wochen zum ersten Mal die Wonnen und Ängste des Verliebtseins kennen gelernt, so bekam ich nun die Hölle der Eifersucht zu spüren. Ich rannte ruhelos und wie von Sinnen umher, ich fühlte einen stechenden Schmerz in der Herzgrube. Nur mit großer Willensanspannung konnte ich mich in Großvaters Haus zur Beherrschung zwingen. Ich schlief nicht, ich konnte mich über keinem Buch konzentrieren, ich mied die Jungen, ich mied vor allem Ilse. Ich grübelte über Racheplänen, ich schwor mir, diese

Schurkerei Werners aufzudecken und Ilse in Schmach und Schande zu bringen. Sollte man wissen, was hinter diesem hübschen Lärvchen mit seinem Stirnrunzeln und dem angestrengt ernsten Ausdruck steckte! Ich wurde wie von einem wilden Fieber verzehrt. Es mußte etwas geschehen.

Zwar sagte mir die Vernunft, daß Werner ein Lügner war und gerne Dinge erzählte, die er sich ausdachte. Aber er hatte mich doch ins Tiefste getroffen. Was nützt die Vernunft, wenn man verwundet ist und aufschreien muß. Vernunft und klare Gedanken konnten mir nicht helfen, Werner hatte mich angezündet, und ich brannte wie ein Holzstoß. Was ich bislang nicht hatte an mich herankommen lassen, jene unsauberen und erregenden Heimlichkeiten, von denen ich nicht viel gewußt hatte – nun stürzten sie über mich, bedrohten mich, beschmutzten mir meine wunschlosen reinen Gedanken, die Ilse gehörten.

Ich wußte mir keinen Rat, ich irrte nur noch hilflos umher. In meiner Not ging ich zu Kurt, meinem eigentlichen Rivalen. Ihm beschloß ich mich anzuvertrauen, er war der einzige, zu dem ich würde sprechen können. Ich erzählte ihm also, wessen Werner sich gerühmt hatte. Die Wirkung war entgegen meiner Erwartung. Kurt lachte nämlich, er lachte laut und herzlich. »Du Esel«, sagte er, »und das hast du geglaubt! Du kennst doch Werner, diesen Aufschneider, der sich wichtig nimmt und sich aufbläht wie ein Truthahn. An der Geschichte ist kein wahres Wort. Er hat gemerkt, daß du dich in sie vergafft hast – rede nicht, ich nenne es beim richtigen Namen, und jeder konnte es merken! – und dieser gemeine Schuft wollte dich nur quälen. Zu deiner Beruhigung will ich dir Dummkopf noch sagen, daß sie dazu noch viel zu klein und unentwickelt ist und daß schließlich zu der Sache zweie gehören. Jetzt denke nicht mehr daran, mit Werner aber werde ich noch meine Rechnung machen, darauf kannst du dich verlassen.« Und er gab mir einen wohlgemeinten Klaps.

Voll Dankbarkeit gestehe ich, daß mich Kurt im Nu zur Ruhe und Vernunft brachte. Ich schämte mich nicht wenig vor ihm und ging ihm zunächst aus dem Wege, bis wir wieder zusammen trafen und die alten Freunde blieben. Werner aber war aus unserem Kreise ausgeschieden. Er mied uns, wie er für uns einfach nicht mehr existierte. Ich bekam ihn hinfort kaum noch zu Gesicht. Was aber Ilse betraf, so reiste sie, gleich mir, wenige Tage nach meinem Gespräch mit Kurt, nach Hause; denn die Sommerferien waren zu Ende. Ich sah sie nie wieder. Eine Zeitlang brannte noch in mir eine kleine Wunde, bis sie sich schloß und vernarbte.

Achtes Kapitel

Wir sind ein wenig von Großvater abgekommen, ich weiß es, und doch nicht vom Thema abgewichen. Denn, sagte ich es nicht anfangs, daß die Atmosphäre seines Hauses und seiner Umgebung – und diese darf man nicht zu eng verstehen – im Grunde die seine war. Was war denn dieses Osterode anderes für mich als die Stadt Großvaters?

Nun ist der Krieg längst in sein düsteres Stadium getreten. Der Rausch ist dahin. Es hat Rückschläge und Enttäuschungen an allen Fronten gegeben, und der Krieg hat sich ausgebreitet über die ganze besiedelte Erde. Als drohendes Schicksal, vor dem es kein Entrinnen gibt, lastet er über der Menschheit. Hunger und Krankheit schleichen umher. Die Erschlaffung des Willens ist zu spüren, das Nachlassen der Schlagkraft, der Verlust an Initiative, das Einsetzen von trüber Ergebenheit. Der Befehl von oben zu gesteigerter Brutalität kann hieran nichts mehr wettmachen. Geduckt und in Erwartung eines tödlichen Nackenschlages gehen die Menschen umher, es ist, als verdämmere der letzte Tag, und morgen wird man dich rufen zum Letzten Gericht – Elender Du.

Großvater, der einer anderen Zeit angehörte und dessen Leben sich nicht mehr veränderte, das anders und sicherer war als das seiner Zeitgenossen – Großvater ist mit diesem Krieg in meiner Erinnerung nur schwer in Verbindung zu bringen. Er ruhte so sehr in sich selber, daß der Sturm gleichsam über ihn hinwegbrauste. Die äußeren Ereignisse vermochten ihn in seinen Anschauungen und Gewohnheiten nicht zu stören. Immer noch führte er sein strenges Regiment in der Gemeinde. Er tat seine Pflicht, die nicht umgrenzt war, weil sie kein Maß kannte und sich auf seinen ganzen Lebenskreis bezog, sich immer nur aus sich selbst gebärend und erweiternd. – Die Pflicht war der Motor seiner Lebenskraft. Ihn in Bewegung zu halten, galt seine Bemühung; hierum kämpfte er, weil sein Instinkt ihm sagte, daß er ohne diese Pflicht nicht am Leben bleiben konnte.

Da er einerseits diesen Motor keinesfalls ausschalten durfte, andererseits aber die Jüngeren und die durch den Krieg rascher als ehedem veränderte Gegenwart nicht mehr recht verstand, kam es in seinen letzten Jahren nicht selten zu Konflikten mit seiner Gemeinde. Der Gemeindevorsteher Silberberg, ein repräsentativer Herr mit einem Tirpitz-Bart, hatte einen schweren Stand. Die Gemeinde konnte nicht gut mehr nach den Grundsätzen der achtziger Jahre regiert und verwaltet werden. Der Ruf nach Reformen wurde immer lauter. Es war aber kaum möglich, eine Neuerung bei Großvater durchzusetzen. Änderungen im Gottesdienst oder gar in der Wahlordnung blieben infolgedessen zumeist Illusionen und sollten der Zeit vorbehalten bleiben, da Großvater nicht mehr am Leben war.

Ich erinnere mich noch, wie der würdige Herr Silberberg in der Studierstube lange auf Großvater einredete – ich höre Großvaters heisere, etwas weinerliche Stimme ins Nebenzimmer zu mir dringen, wo ich, statt zu lesen, an Brunos Schreibpult saß und die Ohren spitzte. Die beiden Köpfe der Gemeinde stritten ganze Nachmittage lang. Sie fuhren heftig aufeinander los. Böse gingen sie auseinander – und versöhnten sich am nächsten Tage wieder. Durch feine Diplomatie und gelegentliche kleine Zugeständnisse fanden sie dennoch immer wieder den Weg zu einander. Sie waren zu klug, zu leidenschaftslos und zu erfahren, um jemals die Brücken endgültig abzubrechen. Im Grunde jedoch führte Großvater die Gemeinde wie bisher nach eigenem Kopf. Er hatte nur einen Assistenten erhalten. Und das war Lehrer Rosen.

Wer jemals das Urbild des duldenden Menschen sehen wollte, der hätte diesen Rosen kennen müssen: Ein schüchterner, linkischer Mensch, ein Leisetreter und Schlemihl, war er buchstäblich ein Nichts, weniger als ein Schatten neben Großvaters großmächtiger Persönlichkeit. Großvater hatte wohl selber, so erkläre ich mir Rosens Anwesenheit in Osterode, seine Wahl durchgesetzt, mit einer gewissen Durchtriebenheit, wie ich in allem Respekt annehme, um dem Wunsche der Gemeinde Rechnung zu tragen, sich eine jüngere Kraft zu seiner Entlastung heranzuziehen, aber doch gleichzeitig diesen Wunsch durch die Einstellung des Subalternsten der Subalternen zu durchkreuzen. Lehrer Rosen war keine Stütze für Großvater. Er entlastete ihn höchstens in kleinen technischen Handgriffen. Er war praktisch nichts anderes als Großvaters Botengänger und Auftragsbesorger und im Notfall sein Stellvertreter.

Rosen hatte einen roten Ziegenbart und ein Gesicht von solcher Dämlichkeit, daß man bei seinem Anblick kaum ernst bleiben konnte. Mit ewig verschlafenen Augen sah er in die Welt. Sein Kopf saß auf einem langen, dünnen Hals, dessen gewaltiger Adamsapfel beim Sprechen auf und nieder tanzte, wobei das Bartspitzchen neckisch wippte. Rosen hatte einen schleichenden Gang, als hätte er ein schlechtes Gewissen oder stets zum Ausdruck zu bringen, daß er sich durchaus gegen seinen Willen auf dieser Welt befand und mit seiner Anwesenheit keinen Anlass zum Ärger geben wollte. Er war die personifizierte Entschuldigung. Kein Wunder, daß er bald die Spottfigur der ganzen Gemeinde wurde. Welch eine Quelle des Vergnügens aber war er für die Jugend! Jene Klassen, die ihn als Lehrer erhielten, wurden von allen jüdischen Schulkindern beneidet. Waren die Osteroder Jungen durch Großvaters Strenge beim Unterricht wohlgesittet und gebändigt gewesen, so schlugen sie bei Rosen nun ins Gegenteil um. Jeder unterdrückte Zug von Übermut und Lausbüberei brach sich vor dieser Jammergestalt Bahn. Waren bei Großvater die rüdesten Lümmel sanft wie die Lämmer geworden, so wurden bei Rosen umgekehrt die Sanftesten geradezu zu Räubern – so verlockend zu Aufsässigkeit und Schabernack war die Erscheinung des Lehrers Rosen.

Einmal an einem heißen Sommernachmittag zog sich Rosen im Unterricht den Rock aus und fuhr fort, in Hose und Hemd den in Angriff genommenen Pentateuchtext zu erklären. Auf welche Weise den Burschen auf der Schulbank eine Schere zur Hand war, weiß ich nicht. Jedenfalls brachten sie es fertig, Rosen hinterrücks die Hosenträger zu durchschneiden. Der, tief in den heiligen Text versenkt, merkte es nicht. Da er übermäßig hager war, die Hose aber von großzügiger Überweite, stand er plötzlich in Hemd und Unterhose vor seiner Klasse, hilflos dem Hohngelächter der Jungen preisgegeben, die ihn, als er schüchtern und bis zu den Haarwurzeln errötend, etwas sagen wollte, mit ihrem Lärm einfach nicht zu Wort kommen ließen, sodaß der Arme, krampfhaft seine hochgerafften Hosen festhaltend, wie ein gejagter Ziegenbock aus der Klasse lief.

Da Rosen einen nervösen Darm hatte, mußte er zuweilen den Unterricht unterbrechen, um für eine Weile ein gewisses, auf dem Hofe gelegenes Örtchen aufzusuchen. ›Warum nicht einmal die angenehme, leider stets zu kurze Pause verlängern?‹, mochten die Jungen wohl gedacht haben. Sie verschafften sich den notwendigen Schlüssel und schlossen Rosen in die Stätte seiner Erleichterung ein. Dann gingen sie hochbefriedigt nach Hause. Als Großvater einige Stunden später in der Synagoge zu tun hatte, hörte er vom Hofe her Lehrer Rosens Jammergeschrei und holte den Synagogendiener, der den Ärmsten schließlich befreite. Für die Jungen hatte die Sache ein böses Nachspiel, denn Großvater ließ nicht mit sich spaßen. Was aber Rosen betraf, so hatte er auf Großvaters Anordnung in Zukunft kaum mehr Gelegenheit zu unterrichten, es sei denn in Fällen unumgänglicher Vertretung.

In zweiwöchentlichen Abständen pflegte Rosen am Schabbatvormittag mit seiner Familie bei Großvater Besuch zu machen. Die Töchter, anzusehen wie die Insassen eines frommen Mädcheninstituts, gingen nach dem Gottesdienst von der Synagoge zu Großvaters Haus Hand in Hand, obgleich sie damals gar nicht mehr so klein waren, vielleicht 13 oder 15 Jahre alt. Sie trugen schwarze, tellerrunde Lackhüte, unter denen ihre Hängezöpfe hervorlugten. Sie waren wie Zwillinge gleich angezogen. War ihr Vater schüchtern, so waren sie es so sehr, daß sie weder auf der Straße, da sie sittsam vor den Eltern herwedelten, noch hernach während des Besuches überhaupt einen Laut von sich gaben. Das Ehepaar Rosen folgte in kurzem Abstand. Er, dünn und lang, mußte krumm gehen, denn er hielt liebevoll Frau Rosens Arm, und sie war klein und dick. Vielleicht hatte Rosen es diesem Umstand zu verdanken, daß er eine schiefe Schulter hatte. Und damit der Gegensatz zwischen Mann und Frau noch krasser hervortrat, war sie überaus lebendig, redselig und auf ihre Art auch tatkräftig. Familie Rosen im Schabbatstaat auf der Marktstraße war ein humorvoller Anblick.

Sie wurde zusammen mit den etwa sonst noch gekommenen Besuchern im »Guten Zimmer« empfangen. Rosen pflegte nur auf der Kante des Stuhles zu sitzen. Er wagte offenbar nicht, die ganze Sitzfläche für sich in Anspruch zu nehmen. Er spielte mit dem Bartspitzchen, und sein Gesicht wurde noch dämlicher, wenn er sich verpflichtet fühlte, die Konversation mit Bemerkungen über die Schwere der Zeit zu bereichern, während seine Töchter, wortlos und steif, wie Figuren aus einem Panoptikum auf ihren Stühlen saßen.

»Schreckliche Zeiten«, sagte Rosen und wiegte trübselig den schiefgehaltenen Kopf hin und her. Und dann nochmals: »Schreckliche Zeiten«. Und nach einer Pause: »Man soll nicht haben ein Stückel Butter im Haus! Was wird werden, was wird werden?« Jetzt hatte Madam Rosen ihr Stichwort erhalten. Es war eine Sentenz persönlicherer Art, als sie meinte: »Ja, heutzutage die Beamten! Es reicht hinten und vorne nicht! Weiß Gott«, sie seufzte elegisch und tupfte sich mit einem Tüchlein die Stirn, »weiß Gott, man ist nicht auf Rosen gebettet!« Sie meinte beileibe nicht ihren Ehegemahl, sondern nur ihre schwere wirtschaftliche Lage, indem sie sich symbolisch des Namens dieser schönen Blumen bediente, die irgend wann einmal einer selig-unschuldigen Menschheit als Schlafunterlage gedient haben mochten. Frau Therese Rosen tat dies wohlvorbedacht gerade in Großvaters »Guter Stube« und zuweilen bei zufälliger Anwesenheit des Gemeindevorstehers Silberberg oder sonstiger namhafter jüdischer Bürger, um sich zunächst auf verblümte, hernach aber umso offenere Art über das Einkommen zu beklagen, das ihr Mann von der Gemeinde bezog. Dies betrieb sie mit solch einer Beharrlichkeit, daß sie derart mehrfach Gehaltsaufbesserungen erreichte, die Rosen nur deshalb bewilligt wurden, weil man des ewigen Gejammers der Frau müde war und hoffte, sie somit für eine Zeitlang zum Schweigen zu bringen.

Indes sprachen die Töchter kein Wort, und auch Rosen selber beließ es bei seinen pessimistischen Redensarten. Schließlich zog er seine dicke Nickeluhr und mahnte zum Aufbruch, immer mit denselben Worten: »Reschen, komm, es ist Zeit.« Er mahnte milde und weinerlich, worauf sich die Familie empfahl und in gewohnter Marschordnung nach Hause strebte.

Es ist nicht zu vermeiden, hier einer weiteren Figur aus dem Osteroder Gemeindeleben zu gedenken, die an Kauzigkeit der des Lehrers Rosen nicht nachstand. Dank eines ganz bestimmten Zwischenfalles will die Erinnerung sich nicht mit Rosen allein begnügen – sie verlangt zwingend nach dem anderen Original, das Rischmann, der Schnarcher, genannt wurde.

Rischmann war ein alter, ruppiger Häutehändler, der meterweit nach seinen feuchtfauligen Produkten roch und in irgend einem Keller des abgelegensten Teiles der Stadt Häute, wie man sie von den armen Schlachttieren abzog, kaufte und verkaufte. Er stieg nur dann zur Oberwelt empor, wenn ihn eine der drei Gebetszeiten in die Synagoge rief, oder wenn es galt, im Hause eines Trauernden in Gesellschaft von mindestens neun anderen Männern betend des Toten zu gedenken. Rischmann – sogleich soll erzählt sein, warum er »Der Schnarcher« genannt wurde – war nicht etwa ein bezahlter Minjanmann, eine jener auf die sozial tiefste Stufe geworfenen Kreaturen, die es in jeder Gemeinde gibt und die man für ihr Beten bezahlt: Rischmann war aus einem geheimnisvollen inneren Grunde der eifrigste Beter der Gemeinde und stellte sich bei jedem Anlass ungerufen und unbezahlt ein. (Die Häute nährten ihren Mann. Er zahlte Gemeindesteuer, und wenn er auch gewiß nicht zu den Reichen gehörte, so war er doch imstande, ausreichend für sich und seine Familie zu sorgen.) Ich sagte mit Recht »geheimnisvoll«, denn außerhalb der so oft und über das Maß des Gebotenen geübten religiösen Pflicht des Betens war Rischmann alles andere als ein frommer Mann. Er hielt nur die gemeinhin gewohnten Bräuche und war, wie allgemein, so auch im Jüdischen, ein ungebildeter, grober Mensch, keinesfalls also ein Mitglied der Gemeinde, auf das Großvater Anlaß hatte, stolz zu sein.

So war sein Gebetstrieb mehr eine Manie oder Marotte, er war nicht die natürliche Folge einer religiösen Lebenshaltung und kam nicht aus einer im Umgang mit ihrem Gotte erschütterten und verfeinerten Seele. Man erzählte sich, daß Rischmann, der Schnarcher, ein Gelübde getan hatte, mehr und andächtiger als die anderen zu beten, als Sühne für ein in seiner Jugend begangenes schweres Unrecht. Was an dem Gerede richtig war, weiß ich nicht, aber jeder, der den Rischmann beobachtete, war versucht, es zu glauben.

Die Intensität seines Betens überstieg nun aber auch alles bis dahin Erlebte: Ein alter, schmieriger Jude, in Pantoffeln, ohne Kragen und Krawatte, die verschwitzte Schirmmütze tief im Gesicht, auf Meter hin nach Häuten riechend, eine Tabaksdose in der Hand, latscht über das Pflaster hin in ein Trauerhaus. Dort setzt er sich still auf einen Stuhl, von den übrigen abseits, denn er weiß wohl, daß ihm ein übler Geruch anhaftet und daß er stets der Schmutzigste ist. Er unterhält sich mit keinem, nimmt nur zuweilen eine Prise aus der Dose. Niemand beachtet ihn, er gehört dazu wie das brennende Totenlicht auf dem Tisch. Nach einer kleinen Warteweile sind zehn Männer anwesend, und man kann mit dem Beten beginnen. Einer hüllt sich in den Tallith und betet laut vor.

In dieser Sekunde ist Bewegung in den alten Rischmann gekommen. Er stellt sich, von den übrigen (und symbolisch von der Welt) abgekehrt, neben die Wand, preßt die Augen zu und kommt sogleich in eine derart schaukelnde Bewegung, daß er an einen Baum erinnert, der vom Sturm erbarmungslos hin und her geschüttelt wird. Dabei wechselt die Bewegung von einem Beugen und Strecken nach vorn und rückwärts in ein seitliches Wiegen, wobei die Beine fest am Boden stehen bleiben und nur der Oberkörper im Becken sich dreht. Ein befremdliches und doch gleichzeitig geheimnisvoll anziehendes Bild! Ja, für Rischmann ist das Gebet ein Sturm, es bringt ihn geradezu von Sinnen und in höchste Extase, es fiebert ihn in eine solche Besessenheit hinein, daß er die Gebetstexte in kurzen Schreitönen herausstößt, daß er zwischendurch stöhnt, als würde er geknebelt, daß er beim »Schma Jisrael« weint wie ein Kind und beim »Stillen Gebet« den Kopf gegen die Wand schlägt. Doch bei den großen Anrufen des Herrn, wenn die Beterrunde ihr Schweigen beendet hat und in lautem Singsang die Sätze des Vorbeters wiederholt, übertönt Rischmanns Stimme die aller anderen.

Seine Augen zucken wie im heiligen Rausch hinter den geschlossenen Lidern, wenn es umher abermals still wird, und sich ein jeder in stumme Gotteshingabe versenkt. Rischmann aber ist nicht still – er schnarcht. In seiner Verzückung läßt er seltsame, lang anhaltende Schnarchtöne hören, es ist das letzte Register seines frommen Von-Sinnen-Seins, die reine Auflösung seiner übelriechenden irdischen Existenz. Es ist ein einmaliges heiliges Schnarchen, und das hat ihm nun auch seinen Beinamen eingetragen. Rischmann schnarcht, seine rechte Faust hat er emporgereckt und schüttelt sie gegen den Himmel, als hätte ihn plötzlich ein nicht zu bändigender Zorn gepackt, als drohe er, plötzlich zum Lästerer geworden, vermessen den oberen Mächten – aber das ist kein Drohen und Lästern, es ist nichts als die geballte und ausschweifende Art seines Gebetes. So steht der Alte wie ein von religiöser Besessenheit Befallener mitten in der trotz der Gebetsstunde nüchternen Umgebung. Niemand fällt das mehr auf, man sieht sich nicht nach ihm um, es ist in den Augen der anderen nichts als eine im Grunde harmlose Schrulle, die weder verblüfft noch stört.

Kaum aber hat der Vorbeter das »Olenu«, das Schlussgebet, beendet, so ist auch Rischmann, der Schnarcher, schon aus seiner Trance erwacht, ist völlig nüchtern und teilnahmslos, rückt an seiner Mütze, greift in die Tabaksdose und latscht auf seinen Pantoffeln hinaus und seinem Häutekeller entgegen.

Wie aber komme ich darauf, Rischmann mit Rosen in Verbindung zu bringen? Durch jenen bereits angedeuteten Zwischenfall, dessen Vorgeschichte im Abseitigen und Geheimgehaltenen spielte, bis er mit seiner ganzen Komik und Bizarrerie in die Öffentlichkeit kam.

Rischmann der Schnarcher hatte eine Tochter, eine zwanzigjährige hübsche und üppige Person, sein einziges Kind, das er abgöttisch liebte. Das Mädchen half dem Vater in seinem

Keller beim Abwiegen und Einlegen der Häute. Die Rischmanns gehörten nicht zu den ersten Leuten der Gemeinde, wie man sich denken kann. So vermerkte man es dem Mädchen nicht sonderlich übel, daß sie des Abends an dunklen Straßenecken anzutreffen war, nicht selten in Gesellschaft der Fleischerburschen, welche für ihre Meister abgezogene Häute in Rischmanns Keller abzuliefern hatten und derart die Bekanntschaft mit seiner Tochter machten. Diese hatte nicht viel zu riskieren, sie war für ein Objekt des Gemeindeklatsches von zu geringem Stande. Wie es oft geschieht, so wußte auch in diesem Falle der eigene Vater über die Führung seiner Tochter am wenigsten Bescheid, und während sie zu später Nachtstunde auf den Straßen herumlungerte, glaubte sie Rischmann schlafend in ihrer Kammer.

Rosen, der Mucker und Leisetreter, hatte, tief in seiner Seele verborgen, einen Hang zum Abwegigen, was bislang niemand wußte. Auch er schlüpfte zuweilen nachts aus dem Haus, und die lauen Nächte trieben ihn in eine Straßengegend, in welcher ein ehrbarer Familienvater eigentlich nichts zu suchen hatte. Auf diesen Streifzügen mochte Rosen die Tochter Rischmanns entdeckt haben, jedenfalls hatte er ein Auge auf sie geworfen und begann ihr nachzustellen. Er umschlich und beobachtete sie, wenn sie von ihren nächtlichen Schlendereien heimkehrte. Einmal hielt er sie auf und machte ihr einen nicht mißzuverstehenden Antrag. Ein helles Auflachen und eine schallende Ohrfeige waren ihre ganze Antwort. Das Mädchen, an männlicheren Umgang gewöhnt, hatte weiß Gott keinen Anlaß, sich mit diesem jämmerlichen Schleicher abzugeben, den die guten Osteroder Bürger um diese Stunde friedlich schlafend in seinem Federbett vermuteten. Aber wer kann seine Mitmenschen durchschauen – wer hätte dieses Abenteuer dem bocksbärtigen Rosen zugetraut, der nun also, sich die schmerzende Backe haltend, wieder nach Hause schlich!

Trotz seiner Dämlichkeit und Friedfertigkeit ließ diese Abfuhr Rosen nicht ruhen. Er rächte sich. Hartnäckig und planmäßig brachte er das Mädchen ins Gerede, was ihm durch die besondere Gemeinheit seines Vorgehens schließlich auch gelang. Er prangerte sie nämlich als Soldatenhure an. Da begannen auch die Uninteressierten aufzumerken, denn von so geringem Stand kann eine jüdische Tochter gar nicht sein, daß diese Beschuldigung keine allgemeine Empörung auslöst. Es »mit den Soldaten treiben« war in den Augen der Gemeindebürger das Letzte an Verkommenheit. Der Klatsch ging wirksam um, fand aber einen unvorhergesehenen Abschluß.

An Purim, als die Megillath Esther verlesen worden war und die halbe Gemeinde in aufgeräumter Stimmung noch für eine Weile auf dem Synagogenhof herumstand, griff sich Rischmann den Rosen aus der Menge heraus und verprügelte ihn im Angesicht von Männern, Frauen und Kindern und im hellen Licht der von den alten Jacobis gestifteten Laternen. Rischmann prügelte ihn weidlich, er machte mit seinen gewaltigen Händen sozusagen ganze Arbeit, ohne ein Wort zu verlieren und ohne daß jemand der wie erstarrt Zuschauenden Geistesgegenwart genug besessen hätte, sich zwischen die beiden zu werfen. Rosen schrie, als würde er ermordet – jetzt erst wurde es einigen klar, daß es hier um keinen Purimspaß ging.

Der alte Rischmann aber rückte nur an seiner Mütze, als er die Prügelexekution beendet hatte, griff in die Tabaksdose und latschte wie ein völlig Unbeteiligter seiner Wege.

Großvater brachte die Sache später in aller Stille in Ordnung, indem er sowohl Rischmann als auch Rosen zu sich beschied und jedem auf die ihm angemessene Art die Leviten las. Rischmann aber hatte die Lacher auf seiner Seite, und Rosen war in Osterode ziemlich unmöglich geworden, als es durchsickerte, warum ihn der alte Häutehändler, den alle als sanftmütig und phlegmatisch kannten, geprügelt hatte.

Äußere Umstände verhalfen Rosen schließlich zu einem halbwegs ehrbaren Abgang. Der Lehrer war bisher um alle Klippen der Musterung für den Kriegsdienst glücklich herumgekommen. Es gab offenbar keinen Militärarzt, der das Herz hatte, diese Jammergestalt zum Soldaten zu machen. Jetzt aber ereilte ihn das Schicksal: Er wurde kriegsverwendungsfähig geschrieben – wie schlecht mochte es um das damalige Deutschland bereits gestanden haben, wenn man der Meinung war, auf Rosen nicht verzichten zu können! Und offenbar hatte man Eile, denn alsbald hatte Rosen seinen Einberufungsbefehl. Er war völlig zerschmettert. Mit einem Märtyrergesicht ging er von einem zum anderen und fragte: »Haben Sie schon gehört von dem großen Unglück?« Und wenn der Angeredete zusammenfuhr und ängstlich fragte: »Nein, was ist denn passiert?«, so fuhr Rosen jammernd fort: »Man will mich nehmen zum Militär!« Und über die Maßen beleidigt war er, wenn man nicht ihn bemitleidete, sondern die deutsche Armee. Denn viele bezogen das »große Unglück« auf die Tatsache, daß man sich mit Rosen einen Soldaten gefallen lassen mußte, an dem gemessen der »brave Soldat Schwejk« noch eine martialische Erscheinung war.

So verlor die Osteroder Gemeinde einen Beamten, den sie sich zu Großvaters Entlastung gewünscht hatte, den aber Großvater gewissermaßen nur aus Ulk oder um den besorgten Gemeindevätern ein Schnippchen zu schlagen, zur Anstellung empfohlen hatte. Großvater versah das Lehramt wieder wie früher allein, und niemand weinte Lehrer Rosen, dem bocksbärtigen Schlemihl, eine Träne nach.

Neuntes Kapitel

Immer trüber wurden die Kriegsjahre. Niemand sah mehr das Ende des mörderischen Ringens ab, man wußte eigentlich nicht mehr recht, worum es dabei ging, man sah nur noch das Leid, die Entbehrung und die Trübseligkeit eines hoffnungs- und zukunftslosen Lebens. Es war, als sei man tiefer in einen Tunnel eingedrungen, es wurde immer dunkler umher, die Luft verlor an Sauerstoff, und nun wußte man nicht, wann endlich der Tunnel enden und wann es erlaubt sein würde, wieder ins Licht und die reine Luft hinauszutreten, um das Auge zu erstarken und die Lungen zu füllen.

Ich war indessen fast 13 Jahre alt geworden und stand ein halbes Jahr vor meiner Einsegnung. Rechtzeitig kam ich in die Obhut des Lehrers Sandler, der einen Bar Mizwah aus mir machen sollte und mich auf den wichtigen Tag vorzubereiten hatte.

Obgleich Lehrer Sandler ein naher Freund meiner Eltern war, ging er streng mit mir um und machte es sich weiß Gott nicht leicht mit mir. Er hatte von Großvater genaue Anweisungen über die Methode und den Umfang der Vorbereitungen erhalten. So ging ich also dreimal in der Woche in die Sandler'sche Wohnung auf dem Weidendamm, die Bücher unter dem Arm, um dort den halben Nachmittag zu verbringen. Hier nun wurde endlich ein spürbares Fundament jüdischen Wissens in mich gelegt. Dank Sandlers Bemühung begann mich der Geistesstoff anzuziehen, er wurde mir allmählich schmackhafter, ich lernte, mit dem Herzen bei der Sache, und nicht mehr so mechanisch wie früher. Der Lehrer ließ mich in langen Unterhaltungen und Belehrungen den Sinn des Judentums verstehen: Liebe und Mildtätigkeit üben und in Demut vor Gott wandeln. Er fand eine schlichte menschliche Form, um mir phrasenlos und überzeugend den Sinn der jüdischen Lebensführung klar zu machen. Ich wurde angerührt von dieser einfachen Art, auf das Letzte der Glaubensdinge einzugehen, ich verstand die Bemühung, sich vom Alltäglichen, Herabzerrenden frei zu machen, um in eine höhere, reinere Atmosphäre einzudringen.

Wir lernten den Wochenabschnitt, den ich am Bar-Mizwah-Tage vorzulesen hatte. Langsam und umsichtig gingen wir vor, jede Satzwendung fand ihre Erklärung, jede Verbform wurde ihrer Verwandlung entkleidet und auf ihre dreikonsonantische Wurzel zurückgeführt, der durchzuforschende und zu entwirrende Stoff zum Anlaß genommen, auf gelehrte und gleichzeitig packende Weise auf historisches und kulturhistorisches Gebiet abzuschweifen – kurz, es gelang Sandler, mich so weit zu bringen, daß ich nach und nach neben Bemühungen und Schwierigkeiten auch Erfolg und Befriedigung sah. Ich konnte nunmehr wohlgerüstet und ohne Aufregung dem bedeutsamen Tage entgegensehen.

Wir hatten alle gehofft, daß Großvater anstelle des Königsberger Rabbiners meine Einsegnung vornehmen würde. Die Hoffnung jedoch zerschlug sich an Großvaters entschiedenem Widerstand. Er lehnte es zu unserer großen Enttäuschung ab, in der Orgelsynagoge zu amtieren. In seinen Augen und für seinen konservativen Sinn war die Orgel beim Gottesdienst Symbol der Reform und Verwässerung der alten Gebetsriten.

So saß er nun mitten unter den zahlreichen Verwandten in der ersten Reihe des Gotteshauses, als ich, von Chor und Orgelton ermuntert, sicher und mein sich nun doch einstellendes Lampenfieber mannhaft überwindend, zur Thora gerufen wurde und den Lobspruch bei gespanntester Stille ringsum hersagte. Danach begann ich, zwischen Oberkantor Birnbaum und dem zweiten Gemeindevorsteher, meinem Patenonkel Julius Herrmann, wohlgeborgen und in meinem

Mute von der beruhigenden, weil im Notfall unterstützenden Nähe Lehrer Sandlers bestärkt, den Wochenabschnitt mit lauter und noch heller Knabenstimme zu verlesen, in Betonung und Pausen genau, wie er mir während der monatelangen Vorbereitungszeit eingeprägt worden war.

Diesmal schien Großvater mit mir zufrieden. Als ich nach feierlicher Orgelintroduktion den Segen des Rabbiners Perles erhalten hatte und unter leisem Nachklang zu Großvater in den Männerraum herabgestiegen war, segnete er mich hier unten noch einmal, gleichsam außerhalb des Bannkreises der Orgel, und nach langer langer Zeit fühlte ich wiederum die priesterliche und reinigende Weihe, die von Großvaters segnenden Händen in mich einströmte – so wie damals, als ich, ein ahnendes und zutiefst erschauerndes Kind, am Freitagabend den großväterlichen Segen empfangen und geglaubt hatte, nunmehr neu geworden und von jedem kleinen Vergehen reingewaschen zu sein. Die Jahre waren vom Winde der Zeit abgerissen und fortgetragen, wie die Blätter der Rose. Eine tiefe Traurigkeit erfüllte mich plötzlich, als sähe ich sinnend den Rosenblättern nach, wie der Wind sie forttrieb. Mein Blick verschleierte sich, es rann heiß über meine Wangen, und Großvater wischte mir im Angesicht aller Leute mit seinen Fingerspitzen behutsam die Tränen ab.

Es war das letzte Mal, daß wir Großvater im Kreise der engeren Familie außerhalb Osterodes sahen. In unserer Wohnung in der Tragheimer Kirchenstraße veranstalteten meine Eltern dem Bar Mizwah zu Ehren ein kleines Fest. Die vielköpfige Verwandtschaft fand sich am Abend bei uns ein, die Stuben waren voll von Menschen. Ich rechnete es Großvater hoch an, daß er mir die vom Lehrer Sandler verfasste und von mir mechanisch auswendig gelernte Rede zu halten erließ. Mir war ein Stein vom Herzen gefallen, die schwülstigen Sätze, die ich mir hatte einpauken müssen, leichtherzig vergessen zu dürfen. Großvater, der dies Handwerk besser verstand als ich, hielt eine wohlgelaunte und witzige Ansprache, er brachte einen Toast auf den Enkelsohn aus und bekannte, daß er sich seit der Stunde meiner Geburt in den Kopf gesetzt hatte, aus mir einen Rabbiner zu machen, nachdem doch schon Herrmann, sein Sohn und mein Vater, der Familientradition untreu, und anstatt eines Raws Goldschmied geworden war. Er gäbe, so sagte Großvater, seine Hoffnung in dieser Hinsicht nunmehr auf, da sich seine Bemühung, mich nach seinem Willen zu beeinflussen, zu lenken und umzuformen, immer wieder ergebnislos gezeigt hätte. Und da ich nicht gerade auf den Kopf gefallen sei, so wäre er sicher, daß ich auf anderem Gebiet noch einmal etwas leisten würde – ich sei ja zum Glück nicht das einzige Objekt seines Ehrgeizes; nunmehr müßte er sein Augenmerk eben auf einen anderen seiner Enkelsöhne lenken. Vielleicht sei ihm dann mehr Erfolg beschieden, denn einer wenigstens müßte Rabbiner werden.

Jetzt schlug Lehrer Sandler an sein Glas und verriet der Tischgesellschaft, daß er in einem meiner Hefte ein Löschblatt mit einem Gedicht von mir gefunden hätte. Zwar wäre es noch kein Meisterwerk gewesen, aber es hätte, wie er sich ausdrückte, schon die »Klaue des Löwen« verraten, und so wollte er denn den in mir enttäuschten Großvater damit trösten, daß aus mir dereinst einmal, wenn auch kein Rabbiner, so doch vielleicht ein Dichter werden könnte. Da machte Großvater einen Zwischenruf: »Nur kein Dichter! Dann schon lieber ein tüchtiger Kaufmann!«

Drei Monate später war Lehrer Sandler, kurz nachdem er als Landwehrmann an die Ostfront gekommen war, gefallen. –

Großvater war 78 Jahre alt und immer noch stand er im Amte, selbstbewußt, eigenwillig und streng, wie es seine Art war, ohne sich Ruhe zu gönnen. Er wollte es nicht zulassen, daß man sein Alter bemerkte und seinen Pflichtmotor abstellte – wir wissen warum. Die Osteroder sahen seine zwar etwas müde gewordene, aber doch erstaunlich rüstig gebliebene Greisengestalt immer noch auf dem gewohnten Wege zu Gotteshaus und Schule. Die Meinungsverschiedenheiten zwischen Großvater und dem Gemeindevorsteher Silberberg wurden in altüblicher Streitsucht weiter ausgetragen. Sie zankten sich weidlich, so als ginge es darum, sich gegenseitig den ihnen verbliebenen Eigensinn als ein Merkmal von Jugend und Energie erneut zu beweisen – und versöhnten sich wieder nach alter Gewohnheit.

Tante Gertrud allein, die täglich um Großvater war, merkte eine geheime Veränderung an ihm. Es konnte geschehen, daß Großvater eine Unterrichtsstunde vergaß oder nach einer Predigt, ungewöhnlich erschöpft, sich niederlegen mußte; daß sein Magen rebellisch wurde, und der Sanitätsrat eine der neumodischen Diäten empfahl, die nur höchst mißtrauisch und nur unter Gertruds Wachsamkeit eingehalten wurde – und daß er zuweilen, ein beunruhigendes Novum, am Abend bei Tische einschlief. Hinzu kam, daß sich Großvaters Eigensinn in Angelegenheiten der Gemeinde so sehr verstärkte, daß sich die Zusammenstöße mit Vorstand und Vertreterversammlung ärgerlich mehrten. Es war an der Zeit, Wandel zu schaffen.

Großvater war müde geworden. So gab er dann nach, als Silberberg ihn im Namen des Vorstandes in aller Form einen ehrenvollen Ruhestand anbot. Er gab nach – in meiner Vorstellung mit einem Aufseufzen und einer leisen, wehmütigen Resignation. Er mochte gespürt haben, daß der Schlußstrich unter seine Lebensarbeit gezogen war, und, erschreckt und von dunkler Ahnung erfüllt, wahrgenommen haben, daß sein Pflichtmotor ausgesetzt hatte.

Am Tage der 50-jährigen Wiederkehr seines Amtsantrittes in Osterode verabschiedete sich Großvater von seiner Gemeinde. Das Gotteshaus, das er vor langer Zeit dereinst geweiht hatte, konnte die Menschen kaum fassen, die seine letzte Predigt hören wollten. Und diese Predigt war in ihrer Schlichtheit und Strenge, in ihrer ohne stolze Worte bewiesenen Verbundenheit mit dieser Gemeinde, die er sich eigentlich erst geschaffen hatte, bezeichnend für Großvaters ganzes Wesen.

Nochmals gab es Ehrungen. Das Haus am Markt war erfüllt von Menschenlärm und Gläserklang. Sehr gegen Großvaters Willen wurde das fünfzigjährige Amtsjubiläum festlich begangen – aber die Gemeinde wollte öffentlich Dankbarkeit zeigen und Abschied nehmen, wie es dem alten, verdienten Beamten zukam.

Dann aber wurde es still in Großvaters Haus. Der Festlärm war verstummt und das alltägliche Gesicht der Straße war um einige Töne grauer geworden. Großvater spürte plötzlich eine große Leere um sich. Sein Tag, bislang erfüllt von Pflicht und Tat und genau eingeteilt vom Morgengrauen bis zum Abend, hatte jetzt eine erschreckende Ausdehnung erhalten. Zeitunglesen, mühsam mit zwei übereinandergeschobenen Brillen, und kurze Spaziergänge sollten seinen Tag füllen. Was ihm als verdientes Ausruhen gegeben und vergönnt war, schien ihm fades, unmännliches Nichtstun. Das Gefühl, überflüssig geworden zu sein, lastete schwer auf ihm. Das Leben eines Pensionisten bedrückte ihn. Der enge Kreis seiner Freunde, seine Kinder und nicht zuletzt er selber spürten plötzlich, daß er ein sehr alter Mann war. Großvaters immer bereit gewesene Energie, sich sein Leben bewußt zu formen, es seinem Willen und seiner wohldurchdachten Einteilung unterzuordnen, ließ jetzt nach und erschlaffte wie ein über Gebühr angespannter Muskel. Gebeugter und langsamer ging Großvater einher, die Spaziergänge wurden kürzer und seltener, der Kreis derer, mit denen er Umgang pflegte, enger, mehr und mehr schloß er sich ab, er vereinsamte innerlich. So wurde Großvater schweigsamer als je, er saß sinnend in seinem Lehnstuhl oder, mit einer Niederschrift beschäftigt, am Schreibtisch. Er zuckte über manches, was die Welt für wichtig und richtig hielt, die Achseln. Nun war auch er nur noch ein Zuschauer in diesem Leben und wartete auf den Tod. –

Es war das Jahr 1917. Düster zog es herauf, und als sein heißer Sommer vorüber und der Herbst gekommen war, ging ich mit meinen Klassenkameraden hinaus auf das Land, wir sollten bei der Kartoffelernte helfen. Der Mangel an landwirtschaftlichen Arbeitern war immer empfindlicher spürbar geworden. Wir bezogen auf einem Gut an der Pregelmündung in verlassenen Sommerwohnungen Quartier.

Es war Oktober, ein kalter und nebliger ostpreußischer Herbst. Wenn wir morgens erwachten, sahen wir hinter den zugigen und im Winde klappernden Fenstern die trübe Flußlandschaft wie eine verwischte Kohlezeichnung: Vom Nebelgeriesel nasse Weideflächen und starrende Tümpel, Wasservögel, die im sumpfigen Grunde nach etwas Eßbarem suchten, mischten ihr bösartiges Gekreische mit den Hungerschreien der Raben. Schwarze Wolken trieben, von Regenböen aufgepeitscht, wie unförmige Ungeheuer dem nahen Haff zu. Der Gutshof unten tauchte aus seiner unsäglich traurigen Verschlafenheit auf, das Geklapper aus der Küche, das Muhen der Kühe und der Peitschenknall des auf uns wartenden Knechtes ist mir als gespenstische Morgenmusik im Gedächtnis geblieben.

Fröstelnd und zähneklappernd, kaum erwärmt von dem dünnen, hastig ausgetrunkenen Kaffee, kletterten wir, unsere Körbe am Arm, auf den bereitstehenden Leiterwagen. Wir hatten eine halbe Stunde zu den Äckern zu fahren. Die Gäule, abgemagerte, von der Militärbehörde als unbrauchbar abgegebene Kreaturen, hatten ihre harte Arbeit, um uns auf dem schlammigen Feldweg ans Ziel zu bringen. Ihre struppigen Leiber dampften, ihre Hufe sanken tief in den lehmigen Boden. Diese Morgen bargen eine Trübseligkeit, in welcher wir alle zu versinken drohten. Niemand sprach ein Wort, wir waren Vierzehnjährige und schweigsam wie erwachsene Weltverächter.

Draußen auf dem Feld wühlten wir mit klammen Fingern die Kartoffeln aus dem feuchten Boden. Ein Griff ins lehmige Erdreich, ein Wurf in den bereitstehenden Korb, Griff – Wurf, Griff – Wurf ... Von der ersten hellen Stunde bis zum Mittag, vom Mittag bis zur Dämmerung dieselben ermüdenden Hand- und Armbewegungen! Täglich die gleiche Mahlzeit, dazu ein saures, Durchfall verursachendes Bier, und wieder die Fahrt auf dem klappernden Leiterwagen, Kartenspiel und blödes Witzeln in der Gaststube, in welcher wir neben dem großen eisernen Ofen das Abendbrot erhielten, frühes Schlafengehen, Kerzenlicht, feuchte Betten, zugige Sommerwohnungen und dann wiederum das trostlose graue Erwachen am Morgen – wir hatten es satt nach wenigen Tagen.

Der Nebel kroch über die Felder und fraß sich in unsere Kleider. Frost kam, am Morgen war der Boden gefroren. Nun mußten wir die grausam erhärteten Schollen mit kleinen Spaten aufbrechen, und die eintönige, unsäglich ermüdende Arbeit des Kartoffelklaubens wurde nun auch noch eine schwere. Endlos dünkte uns solch ein Arbeitstag, Griff – Wurf, Griff – Wurf. Graben! Griff – Wurf, Griff – Wurf. Graben! Die Zeit quälte uns unsäglich. Wenn wir glaubten, ein halber Vormittag sei vergangen, und prüfend auf die Uhr sahen, so hatten wir kaum ein knappes Stündchen hinter uns gebracht, und unabsehbar schien uns der Zeitablauf bis zur Mittagspause. Erst allmählich kamen wir dahinter, daß man mit der Zeit nur fertig werden kann, wenn man sich nicht um sie kümmert und sie sozusagen unbeachtet läßt. Unsere Uhren blieben von nun ab im Quartier, wir arbeiteten drauflos, ohne nach der Stunde zu fragen. Und siehe, die Zeit verging – eine, zwei, drei Stunden, sie waren im Nu vorbei! Der Vormittag, der Nachmittag flogen dahin, wir merkten kaum, daß uns die nahende Dämmerung längst schon den Feierabend angekündigt hatte. Derart kamen wir schließlich mit unserer Arbeit zurecht, indem wir sie gewissermaßen unter unsere Sohlen zwangen. So haben wir den mehrere Wochen währenden Erntedienst überstanden. Als die Zeit um war, waren wir erstaunt. Rückschauend schien sie uns rasch vergangen zu sein.

Wir packten unsere Rucksäcke. Als wäre ich plötzlich zum Leben erwacht, sah ich mich um. Unerträglich war dieser frostige Herbst! Ich hatte ein schlechtes Zeugnis nach Hause gebracht, mit Angst dachte ich an die nun wieder beginnende Schule. Ein Hungerwinter stand uns bevor. Die Zukunft war düster, niederdrückend wie dieser Morgen hier. Ich schüttelte mich vor Frost und Unbehagen.

So fuhren wir heim. Ich ahnte Böses.

Als wir in Königsberg eintrafen, schwer mit Rucksack, Koffer und Decke beladen, lösten sich aus dem schmutziggrauen Himmel die ersten Schneeflocken. Es war dunkel in den Straßen wie in meiner Seele.

Trübselig stieg ich in die Straßenbahn und fuhr nach Hause. Es war noch gar nicht richtig Tag geworden, auf dem Steindamm brannten die Lampen in den Läden. Ich war froh, die trostlose Zeit der Landarbeit hinter mir zu haben, und doch trieb es mich nicht nach Hause. Die Tragheimer Kirchenstraße starrte mich mit ihrem unfreundlichen Alltagsgesicht höhnisch an, ihre häßlichen, gleichförmigen Häuser benahmen mir den Atem.

Das Mädchen öffnete mir und nahm mir den Koffer ab. Aber es tat es ohne ein freundliches Wort der Begrüßung, ja, es senkte den Kopf, um mir nicht den üblich-erfreuten Willkommensgruß bieten zu müssen. Es stellte den Koffer im Korridor ab und war schon in der Küche verschwunden.

Daß niemand kam! Hatte man mein Läuten nicht gehört? Ich zog den feuchten Mantel aus, warf Rucksack und Decke auf die Erde, denn wohlumfangen von dem Halbdunkel des

Korridors und dem Kampfergeruch, der dem großen Kleiderschrank entströmte, war mein Herz plötzlich emporgehüpft in der heimeligen Freude, wieder zu Hause und geborgen zu sein. Meine Zukunftsangst schien für den Augenblick bezwungen. Ich stürmte in das Eßzimmer – und stutzte.

Es war etwas vorgefallen, ich gewahrte es sofort. Meine Mutter stand am Tisch. Sie hielt ein Blatt Papier in den Händen und starrte vor sich hin. Auf dem Sofa saßen mein Vater und Vetter Bruno. Sie hatten die Hände über den Augen und weinten. Ich griff, ahnend, worum es ging, nach dem Blatt Papier in Mutters Hand. Ich zog es leicht aus ihren Händen, die wie erstarrt auf dem Tisch liegen blieben, als hätten sie noch weiter das Blatt zu halten. Um lesen zu können, trat ich ans Fenster. Ein widriges Halblicht war im Zimmer. Mein Herz drohte auszusetzen, als ich erfaßte, was in dem Telegramm, denn ein solches war es, geschrieben stand: »Vater leider verstorben allen sagen sofort kommen Bella.«

Ich lehnte meine Stirn an die Fensterscheibe und sah auf die Straße. Draußen tanzten die Schneeflocken wie große weiße Sterne an mir vorbei. Grabesstille war unten. Das kleine Kosakenpferdchen vor dem Milchkarren wartete auf den Kutscher und scharrte mit seiner Hufe ungeduldig im halbflüssigen Schnee. Ich hörte hinter mir Vaters und Brunos leises Schluchzen und schämte mich, daß ich nicht auch weinen konnte, obgleich es mir in der Kehle bitter hochstieg. Ich wußte, daß wir alle arm geworden waren, arm und ohne Führung, verwaist und hilflos zurückgelassen, da dieser große Vater nicht mehr war.

Die Schneeflocken tanzten immer dichter zur Erde und verschleierten meinen Blick wie Tränen. Ich konnte nicht mehr länger hier so verharren, weder wie die beiden anderen einfach losheulen, noch so völlig erstarren wie meine Mutter. Ich schlich aus dem Zimmer in das meine und warf mich in plötzlicher Erschöpfung auf das Bett. Wunderliche Wege gingen meine Gedanken, befaßten sich mit unwichtigen und im Augenblick völlig abseits liegenden Dingen. Ich schien mir gefühllos und verworfen.

Dann kam Bewegung in die Wohnung. Der Tod, eben noch ein erdrückendes, unfaßliches, überirdisches Geschehen, setzte die mit ihm grotesk verbundene Maschinerie des Banalen in Bewegung. Die am Leben Gebliebenen hatten sich einzurichten, das Alltägliche fegte im unbeirrbaren Marschtakt über sie hinweg: Bruno lief ans Telefon, die übrige Verwandtschaft zu verständigen. Das Mädchen holte Vaters Koffer aus der Bodenkammer. Mutter packte Wäsche und Nachtzeug zusammen, während Vater sich mit geröteten Augen im Bad rasierte.

Schließlich, als alles bereit war, wurde das Mädchen nach einer Droschke geschickt. Die Eltern verabschiedeten sich von mir, und es fiel ihnen jetzt erst ein, mich, den von der Landarbeit Heimgekehrten, gleichzeitig willkommen zu heißen. Auf meinen schüchtern angedeuteten Wunsch, nach Osterode mitfahren zu dürfen, wurde mir bedeutet, daß Kinder auf einer Beerdigung nichts zu suchen hätten. Ich sollte besser bei Hans bleiben, dem jüngeren Bruder, der in der Schule war und noch nichts wußte.

Vom Fenster sah ich, wie die Eltern in die Droschke stiegen, der Kutscher, den Koffer neben sich, die Peitsche schwang, und die Pferde, ihre Köpfe im Schneegestöber schüttelnd, anzogen.

In der Wohnung war es nach dem Aufbruchslärm still geworden. Ich wußte, daß für mich mit diesem Tage ein neuer Lebensabschnitt begann. Großvater hatte den ersten mit sich ins Grab genommen.

Osterode, Ferienhort, Spiel- und Traumstätte, Schoß der ersten Ängste und der ersten Sehnsucht – ich sollte es niemals mehr wiedersehen. Großvaters Haus wurde zu Gunsten Tante Gertruds, der Unversorgten, verkauft. Sie zog zu einer ihrer Schwestern in eine andere Stadt.

Osterode aber ohne dieses Haus war für mich nur leerer Klang. Eine Welt versank mit diesem Sterben, eine farbige, lebenserfüllte Wirklichkeit verblaßte zur Erinnerung, und Großvaters Spur, einst sich stets erneuernd und Aufschluß gebend, wurde flacher und undeutlicher, um endlich ganz zu verwehen.

Anhang

Editorische Notiz

Druckvorlage ist ein Typoskript, 102 Blatt mit handschriftlichen Korrekturen im Leo Baeck Institute, New York, Signatur ME 635, digitalisiert. Das Typoskript gehört zu den im Leo Baeck Institute, New York, verwahrten »Memoiren und Erinnerungenschriften« (Kreutzberger 1970, S. 470f., Nr. 405).
Das Typoskript entstand 1941/42 in Palästina (Jerusalem). Das bestätigt Sturmann beim Bericht von der ersten Begegnung des Vierjährigen (1907) mit dem damals 69-jährigen Großvater: »Vierunddreißig Jahre sind hingegangen, da ich ihn erstmalig so sah, wie er mir eingeprägt geblieben ist.« (S. 10).
Das Typoskript wurde seinerzeit in Jerusalem auf einer Schreibmaschine ohne deutsche Sonderzeichen und Umlaute getippt; es wird hier nach den Regeln der damals gültigen alten Rechtschreibung eingerichtet und vereinheitlicht. Verschreibungen wurden stillschweigend korrigiert. Die redaktionellen Änderungen in D 1 bis D 5 wurden weitgehend beachtet, die Änderung »Kuckuckswalde« in D 2 wieder rückgängig gemacht. Belassen wurden altertümliche, aber seinerzeit durchaus gebräuchliche Redewendungen wie »in Rechnung ziehen«, »Begegnisse«, »einen Spektakel«, »bis zu Tränen«, »mit der Hufe«, »von nun ab«, »von einander«, »irgend ein«, »irgend etwas«, »irgend wann«, »nicht gut mehr nach« und »gab es niemand«. Ansonsten wurden behutsame Eingriffe, besonders bei der Interpunktion, zugunsten einer besseren Lesbarkeit vorgenommen.
Die Druckerlaubnis erteilten freundlicherweise Oren Schindel, Jerusalem, und Dr. Frank Mecklenburg, Mark M. and Lottie Salton Senior Historian, Director of Research and Chief Archivist, Leo Baeck Institute, New York.
Redigierte Teilabdrucke erschienen zwischen 1957 und 1959 in Tel-Aviv (D 1–D 5), 1977 in Husum (D 6), 1979 in Stuttgart (D 7) und 2009 in Frankfurt a.M. u.a. (D 8).

Druckorte von Auszügen

D 1: Profil des Grossvaters. – In: Mitteilungsblatt/Irgun Olej Merkas Europa (Tel-Aviv), Jg. 25, Nr. 51 vom 18.12.1957, S. 5. – Mit dem redaktionellen Hinweis: »(Aus der unveröffentlichten Aufzeichnung: ›Grossvaters Haus‹.)« – Auszug aus dem Zweiten Kapitel vom Beginn »Osterode, der Name der Stadt« bis »Trümmer rauchen«. Der zweite Absatz »Mein Vater« bis »in Erfahrung bringen konnte« wurde gestrichen. Sinnverbessernde Ergänzungen im Druck wie »in einem guten Stadtbezirk« und »Fensterscheiben« wurden übernommen. – Nachdruck in D 6.

D 2: Vetter Simon. – In: Mitteilungsblatt / Irgun Olej Merkas Europa (Tel-Aviv), Jg. 26, Nr. 14/15 vom 4.4.1958, S. 14. – Mit dem redaktionellen Hinweis: »Aus der unveröffentlichten Aufzeichnung: ›Grossvaters Haus.‹« – Diese Passage aus dem dritten Kapitel von »Großvater hatte einen Vetter« bis »und lernte das Wachstum verstehen« ist im Druck stärker redigiert worden als D 1. Der Ortsname Kukukswalde wurde hier in »Kuckuckswalde« verändert.

D 3: Grossvaters Haus. – In: Mitteilungsblatt / Irgun Olej Merkas Europa (Tel-Aviv), Jg. 26, Nr. 37/38 vom 12.9.1958, S. 16. – Mit dem redaktionellen Hinweis: »(Aus der unveröffentlichten Aufzeichnung: ›Grossvaters Haus‹.)« – Diese Passagen aus dem Zweiten Kapitel von »In jenem dicken, vergilbten Photoalbum« bis »wirklich etwas bei ihm gelernt« wurden für den Druck leicht gekürzt und redigiert.

D 4: Geborgenheit und Kümmernis. – In: Mitteilungsblatt / Irgun Olej Merkas Europa (Tel-Aviv), Jg. 27, Nr. 17/18 vom 22.4.1959, S. 9-10. – Mit dem redaktionellen Hinweis: »(Aus der unveröffentlichten Aufzeichnung: ›Grossvaters Haus‹.)« – Die Passagen vom Beginn des vierten Kapitels von »Mit sehenderen Augen« bis »versank im Federpfühl« wurden für den Druck stark redigiert.

D 5: Die Alten Jacobis. – In: Mitteilungsblatt / Irgun Olej Merkas Europa (Tel-Aviv), Jg. 27, Nr. 40/41 vom 2.10.1959, S. 7. Mit dem redaktionellen Hinweis: »(Aus der unveröffentlichten Aufzeichnung: ›Grossvaters Haus‹.)« – Die leicht gekürzten und redigierten Passagen aus dem vierten Kapitel von »Oft besuchte ich« bis »sondern der Stadt überhaupt geworden haben« schließen an D 4 an, sodass D 4 und D 5 zusammen den geschlossenen Abdruck des Vierten Kapitels bieten.

D 6: Profil des Großvaters. – In: Osteroder Zeitung (Husum), Folge 47, Mai 1977, S. 547-551. – Mit einer »*Nachbemerkung Bürger*« (d.i. der leitende Redakteur Klaus Bürger): »Der Nachdruck dieses im ›Mitteilungs-Blatt‹ (Tel-Aviv) Nr. 51 vom 18.12.1957 erschienenen Teilberichts aus den 1941 entstandenen Aufzeichnungen ›Großvaters Haus‹ erfolgt mit freundlicher Genehmigung des Verfassers, der auch das Copyright besitzt.« (Bürger 1977.2, S. 551). Es folgen Details zur Synagoge. – Auf den Abdruck D 6 und die beiden »Aufnahmen der Synagoge« verweist Bürger 1977.1, S. 604, Anm. 7. – Nachdruck von D 1. – Dem Abdruck sind zwei Fotos der Synagoge in Osterode beigegeben, eine »Außenansicht« (Variante zu Bürger 1977.1, S. 595 oben) und »Inneres« (S. 548, wie bei Bürger 1977.1, S. 595 unten).

D 7: 14 Manfred Sturmann. – In: Richarz 1979, S. 201-213. – Mit der redaktionellen Vorbemerkung: »Manfred Sturmann, Großvaters Haus. Ms undatiert, 102 S. – Verfaßt Palästina 1941-42, redigiert Israel 1977« (S. 210). Dazu Anm. 1, S. 213: »Ein kurzer Auszug aus diesen Erinnerungen erschien im Mitteilungsblatt der Irgun Oley Merkas Europa, Israel 1957, Jg. 25, Nr. 51, S. 5.« (Vgl. D 1). – Der Abdruck kombiniert etwa 20 Seiten aus dem Typoskript: zweites Kapitel von »Als Großvater in jungen Jahren« bis »in Deutschland auf sich hatte« (S. 201-204); drittes Kapitel: »Großvater hatte einen Vetter« bis »der tödliche Schlag traf« (S. 204-206); viertes Kapitel: »Als ich mit froh pochendem Ferienherz« bis »Belastendes ausgesagt« (S. 206-207); sechstes Kapitel: »Ich habe seinen hohen Anforderungen« bis »als nutzlos und vertan erscheinen lassen mußte« (S. 207-208); viertes Kapitel: »Wenn das Haus zu Ausgang des Freitag« bis »versank im Federpfühl« (S. 208-209); sechstes Kapitel »Das jüdische Jahr« bis »in seiner Sukka nicht gemütlich fühlte« (S. 209-211) und »In einem Osteroder Schreibpult« bis »in Großvaters Haus« (S. 211-213).

D 8: [Auszüge aus dem Typoskript] – In: Stüben 2009, S. 119, 121 f., 125.

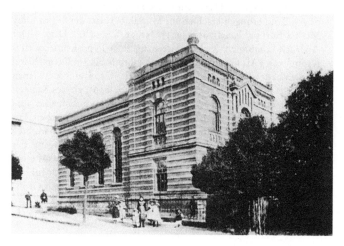

Osterode (Ostpr.), Neue Synagoge (eingeweiht 1893, zerstört 1938) in der Gartenstraße 4, um 1900.

Kommentar

7 *Altstädtische Langgasse*: Familie Sturmann wohnte 1907 in Königsberg in der Altstädtischen Langgasse 15.16 (AdrBK 1906, I, S. 481) beim Schloss in bester Lage.
Bruder Willy: Der zweijährige Willy Sturmann starb 1907 in Königsberg.
Dr. Stein: Dr. Walter Stein, »Spezialarzt für Ohren-, Nasen- und Halskrankheiten« in Königsberg, Kneiphof, Langgasse 13 (AdrBK 1906, I, S. 471). Er ist möglicherweise identisch mit dem von Sturmann erwähnten Zionisten Dr. Walter Stein (vgl. S. 75).
Klinik: Die Poliklinik für Ohren-, Nasen- und Halskrankheiten, Steindamm 152 in Königsberg (AdrBK 1906, III, S. 18).
8 *Großvater*: Jakob Akiba Sturmann (Neumark 1838 – Osterode 1917) war Prediger und Religionslehrer in Osterode von 1865 bis 1915 und der Vater von Manfred Sturmanns Vater Hermann (S. 8). Er sorgte für den Bau der neuen Synagoge, war Vorstand des Vereins jüdischer Religionslehrer Ostpreußens (vgl. Bürger 1977, S. 596) und der »von dem Provinzial-Schulkollegium beauftragte Inspizient für jüdischen Religionsunterricht in Ostpreußen«. Er gründete den jüdischen Frauenverein und den Leseverein. Sein 50-jähriges Dienstjubiläum als Prediger (1907), sein 70. Geburtstag (1908) und sein 50-jähriges Wirken in Osterode waren Anlass zu Feiern und Presseberichten (Texte 2-4).
Vater: Hermann Sturmann (Osterode 1869 – Königsberg 1931) ging nach dem Gymnasium bei einem Goldschmied in die Lehre, wurde Geselle in Posen und eröffnete 1900 »in Königsberg ein Juweliergeschäft mit einer Goldschmiedewerkstätte am Roßgarten, die er später in die Altstädtische Langgasse und dann auf den Münchenhofplatz verlegte. Schließlich gab er unter dem Druck der wirtschaftlichen Verhältnisse seinen Beruf als Goldschmied auf.« (Brilling 1974, S. 117.) Sturmanns wohnten 1902 in der Ziegelstraße 22, wo der Sohn Manfred zur Welt kam. In der Altstädtischen Langgasse 15/16, wo die Familie Sturmann ab 1905 wohnte, hatte Hermann Sturmann sein Juweliergeschäft in Nr. 24. Danach wohnten Sturmanns 1908 in der Heiligegeiststraße 2, wo der Sohn Hans zur Welt kam. Bald darauf gab Hermann Sturmann seinen Beruf als Juwelier auf und arbeitete als Kommissionär. Auf dem Polizeilichen Meldebogen der Stadt München gibt Manfred Sturmann im Oktober 1926 an, sein Vater sei »Versicherungsinspektor in Königsberg«. – Laut AdrBK wohnte die Familie in Königsberg 1911 am Münchenhofplatz 10, zog 1912 noch-

mal in die Heiligegeiststraße 2, 1913 wieder an den Münchenhofplatz 10 und war ab 1914 in der Tragheimer Kirchenstraße 63, wo die Familie am 18. Dezember 1917 vom Tod des Großvaters in Osterode erfuhr.
9 *Mutter*: Frieda Sturmann, geb. Skaller, war die Ehefrau von Hermann Sturmann und Mutter der Söhne Manfred, Willy und Hans. Das Verwandtschaftsverhältnis mit Oskar Skaller (vgl. S. 54) ist unklar.
10 *Osterode*: Kreis- und Garnisonsstadt in Ostpreußen, Regierungsbezirk Allenstein, 113 Meter über dem Meer, am Drewenzsee gelegen und seit 1860 durch den Oberländischen Kanal mit dem Pausensee verbunden (vgl. S. 23). Die Stadt liegt 117 km südwestlich von Königsberg. Der Ort, urkundlich schon 1300 als Deutsche Ordensburg erwähnt, hatte 1913 14.400 Einwohner, davon etwa 200 Juden (Kabus 1998, S. 86). Der polnische Name lautet seit 1945 Ostróda, die Partnerstadt ist Osterode im Harz (Barran 2009, S. 129).
10 *»Waldhaus«*: Das »Waldhäuschen« lag drei Kilometer von Osterode entfernt im Schießwald (vgl. die Abb. in Westphal 1995, S. 174; zur Lage vgl. Barran 2009, S. 128, unten). Der »Erholungs- und Luftkurort ›Waldhäuschen‹« wurde in einer Anzeige des AdrBO 1914 von seinem Betreiber Hermann Oschinski so angepriesen: »Das Waldhäuschen, in 20 Minuten von der Kreis- und Garnisonstadt *Osterode* zu erreichen, liegt im herrlich gelegenen, mit Laub- und Nadelholz bestandenen Schießwald. Die in demselben angelegten Reit- und Fahrwege, die Fußwege für Spaziergänger mit ihren Bänken und Ruheplätzen in Berg und Tal ermöglichen einen angenehmen *Waldaufenthalt*. Die *Bismarckeichen*, die *Vogelsangbuche* sind beliebte Aufenthaltsorte. Durch einen geräumigen *Spielplatz* und häusliche *Musika* ist für Unterhaltung gesorgt. Im *Waldhäuschen* befinden sich 14 komfortabel und bequem eingerichtete *Fremdenzimmer*, geschützte Veranden, große Restaurationsräume mit Rollfenster. Seine Küche liefert gute bürgerliche und feine Kost, der Keller abgelagerte Weine zu *zivilen Preisen*. In der Restauration Ausschank von hiesigen, Königsberger und fremden Bieren, sowie Kaffee, kalte und warme Speisen zu jeder Tageszeit.« (Hervorhebungen im Original)
10 *Vierunddreißig Jahre*: Dass Manfred Sturmann mit den Erinnerungen des Vierjährigen 1907 einsetzt, bestätigt diese Stelle das Verfassen der Erinnerungen im Jahr 1941 in Palästina.
11 *Quent*: Ein altes deutsches Gewicht, von lat. quintus, der fünfte (Teil). Es entsprach 1/10 Lot, etwa 1,67 Gramm.
Osteroder Marktplatz: Gemeint ist der Neue Markt; hier hatte der Großvater sein Haus in Nr. 29.

Restaurant »Waldhäuschen« bei Osterode, 1905.

Synagoge: Die Neue Synagoge in Osterode befand sich seit 1893 in der Gartenstraße 4 (heute Olsztyńska). Nach knapp einjähriger Bauzeit war sie am 4. September 1893 eingeweiht worden (vgl. Text 1; Bürger 1977.2). Anfang November 1938 musste die Synagoge zwangsverkauft werden (Text 8a) und wurde kurz darauf in der Pogromnacht vom 9./10. November 1938 durch Brandstiftung zerstört (vgl. Bürger 1977.1, S. 597-599; Anhang Texte 8-10). Die Einrichtung der Synagoge kurz vor der Zerstörung schildern Dr. Heinrich Wolffheim und Manfred Sturmann (vgl. Bürger 1977.1, S. 596, vgl. Text 8b). – Zur alten Synagoge, der »Schul« (1856-1893), vgl. S. 12.

Wohnung des Gemeindevorstehers: Der Gemeindevorstand der jüdischen Gemeinde in Osterode setzte sich 1914 zusammen aus den Kaufmännern Ludwig Wittenberg (Gerberstraße 3) und Max Friedlaender (Neuer Markt 7) sowie aus dem Uhrmacher Samuel Zutraun (Alter Markt 21) und dem Mühlenpächter Alexander Schwarz (Roßgarten 39) (AdrBO 1914, S. [72]).

12 *Das Leben seiner kleinen Gemeinde*: Die jüdische Gemeinde in Osterode wurde 1914 vertreten von Jakob Sturmann, Prediger und Religionslehrer, dem Kultusbeamten Samuel Nelken (Schlosserstraße 19) und dem Synagogendiener Rudolf Bogun, der mit seiner Familie in der Synagoge (Gartenstraße 4) wohnte. (AdrBO 1914, S. [72]). Die Gemeinde hatte im Jahr 1915 50 Mitglieder (Nelken 1915); im Jahr 1932 bestand die jüdische Gemeinde aus »45 Familien mit 120 Köpfen« (Halpern-Guttstadt 1932, S. 2796).

14 *Hause am Marktplatz*: Jakob Akiba Sturmann (vgl. S. 8) besaß in Osterode das Haus Neuer Markt 29.
Gebetsriemen um Kopf und Arm: hebr. Tefillin. Die Gebetsriemen, an denen Kapseln mit Thoratexten befestigt sind (2. Mos. 13.1-10; 11-16, 5. Mos. 6, 4-9; 11, 13-21), werden von den jüdischen Männern (ab 13 Jahren) vor der Rezitation der werktäglichen Pflichtgebete um Hand und Haupt gelegt, entsprechend dem Gebot in Deut 6,8.
Morgengebet: hebr. Schacharit.
Thallith: Gebetsmantel, Gebetsschal; viereckiges weißes Tuch mit dunklen Streifen und herabhängenden Quasten (Schaufäden nach Numeri 15, 37.41). Er wird vor allem beim Morgengebet (Schacharit) getragen.
Schmone Esre, das achtzehnteilige Hauptgebet: Das Achtzehnbittgebet, auch »Amida« oder »Tefilla« (Gebet) bzw. das »stille Gebet« genannt, ist das jüdische Hauptgebet; es umfasst sechs Bitten für den Betenden selbst und zwölf Bitten für das Volk Israel; nach der Tradition wird dieses Gebet dreimal am Tag im Stehen gesprochen.
15 *mein Vater*: Hermann Sturmann (vgl. S. 8).
Gertrud: Gertrud Sturmann, im AdrBO 1914 wohnhaft im Haus ihres Vaters, Neuer Markt 29, wird dort als »ohne Beruf« angegeben.
Bella: Bella Sturmann, später Gattin eines Kaufmanns aus Domnau (vgl. S. 81), wurde Zionistin (vgl. S. 77).
Marktkonditorei: Die Konditorei von Albert Schulius, Alter Markt 4.
»Waldhaus«: Vgl. S. 10.
16 *Der große See*: Der Drewenzsee (poln. Jezioro Drwęckie) umfasst 8.800 m².
20 *Neumark*: Neumark (poln. Nowy Targ) war ein Kirchdorf in Westpreußen mit 800 (1939) Einwohnern im Landkreis Stuhm (poln. Sztum), knapp 10 km östlich von Stuhm (Lange, 2005, S. 565).
sein Vater das Amt eines Chasan und Lehrers: Baruch Sturmann (Polen 1804 – Neumark 1881), der Vater von Jakob Akiba Sturmann, war Chasan (Kantor), Vorbeter und Lehrer der jüdischen Gemeinde in Neumark gewesen. Aus Anlass seiner Versetzung in den Ruhestand wurde im Januar 1872 seines etwa 45-jährigen Wirkens in Neumark gedacht; die Feier, bei der sein Sohn »die Festrede über Jirmijah 31,16 und 17« hielt, ist ausführlich dokumentiert worden (vgl. Der Israelit, Mainz, Jg. 13, Zweite Beilage zu Nr. 8 vom 21.2.5632 (1872), S. 1). Ein Nachruf würdigte das fast 45-jährige Wirken Baruch Sturmanns in Neumark, wo er 54

Jahre gelebt hatte (vgl. Der Israelit, Mainz, Jg. 22, H. 42 vom 19.10.5642 (1881), S. 1039).
20 *Schläfenlocken*: hebr. Peje, Pujes oder Beikeles gehören zur Haar- und Barttracht orthodoxer Juden. Sie lassen sich zurückführen auf ein entsprechendes Gebot in Levitikus, 19,27.
»Sabras«: Bezeichnung für in Palästina geborene Juden in Abgrenzung zu den dorthin zugezogenen Juden. Auch metaphorisch nach der außen stacheligen und innen süßen Kaktusfeige.
21 *um das Jahr 1860*: Jakob Akiba Sturmann wirkte als Prediger in Osterode von 1865 bis 1915. Zur Feier des 50-jährigen Dienstjubiläums in Osterode (vgl. Text 4) wurde in der Synagoge ihm zu Ehren eine Gedenktafel angebracht: »›1865-1915. In dankbarer Anerkennung der 50jährigen segensreichen Tätigkeit des Lehrers und Predigers Jacob Sturmann. Die Synagogengemeinde Osterode Ostpr.‹« (Bürger 1977.2). Die Tafel wurde angeblich mit anderen Gedenktafeln »um 1937 in der Erde vergraben« (Bürger 1977.1, S. 596).
»Melamed«: Lehrer, der Kinder in Thora und Talmud unterweist.
»Schlemihl«: (jidd. ›schlemiel‹) In der ostjüdischen Kultur Bezeichnung für eine ungeschickte Person oder ein unschuldiges Opfer von Streichen, einen Pechvogel, Unglücksraben und Narren. Bekannt ist der Begriff durch das Kunstmärchen *Peter Schlemihls wundersame Geschichte* (1813) von Adelbert von Chamisso (1781-1838).
»Schul«: Die »erste kleine Synagoge« in Osterode befand sich in der Baderstraße (heute Puławskiego) und diente der Gemeinde von 1856 bis 1893 (Bürger 1977.1, S. 594; 1977.2). Die Baderstraße führte direkt zum jüdischen und zum christlichen Friedhof. »(…) wenn die kleinen Gemeinden ein Lehrhaus haben, so wird es Schul genannt« (Fürst 1976, S. 126).
23 *Der gewonnene Krieg gegen Frankreich*: Der deutsch-französische Krieg 1870/71 endete mit der Niederlage Frankreichs, das die Grenzgebiete Elsass und Lothringen an das neue Deutsche Reich abtreten musste. Außerdem musste eine Kriegsentschädigung von fünf Milliarden Francs gezahlt werden, die im Deutschen Reich für wirtschaftlichen Aufschwung und Prosperität sorgte.
eines zwei Seen miteinander verbindenden Kanals: Der Oberländische Kanal verbindet seit 1860 den Drewenzsee mit dem Pausensee und erstreckt sich mehr als 80 km von Osterode bis Elbing (poln. Elbląg).
24 *die neue Synagoge*: Vgl. S. 11. Nach einer Bauzeit von fast einem Jahr (Grundsteinlegung war am 17. Oktober 1892 gewesen) wurde die von dem Architekten Max Gerndt im ›maurischen Stil‹ entworfene neue Synagoge in Osterode am 4. September 1893

durch den Prediger Sturmann und den Rabbiner Dr. Isaac Bamberger aus Königsberg eingeweiht (vgl. Text 1 sowie die Notiz zu den damals aktuellen Synagogeneinweihungen in: Der Israelit (Mainz), Jg. 34, Nr. 76/77 vom 22.9.5654 (1893), S. 1458). Vgl. S. 11.

24 *den beiden stolzen Laternen, die das breite Eingangstor flankierten*: Zur Spende der beiden eisernen Laternen vgl. den Kommentar zum »Alten Jacobi« (S. 51).

25 *Trümmer rauchen*: In der Pogromnacht vom 9./10. November 1938 wurde die Synagoge in Osterode durch Brandstiftung zerstört (vgl. Bürger 1977, S. 597-599 sowie die Texte 9-11). Vgl. S. 11.

26 *Seine erste Frau*: Nicht ermittelt.

27 *»Jamim noraim«*: Die ›ehrfurchtserweckenden Tage‹ bezeichnen zum einen die hohen jüdischen Festtage Rosch ha-Schana (vgl. S. 71) und Jom Kippur (vgl. S. 51), oft aber auch zusätzlich die zehn »Tage der Umkehr«, die zwischen diesen beiden Festtagen liegen.

27 *Jeannette*: Jeannette Sturmann, geb. Herrmann (Osterode 1836 – ebd., 1904), die »Tochter des Osteroder Bäckers Haimann Herrmann«, war die zweite Ehefrau Jakob Akiba Sturmanns. Im Nachruf von Samuel Nelken (vgl. S. 12, 93) hieß es, sie sei nach 20-stündigem Krankenlager im 69. Lebensjahr gestorben. Das Ehepaar war 38 Jahre verheiratet gewesen: »Der Gatte rief mit thränenerstickter Stimme inmitten seiner ihn umgebenden 8 Kinder und Schwiegerkinder der treuen Gefährtin, der liebevollen Mutter und Großmutter rührende Abschiedsworte nach.« (Der Israelit, Mainz, Jg. 45, Nr. 27/28 vom 11.4.1904 (26. Nissan 5664), S. 589).
seinen zweiten Sohn verloren: Nicht ermittelt.
Henriette und Johanna: Nicht ermittelt.

28 *Haus am Markt*: »Großvaters Haus« stand am Neuen Markt Nr. 29 an der Nordseite des Platzes als viertletztes der Reihe.

30 *Schabbat*: Der siebte Wochentag, ein Ruhetag, an dem keine Arbeit verrichtet werden darf.

31 *die Schule*: Die Religionsschule befand sich in einem Nebenraum der Synagoge (vgl. Text 7).

32 *Witwe Grauke*: Laura Grauke wohnte in »Großvaters Haus«, Neuer Markt 29 (vgl. AdrBK 1914, II, S. 24).

34 *Bader*: Veraltet für Friseur; früher auch Heilkundiger.

35 *Sukka*: dt. ›Laubhütte‹, eine aus Ästen, Zweigen, Laub und Stroh erstellte Hütte zur Erinnerung an die Wüstenwanderung der Israeliten nach dem Auszug aus Ägypten; gläubige Juden errichten jährlich – unmittelbar nach dem Ende des Versöhnungstages

Jom Kippur – eine Sukka für das siebentägige Laubhüttenfest, das zur Zeit der Ernte begangen wird. Während dieser Woche wird, sofern es das Wetter erlaubt, in der Sukka gefeiert, manchmal auch übernachtet.
Simchat Thora: ›Freude über die Thora‹, der letzte Tag von Sukka, dem Laubhüttenfest, aber auch ein eigener Feiertag, der Ende und Anfang des jährlichen Thora-Zyklus markiert. Die Thora-Rollen werden aus dem heiligen Schrank in der Synagoge, in dem sie übers Jahr aufbewahrt werden, herausgenommen und abwechselnd von allen männlichen Gemeindemitgliedern tanzend und singend mehrmals rund um das Lesepult getragen.
Lobspruch über die heilige Pergamentrolle: Im Teil ›Barch'u‹ des jüdischen Gottesdienstes werden vor dem ›Schma Israel‹ (Dtn. 6,4: ›Höre, Israel! Jahwe, unser Gott, Jahwe ist einzig‹, vgl. S. 73) zwei Lobsprüche gesprochen und zwei im Anschluss daran.
Thora: auch Tora, Torah; Betonung auf der letzten Silbe; erster Teil des Tanach, der hebräischen Bibel, Bezeichnung für die fünf Bücher Mose. Mit dem Begriff Thora wird auch die Thorarolle bezeichnet, eine handgeschriebene Rolle aus Pergament mit dem unpunktierten hebräischen Text der fünf Bücher Mose. Aus ihr wird in jüdischen Gottesdiensten gelesen, wobei dieses Lesen eher ein Singen nach einer bestimmten Kantillation ist. Alle Kapitel werden über ein Jahr verteilt gelesen. Die Lesung des letzten Abschnitts des fünften Buches Mose und der Neubeginn der Lesung des ersten Abschnitts des ersten Buches Mose erfolgt an dem jüdischen Feiertag Simchat Thora.
zur Thora aufrufen: Die Thoravorlesung ist der zentrale Teil des jüdischen Gottesdienstes, sie gliedert sich in die Zeit vor, während und nach der Vorlesung der Thora und endet mit dem Zurückbringen der Pergamentrollen in den Thoraschrein. »Zur Thora aufgerufen werden« heißt, den vorgeschriebenen Lobspruch vor und nach der Lesung der Thora zu rezitieren. Ursprünglich durften Männer, Frauen und Kinder einen Aufruf zur Thora erhalten. Im 1./2. Jhdt. wurde dies jedoch abgeschafft und festgelegt, dass nur Männer nach der Barmizwa (vgl. S. 105), der im Alter von dreizehn Jahren erreichten religiösen Mündigkeit, aufgerufen werden dürfen.

36 *Lobspruch über die Thora*: Der Lobspruch vor der Thoralesung umfasste: ›Barachu et-Adonai ha-Meworach‹. (›Segnet Gott, den gesegnet Werdenden!‹) und den Lobspruch nach der Thoravorlesung: ›Baruch atah Adonai, Elohejnu melech ha'olam. / Ascher natanlanu Torat emet. / We'chaiej olam nate be-Tochenu. / Baruch ata Adonai, noten ha-torah‹. (›Gesegnet seist Du, Gott unser Gott, König der Welt, / der uns die Lehre der Wahrheit gegeben / und

das ewige Leben in unsere Mitte gepflanzt, / gesegnet seist Du, Gott, Geber der Lehre.‹)

36 »*Chaje olam*«: »Leben der Ewigkeit«, Titel eines der moralischen Bücher des spanischen Rabbi Jona ben Abraham Gerondi (1200-1264).

37 »*Thorafreude*«: Der Anlass, aus dem der Erzähler den Lobspruch vor der Gemeinde vortragen soll, ist das Fest Simchat Thora, das Fest der Thorafreude.
Levite: Die Leviten, Nachfahren des Levi, waren allein zuständig für den Tempeldienst.
Cohen: In orthodoxen und manchen konservativen Gemeinden wird gemäß einer Rangliste zur Thora aufgerufen, zunächst ein Cohen, sodann ein Levit.
Männerraum: In vielen Synagogen führen von dem leicht erhöhten Lesepult einige Stufen zum Hauptraum, in dem die Männer beten, hinab.
Frauenempore: Im orthodoxen Judentum beten Frauen getrennt von Männern, in vielen Synagogen auf der Frauenempore, einem Balkon im Innenraum der Synagoge, über den Sitzplätzen der Männer.

38 »*Jammod Menachem ben Zvi*«: Der hebräische Ruf bedeutet: »Es stehe auf: Menachem (der Tröstende) ben (Sohn von) Zvi (Hirsch)«.

39 *Hans*: Hans Sturmann (Königsberg 1908 – Jerusalem 1998).

40 *Kukukswalde*: poln. Grzegrzólki (Lange 2005, S. 433). Dorf im seinerzeitigen Landkreis Ortelsburg, Regierungsbezirk Allenstein, nördlich des Lehlesker Sees, etwa 15,5 km von Ortelsburg und etwa 90 km von Osterode entfernt. Das Dorf hatte etwa 300 Einwohner. Sturmann hat die Schreibweise »Kukukswalde« im Manuskript verwendet, dort uneinheitlich handschriftlich korrigiert und in D 2 (»Vetter Simon«) in »Kuckuckswalde« korrigiert.
Simon: Der Vetter von Jakob Akiba Sturmann konnte unter diesem Namen in der Literatur zu Kukukswalde nicht ermittelt werden.
Hämske: ostpreuß. für ›Ameise‹.
Lorbas: ostpreuß. Schimpfwort für ›Lümmel‹, ›Schelm‹, ›Taugenichts‹.

43 *Großvaters 70. Geburtstag*: Zur Feier von Jakob Akiba Sturmanns 70. Geburtstag am 19. Oktober 1908 vgl. Text 3.

45 *Vorschulhaus des Altstädtischen Gymnasiums*: Das fast 400 Jahre alte humanistische Altstädtische Gymnasium in Königsberg befand sich an der Altstädtischen Langgasse 43 (AdrBK 1906, III, S. 40). Vorschulklassen des Gymnasiums waren lange Zeit in der Altstädtischen Bergstraße 12 A/B untergebracht (Babucke 1889, S. 8).

45 *Allenstein*: (poln. Olsztyn) Kreisstadt der ehem. Provinz Ostpreußen, Regierungsbezirk Königsberg; Allenstein liegt etwa 40 km östlich von Osterode.
46 *Tante Mathilde [...] Frau des Allensteiner Stadtrats Simon*: Zu Mathilde Simon und ihrem Mann in Allenstein wurde nichts Näheres ermittelt.
47 *die Mütze*: Gemeint ist die »Kippa«, mit der sich jüdische Männer, der Halacha, dem jüdischen Gesetz zufolge, bedecken, wenn sie beten, sich in einer Synagoge aufhalten, einen jüdischen Friedhof besuchen oder die Religion studieren. Sie bringen damit ihre Ehrfurcht vor Gott zum Ausdruck.
48 *o- und a-Laute*: Da im Hebräischen nur die Konsonanten geschrieben werden, müssen die Vokale durch Vorwissen ergänzt bzw. kombinatorisch erschlossen werden. Es gibt zwar besondere Vokalzeichen, die sog. ›masoretische Punktation‹, bestehend aus ergänzenden Punkten oder Strichen, diese wird jedoch weitgehend nur in religiösen Texten verwendet.
Hoffmann: jüdischer Religionslehrer in Königsberg, nicht ermittelt.
49 *Werner*: Nicht ermittelt.
Kurt: Vermutlich Kurt Schwittay. »Kurts Vater hatte Großvaters Haus gegenüber einen Tabak- und Zigarrenladen« (Text S. 49). Gegenüber von Großvaters Haus am Neuen Markt 29 befand sich als ebenfalls viertletztes Haus der Reihe das Haus des Zigarrenhändlers Carl Schwittay am Neuen Markt 20. Ob und wie Kurt »der Enkelsohn des Alten Jacobi« (S. 36) war, ist unklar.
des Alten Jacobi: Vgl. S. 51.
das Jacobi'sche Anwesen: Das Haus des Ehepaars Jakob und Augustine Krause (bzw. des »Alten Jacobi« und der »Frau Jacobi«, vgl. S. 51) befand sich in Osterode am Neuen Markt 8.
50 *Silbergerät und Porzellan*: Am Schabbat werden die Speisen von besonderem Geschirr gegessen und der Tisch wird mit einem schönen weißen Tischtuch bedeckt. Darauf kommen die Schabbat-Kerzen in schönen Leuchtern und die Challoth-Laibe ebenso wie Wein, über den zu Beginn der Mahlzeit ein Segen gesprochen wird.
Challoth: hebr., Plural von ›challa‹: Bezeichnung für die zwei meist mit Mohn und Sesam bestreuten Hefezöpfe, die am Schabbat und an den jüdischen Festtagen gereicht werden; die Anzahl soll an die zweifache Portion Manna erinnern, die den Israeliten während ihrer Wanderung durch die Wüste wöchentlich vor dem Beginn des Schabbats zuteil wurde.
nach einem heißen Bade: Zur Vorbereitung und Ehrung des Schabbats gehören auch ein Bad und das Anlegen frischer Kleidung.

50 *Kerzen*: Um den Schabbat zu begrüßen, werden zu einem Segensspruch zwei Kerzen entzündet.
50 *»Der Ewige wende dir sein Antlitz zu und gebe dir Frieden«*: Segensspruch nach 4. Mos. 6, 24-26.
51 *Lobsprüchen*: Mit einem Segensspruch, dem sog. ›Kaddisch‹, über einem Becher Wein und meist anschließend über die Schabbatbrote werden der Schabbat und die jüdischen Feiertage eingeleitet. Er wird unmittelbar vor der Mahlzeit üblicherweise von der männlichen Hauptperson gesprochen. Unmittelbar nach dem Kaddisch folgt das rituelle Händewaschen, das von einem Segensgebet begleitet wird.
Singsang des Tischgebetes: ›Birkat Hamason‹, das jüdische Tischgebet, das nach dem Essen einer Mahlzeit gesprochen wird, besteht aus vier Segenssprüchen.
den »Alten Jacobi« und seine Frau: Vermutlich Verschlüsselung für den seit 60 Jahren in Osterode ansässigen »Rentier« Jakob Krause, der mit seiner Gattin Augustine, geb. Grünbaum, am 28. August 1905 Goldene Hochzeit feiern konnte. Sturmann kombiniert den »Alten Jacobi« und seine Frau mit Jakob Krauses Eltern, Lorenz Seelig und Taube Krause, die »hierorts vor 28 Jahren die goldene, vor 14 Jahren die die diamantene und vor 11 Jahren die eiserne Hochzeit gefeiert« hatten (Israelitische Wochenschrift, Berlin, Nr. 36 vom 8.9.1905, S. 506). Anlässlich der diamantenen Hochzeit war im Juli 1894 darauf hingewiesen worden, dass »zwei Söhne des Jubelpaars, die Chefs der Firma Josef Krause u. Co. aus Pernambuco in Brasilien«, wo sie »mit dem höchsten Brasilianischen Orden das Adelsprädikat erhalten« hätten, zum Besuch der Eltern nach Osterode gekommen seien. Der Sohn Josef Krause spendete bei dieser Gelegenheit »zwei wertvolle ›eiserne‹ Kandelaber, zu Gas eingerichtet, die ihren Platz vor dem Hauptportal der neuen Synagoge zur ewigen Erinnerung an die ›eiserne Hochzeit‹ finden werden« (Der Israelit, Mainz, Jg. 35, Nr. 53 vom 5.7.1894, S. 977f.). Das »Jubelpaar« Krause-Grünbaum wiederum stiftete 1905 »für die hiesige Synagoge zwei kostbare Kandelaber und teilte Spenden aus an städtische und Gemeinde-Arme, Vereine und die ostpreußische Vereinskasse« (Israelitische Wochenschrift, Berlin, Nr. 36 vom 8.9.1905, S. 506). Josef Krause schenkte der Gemeinde sodann im Frühjahr 1907 20.000 Mark für den Bau der Leichenhalle auf dem Friedhof (vgl. Text 12). Wann Jakob Krause starb, ist unklar. Die »Rentiere« und wohl auch Witwe Augustine Krause wohnte jedenfalls noch 1914 in Osterode im eigenen Haus am Neuen Markt 8 (AdrBO 1914, S. 6, 32). – Die Verschlüsselung des Namens Krause durch Jacobi könnte wiederum anspielen auf den Schuhwarenhändler Max Jacoby im Haus Neuer Markt 1, das

Das Wegräumen des Gesäuerten.

wiederum dem Kaufmann Rudolf Boguhn gehörte, von dem die Familie Jacoby nach dem Zwangsverkauf des Geschäfts Anfang 1936 Abschied nehmen musste (vgl. Jacoby 2005, S. 9-11, 77). Gemeint sein könnte allerdings auch der Kaufmann Aron Jacobus; er hatte eine Zigarrenhandlung im Haus der Familie Krause am Neuen Markt 8 (AdrBO 1914, S. 27, 68). Ob er der Großvater von Manfred Sturmanns Spielkamerad Kurt (Schwittay) war, ist unklar.

52 *Tabatiere*: (franz.), richtig: tabatière, Schnupftabakdose.
53 *Pessach*: Pessach, auch Passcha- oder Passafest (hebr. ›Vorüberschreiten‹) gehört zu den Hochfesten im jüdischen Kalender. Das mehrtägige Fest erinnert an die Frühlingsernte der Gerste und an die Befreiung des Volkes Israel aus der ägyptischen Sklaverei, von der das Buch Exodus erzählt; sie gilt für Juden als Beleg einer besonderen Verbindung zwischen Gott und ihrem Volk, in dessen Geschichte er eingegriffen hat. Die Nacherzählung (›Haggadah‹) dieses Geschehens verbindet jede neue Generation der Juden mit ihrer zentralen Befreiungserfahrung. Das Pessachfest fällt gemäß der biblischen Einsetzung in den jüdischen Frühlingsmonat und wird nach dem jüdischen Kalender in der Woche vom 15. (sog.

›Sederabend‹) bis 22. Nisan gefeiert, also in den Monaten März und April des gregorianischen Kalenders. Weil sich die jüdischen Feiertage nach dem Mondkalender richten, finden sie von Jahr zu Jahr an unterschiedlichen Tagen statt. Eingeleitet wird Pessach am Vorabend des 15. Nisan, dem Sederabend, dem sog. ›erev pessach‹ oder Rüsttag. Pessach heißt auch ›Fest der ungesäuerten Brote‹, weil es mit einem einwöchigen Verzehr von Matzen einhergeht. Laut der Legende blieb keine Zeit, bei der Flucht aus Ägypten den Brotteig zu versäuern, weshalb gläubige Juden während der Pessachwoche keinerlei gesäuerte Speisen essen. Der Frühjahrsputz vor Pessach hat zum Ziel, das Haus bzw. die Wohnung von den Überbleibseln von ›Chametz‹ (auch: ›Chomez‹) zu reinigen. ›Chametz‹ bedeutet ›Sauerteig‹ und bezeichnet Gesäuertes im Sinne der in der Thora genannten, an Pessach verbotenen Speisen, also alle Speisen und Getränke, die auch nur die geringste Spur von Weizen, Gerste, Roggen, Hafer, Dinkel oder deren Ableitungen enthalten. Und auch im Haus darf sich an Pessach nirgends eine Spur von Essensresten befinden, in denen diese enthalten sind (vgl. Chomez batteln, S. 70).

54 *Schechita*: Das Schächten bezeichnet das rituelle Schlachten von im jüdischen Ritus zugelassenen Schlachttieren. Dabei werden die Tiere mit einem speziellen Messer mit einem großen Schnitt quer durch die Halsunterseite getötet, wobei die großen Blutgefäße sowie Luft- und Speiseröhre durchtrennt werden. Das Schächten soll einen schnellen Tod und das möglichst rückstandlose Ausbluten des Tieres ermöglichen. Der Verzehr von Blut ist im Judentum verboten.

»*Oi wai!*«: Auch ›oy vay‹, ›oi vey‹ (jidd.); der Ausruf meint ›oh, weh!‹ oder ›wehe mir!‹

Ihre Söhne waren in jungen Jahren nach Südamerika ausgewandert: zur Firma Josef Krause u. Co. aus Pernambuco in Brasilien vgl. den Kommentar zum »Alten Jacobi« S. 51.

56 *ein halbes Jahr vor meiner Auswanderung nach Palästina*: Manfred Sturmann und seine Frau Li emigrierten Mitte Dezember 1938 nach Jerusalem.

56 *Rabbiner Vogelstein*: Dr. Hermann Vogelstein (Pilsen 1870 – New York 1942) war der führende liberale Rabbiner in Deutschland. Er amtierte nach seiner Promotion 1894 als Prediger und Rabbinatsverweser in Oppeln, dann als Rabbiner in Königsberg (1897-1920) und Breslau (1920-1938) und war ein entschiedener Gegner der zionistischen Bewegung. Er emigrierte 1938 nach England und 1939 in die USA. »Dr. Vogelsteins Kanzelreden waren viel beliebter [als die des Rabbiners Perles, vgl. S. 106]. Er sprach mehr im Stil eines protestantischen Geistlichen. Er appellierte an

das Gewissen der Gemeinde, tat es aber so, daß sich jeder schon durch das Anhören der Predigt erhoben und gebessert fühlte, und ich glaube, es war auch sein Erfolg, der so groß war, daß er eines Tages an die größte Gemeinde nach Breslau berufen wurde.« (Fürst 1976, S. 130.)

58 *Getreidehändler aus Großvaters Nachbarhaus*: Im Haus Neuer Markt 31 sind 1914 zwei Getreidehändler, Erich und Max Kuropatwa, nachweisbar (AdrBO 1914, S. 34).

59 *der See und der Kanal*: Der Drewenzsee (vgl. S. 10, 16) und der Oberländische Kanal (vgl. S. 23).

66 *während Großvater sich der Vollendung seines achten Jahrzehntes näherte*: Jakob Akiba Sturmann starb im Dezember 1917, ein Jahr bevor er im Oktober 1918 seinen 80. Geburtstag hätte feiern können.

68 *Dein Vater [...] ein Handwerker*: Hermann Sturmann war Juwelier geworden (vgl. S. 8).

69 *Pessachfest*: Vgl. *Pessach* S. 53.

70 *»Chomez zu batteln«*: Alle gesäuerten Lebensmittel (Chomez) werden vor dem Pessachfest aus dem Haus ausgekehrt und entfernt; der Hausherr sammelt, was er findet, sorgfältig in einen Lappen und bindet diesen zusammen, um das Päckchen am nächsten Morgen zu verbrennen; im übertragenen Sinn bedeutet die Wendung: klare Verhältnisse schaffen.
Sterbekittel: Den weißleinenen Sterbekittel tragen jüdische Männer erstmals als Bräutigam, am Neujahrs- und Versöhnungsfest und am Sederabend sowie am Vorabend des Fests der Befreiung der Israeliten aus der ägyptischen Sklaverei, Erev Pessach; über dem Sterbekittel wird der Tallit, der Gebetsmantel (S. 14) getragen.
Sedertafel: Am Sederabend findet ein häuslicher Familiengottesdienst nach einer genau vorgezeichneten Ordnung (›seder‹) statt. Die Familie trifft sich zu einem festlichen Essen, für das der Tisch, die Sedertafel, mit Speisen von symbolischer Bedeutung gedeckt wird (vgl.: Die Einrichtung des Szedertisches in: PH 1936, S. 13ff.)
Haggadah [...] die hebräischen und aramäischen Texte: Die Pessach-Haggada ist ein schmales, oft bebildertes Buch, aus dem beim Festmahl mit der Familie gemeinsam gelesen und gesungen wird. Den aramäischen und hebräischen Texten wurden später Übersetzungen und Kommentare beigegeben. In Text und Bild dargestellt werden die im Buch Exodus geschilderten jüdischen Geschichten vom Exil in Ägypten und dem Auszug in die Freiheit (vgl. PH 1861; PH 1928.1).

71 *Lieder des Sederabends*: Zu den aramäisch-hebräischen Liedern der Haggadah gehören das »Lied von den Wundern der Nacht«, das »Lied von den Wundern des Pessach«, das »Loblied auf das

Der Sedertisch.

Göttliche Wesen«, der »Rundgesang vom Tempelbau«, das »Zahlenlied« und der »Rundgesang vom Zicklein« (PH 1928.2, S. 70-90).
Wochenfest: Schawuot, jüdisches Erntedankfest, das 50 Tage, also sieben Wochen plus einen Tag nach dem Pessachfest gefeiert wird, da zu dieser Zeit in Israel der erste Weizen geerntet wird. Es fällt auf die Monate Mai oder Juni des gregorianischen Kalenders. Zudem feiert das Judentum an Schawuot den neuerlichen Empfang der Zehn Gebote. Die Synagoge, die an Schawuot den Sinai symbolisiert, wird an diesem Tag mit Birkenreisern geschmückt, auch, um an den landwirtschaftlichen Ursprung des Festes zu erinnern.
Neujahrsfest: Mit dem Neujahrsfest Rosch ha-schana begehen jüdische Gläubige das Hochfest der Erschaffung der Welt, es wird auch als Tag des göttlichen Gerichts gefeiert. Gemäß dem jüdischen Kalender fällt es in den Spätsommer bzw. Frühherbst.
Versöhnungstag: Das Versöhnungsfest Jom Kippur ist der höchste jüdische Feiertag (Versöhnungstag). Es wird am 10. Tag des Monats Tischri als strenger Ruhe- und Fastentag begangen. Im gregorianischen Kalender fällt der Versöhnungstag von Jahr zu Jahr auf unterschiedliche Daten im September oder Oktober. An Yom

Kippur denken gläubige Jüdinnen und Juden über ihre Beziehung zu Gott und den Mitmenschen nach.

72 *»furchtbaren Tage«*: Vgl. Jamim noraim (S. 27).
Sukkothfest: Das Laubhüttenfest ist das größte jüdische Freudenfest; es wird im Herbst, fünf Tage nach dem Versöhnungsfest, im September oder Oktober gefeiert und dauert sieben Tage, vom 15. bis 21. des jüdischen Monats Tischri.
Sukka: Vgl. S. 35.

73 *Kiddusch*: *Kiddusch*: Die ›Heiligung‹ meint den Segensspruch über Wein und Brot, mit dem der Sederabend eingeleitet wird.
»Mizwah«: Mizwot (hebr. »Gebot«), religiöse Pflichten.
Simchat Thora: Vgl. S. 35.
Tante Johanna: Johanna Sturmann, Ehename unbekannt, war die Mutter von Manfred Sturmanns Vetter Bruno.
Bruno, mein Vetter: Bruno war der Sohn der Johanna, geb. Sturmann.
Osteroder Gymnasium: Das Kaiser-Wilhelm-Gymnasium befand sich seit April 1907 in einem neuen Gebäude an der Hohensteiner Straße 1 (vgl. Bürger 1978, S. V).

74 *Thomas Mann*: Davon abweichend hört Manfred Sturmann in seinen Erinnerungen an »Spaziergänge mit Thomas Mann« (1950) den Namen des Autors 1917 »das erste Mal aus dem Munde G.B.'s« (d.i. Gerhard Birnbaum). Der Sohn des Königsberger Oberkantors Eduard Birnbaum (vgl. S. 105) teilte mit Sturmanns Vetter Bruno ein Pensionszimmer in Königsberg (vgl. Sturmann 2021, S. 88). Sturmanns Erinnerungen an Gerhard Birnbaum treffen sich mit denen Max Fürsts (Fürst 1976, S. 115).
Fabrik meines Onkels Oskar Skaller: Mit dem Apotheker Oskar Skaller (Ostrowo 1874 – Johannesburg 1944) war Manfred Sturmann anscheinend über seine Mutter Frieda, geb. Skaller, verwandt. Der Großindustrielle Oskar Skaller kam als Verbandsstoff- und Thermometer-Fabrikant in Berlin im Ersten Weltkrieg zu großem Reichtum. Er sammelte wertvolle Kunst und unterstützte u.a. den Groteskenschreiber und Philosophen Salomo Friedlaender/Mynona (1871-1946), der ihm seinen *Katechismus der Magie* (1925) widmete. Oskar Skaller emigrierte mit seiner Frau 1939 nach Südafrika. (Vgl. Röder/Strauss 1999, S. 705; Friedlaender/Mynona 2014, S. 30f., Wallenberg/Büttner 2023).
graue Broschüre [...] Aufsatz Großvaters: Unklar. Die Zeitschrift *Im deutschen Reich* (Berlin) war zwischen 1895 und 1922 das Organ des Centralvereins Deutscher Staatsbürger jüdischen Glaubens. Im vollständig digitalisierten Bestand der Zeitschrift in der Datenbank Compact Memory der Universitätsbibliothek der Goethe-Universität (Frankfurt a.M.) ist der von Sturmann er-

wähnte Aufsatz seines Großvaters »Können die Juden unserer Zeit ein modernes Volk sein?« jedoch ebenso wenig nachweisbar wie im Gesamtverzeichnis des deutschen Schrifttums (GV) und im Karlsruher Virtuellen Katalog (KVK).
75 *Tante Martha*: Nenntante, Zionistin. Nicht ermittelt.
Zionismus: Im Judentum die auf Jerusalem (Zion) und Palästina (Erez Israel) gerichtete politische und soziale Bewegung zur Errichtung eines jüdischen Staates in Palästina. Als Begründer des Zionismus gilt der ungarische Journalist Theodor Herzl (1860-1904) mit seiner Schrift *Der Judenstaat. Versuch einer modernen Lösung der Judenfrage* (1896).
Herzls berühmtes Bild: Die inzwischen ikonisch gewordene Fotografie von Ephraim Moses Lilien zeigt Theodor Herzl 1901 in Basel anlässlich des fünften Zionistischen Weltkongresses auf einem Balkon des Hotels »Drei Könige«, wie er, an die Balustrade gelehnt, über den Rhein blickt (vgl. Lilien 1991, S. 34f.).
Nationalfondsbüchse: Der jüdische Nationalfonds (hebr. ›Keren Kayemet LeIsrael‹) wurde 1901 in Basel im Auftrag und auf Initiative von Theodor Herzl als Wegbereiter eines jüdischen Staates gegründet. Bis 1948 betrieb er vor allem den Landerwerb für jüdische Siedler im britischen Mandatsgebiet Palästina, unterstützt durch die weltweite finanzielle Hilfe jüdischer Gemeinden. Die blecherne, sogenannte »Blaue Büchse« – mittlerweile Markenzeichen des Jüdischen Nationalfonds – erlebte ihren Durchbruch auf dem fünften Zionistischen Weltkongress in Basel im Jahr 1901. Sie diente als Spardose für die zionistische Bewegung und für den Landkauf in Palästina, stand bald in vielen jüdischen Haushalten und Synagogen und war und ist für viele Menschen Kindheitserinnerung und Symbol der Hoffnung auf ein sicheres Leben im eigenen Land. – Abb. in: Dannacher Brand 1997, S. 237.
nach Hitlers Machtergreifung: Mit dem Machtantritt Adolf Hitlers am 30. Januar 1933 begann die Judenverfolgung und -vernichtung der Nationalsozialisten im Deutschen Reich und verstärkte die jüdische Einwanderung nach Palästina.
Referendar namens Ilk: Nicht ermittelt.
Walter Pelz: Nicht ermittelt.
Walter Stein: Vielleicht identisch mit Dr. Walter Stein (vgl. S. 7).
Hugo Hoppe: Dr. med. Hugo Hoppe (1860-1917) war Nervenarzt in Königsberg und »eifriger Zionist« (vgl. den Nachruf in: Jüdische Zeitung, Wien, Jg. 11, Nr. 47 vom 23.11.1917, S. 3). Er verfasste die in mehrere Sprachen übersetzten *Tatsachen über den Alkohol* (1904) und war Herausgeber der Anthologie *Hervorragende Nichtjuden über den Zionismus. Eine Sammlung von Urteilen hervorragender Persönlichkeiten aller Länder* (1904).

76 *die zionistische Kinderzeitschrift Jung Israel*: Gegründet 1895 als *Israelitischer Jugendfreund. Zeitschrift zur Belehrung und Unterhaltung der israelitischen Jugend* (Berlin), erschien das Blatt seit 1905 unter dem Titel: *Jung Israel. Halbmonatsschrift für die jüdische Jugend.*
55 *Wunderland der Erlösung [...] vor einer aufgehenden Sonne*: Vgl. damit das »Gedenkblatt zum fünften Zionistenkongreß« in Basel 1901 von Ephraim Moses Lilien mit dem Titel »Vom Ghetto nach Zion« (Brieger 1922, S. 77).
76 *Lehrer Raffel*: Nicht ermittelt (vgl. S. 75).
Theodor Zlocistis »Wohlan, laßt das Sinnen und Sorgen«: Der Arzt und Zionist Theodor Zlocisti (Borzestowo, Westpreußen 1874 – Haifa 1943) schrieb 1902 das fünfstrophige Lied »Wohlan, laßt das Sinnen und Sorgen« des jüdischen Turnvereins »Bar Kochba« in Berlin. Das »Freiheitslied« wurde gesungen nach der Melodie des Liedes »Und hörst du das mächtige Klingen« des Komponisten Adolf Eduard Marschner (1819-1853). Der Refrain lautet: »Auf Hedad, Hedad! Unsre Bahn ist frei!« (Vgl. Liederbuch 1914, S. 12-13).
»Das ist ein alter jüdischer Schlachtruf!«: Das »Hedad« im Refrain »Auf Hedad, Hedad! Unsre Bahn ist frei!« des Freiheitslieds »Wohlan, laßt das Sinnen und Sorgen« des Berliner jüdischen Turnvereins »Bar Kochba« bedeutet »Hurrah« (vgl. Liederbuch 1914, S. 12-13; Freeden 1991, S. 17).
76 *Referendar Ilk*: Nicht ermittelt.
79 *Provinz Ostpreußen [...] von den eingefallenen Russen befreit worden*: Zu Beginn des Ersten Weltkriegs hatte Ende August 1914 südlich von Allenstein eine Schlacht zwischen deutschen und russischen Truppen stattgefunden; die russischen Kräfte wurden unter dem Befehl der Generale Hindenburg und Ludendorff zerschlagen und eine Besatzung verhindert. Die Schlacht bei Hohenstein (poln. Olsztynek) wurde aus Propagandagründen später als »Schlacht bei Tannenberg« (poln. Stębark) bezeichnet und 1927 durch eine achttürmige Denkmalanlage aufgewertet. Die Anlage wurde 1945 vor der anrückenden Roten Armee gesprengt.
80 *Matrosenmütze*: Matrosenanzug und -mütze waren schon vor 1914 eine beliebte Kinderkleidung; sie spiegelten den Expansionsdrang Kaiser Wilhelms II. wider, der das Deutsche Reich durch den Aufbau einer Flotte zu einer Seemacht aufrüsten wollte.
»Jungsturm«: Ein deutsches Jugendkorps, gegründet 1897 als Blau-Weiß-Blaue Union u.a. von dem Offizier Leopold von Münchow (1884-1945). Von Münchow leitete das Jugendkorps als »Reichsführer« bis zur Auflösung durch die Nationalsozialisten 1933. Nach dem »Wandervogel« (gegründet 1896) war der »Jung-

sturm« der älteste Jugendverband Deutschlands und in der Weimarer Republik eine der größten Organisationen dieser Art.
81 *Domnau*: (russ. Domnowo); Ort ca. 40 km südlich von Königsberg (russ. Kaliningrad). Zu Beginn des Ersten Weltkriegs wurde die Stadt nach der Schlacht bei Gumbinnen im August 1914 von russischen Truppen zu zwei Dritteln zerstört.
87 *zum Werther geworden*: Anspielung auf Goethes Briefroman *Die Leiden des jungen Werthers* (1774).
Kanalufer [...] Stadtpark: Von der Roßgartenstraße aus ging es am Ufer des Oberländischen Kanals entlang zum Drewenzsee mit dem Stadtpark (auch Collis-Park) und dem Bismarck-Turm (1902) (vgl. Barran 2009, S. 128).
89 *Kamnitzer:* Der Lederhändler Kurt Kamnitzer besaß in Osterode das Haus Hauptstraße 7.
Jahrzeit: Bezeichnung für das rituelle Begängnis des Todestages eines Gläubigen. Im Judentum gehört zur Feier der Jahrzeit das Sprechen des Kaddisch, der Besuch des Grabes sowie das Anzünden einer Kerze, die für 24 Stunden brennt.
Minjan: Das Quorum von zehn oder mehr im religiösen Sinn mündigen Juden, das zu einer Lesung der Thora, einem jüdischen Gottesdienst und zu besonders wichtigen Gebeten zusammenkommen muss. Im orthodoxen Judentum sind stets zehn männliche Beter gefordert (vgl. Fürst 1976, S. 123f.).
92 *Krieg [...] düsteres Stadium*: Gemeint ist der Erste Weltkrieg im letzten Lebensjahr des Großvaters 1916/17.
93 *Gemeindevorsteher Silberberg*: Vermutlich Verschlüsselung für den Gemeindevorstand der jüdischen Gemeinde in Osterode Ludwig Wittenberg, Kaufmann in der Gerberstraße 3.
Tirpitz-Bart: Der deutsche Großadmiral Alfred Peter Friedrich von Tirpitz (1849-1930) war von 1897 bis 1916 Staatssekretär des Reichsmarineamts und später Politiker der Deutschnationalen Volkspartei, er trug einen sog. »Gabelbart«.
93 *Wahlordnung*: Auch wenn sich die Bezeichnungen unterscheiden können, so besteht eine jüdische Gemeinde aus einem geschäftsführenden Organ (i.d. Regel Vorstand, teilweise Präsidium) und einem Vertretungsorgan der Gemeindemitglieder (Parlament), welches für einen bestimmten Zeitraum von den Mitgliedern der Gemeinde gewählt wird. Der Vorstand verwaltet die Gemeinde nach Maßgabe einer Satzung. Die Repräsentantenversammlung hat u.a. die Aufgaben, der Vorgabe von Richtlinien, nach denen die Gemeinde zu führen ist, der Wahl des Vorstands und der Ausschüsse, wofür es einer Wahlordnung bedarf.
Lehrer Rosen: Vermutlich Verschlüsselung für den Kultusbeamten Samuel Nelken der jüdischen Gemeinde in Osterode. Er war

Vorbeter der jüdischen Gemeinde sowie ihr Bibliothekar und wohnte in der Schlosserstraße 10 (hinter dem Alten Markt).

95 *Pentateuchtext*: ›Pentateuch‹ (griech.), wörtl.: ›Fünfrollenbuch‹; Bezeichnung für die ersten fünf Bücher der Bibel (Genesis, Exodus, Levitikus, Numeri und Deuteronomium), in der jüdischen Tradition werden sie als Thora (›Weisung‹) bezeichnet. Von Jakob Sturmann gibt es einen tabellarischen »Entwurf eines Lehrplans für den Unterricht im Pentateuch« (1903, 4 S., Leo Baeck Institute, New York, East Prussia, Jewish Community Collection, Signatur AR 2939).

97 *Rischmann, der Schnarcher [...] Häutehändler*: Ein Rohhäutehändler oder Abdecker ließ sich in Osterode unter diesem Namen nicht ermitteln.

98 *drei Gebetszeiten*: Im jüdischen Alltag gibt es drei feste Gebetszeiten. Die für den Morgen heißt ›Schacharit‹, die für den Nachmittag ›Minche‹ und die für den Abend ›Ma'ariv‹.
in irgend einem Keller des abgelegensten Teiles der Stadt: Die »Abdeckerei« befand sich in Osterode in nordöstlicher Entfernung vom Stadtzentrum am Sandweg (Barran 2009, S. 129).
Minjanmann: Für den Fall, dass das Quorum von zehn oder mehr im religiösen Sinn mündigen Juden (vgl. Minjan, S. 65) einmal nicht erreicht wird, ist es erlaubt, Beter für ihre Anwesenheit zu bezahlen.

99 *Totenlicht*: Sobald eine jüdische Person verstorben ist, zündet man eine Kerze an und hält Totenwache.
Thallith: Gebetsmantel (S. 14).
Bewegung: Viele Juden schwingen beim Gebet mit dem Oberkörper vor und zurück. Für diese Praktik, die ›Schokeln‹ genannt wird, gibt es verschiedene Erklärungen: Es hilft beim Auswendiglernen und dabei, sich auf das Gebet zu konzentrieren und ablenkende Gedanken abzuwehren. Gemäß Psalm 35,2: »Alle meine Gebeine sollen sagen: HERR, wer ist dir gleich?«, sollen Juden Gott mit ihrem ganzen Körper loben.

99 *Schma Jisrael*: Benannt nach den Anfangsworten eines Abschnitts der Thora, Dtn. 6,4-9 (dt. ›Höre, Israel!‹); zentraler Bestandteil des Nacht- und Morgengebets, eines der wichtigsten Gebete des Judentums und ältester Ausdruck des jüdischen Selbstverständnisses.

99 *beim »Stillen Gebet«*: Schmone Esre oder Amida, das jüdische Hauptgebet (vgl. S. 14).

100 *»Olenu«*: Gebet, das am Ende eines jüdischen Gottesdienstes gesprochen wird. Es drückt aus, dass die Menschen vereinigt werden und alle an einen Gott glauben.

102 Es *»mit den Soldaten treiben«*: Osterode war eine Garnisons-

stadt; stationiert waren in der Kaserne an der Hohensteinerstraße 12 die 72. Infanterie-Brigade Osterode und das Infanterie-Regiment »von Grolman« (1. Pos.) Nr. 18, dazu kamen diverse Dienststellen (vgl. AdrBO 1914, S. 73 f.).

Purim: Das Losfest, das an die Errettung des jüdischen Volks aus drohender Gefahr in der persischen Diaspora im 5. Jh. v. Chr. erinnert. Der Regierungsbeamte Haman plant die Ermordung aller Juden im Reich. Das genaue Datum soll per Los – im Hebräischen ›Pur‹ – entschieden werden. Dieser Plan kann aber dank der Tapferkeit von Königin Esther verhindert werden. Esther, die ihre jüdische Abstammung zunächst verschwiegen hat, gibt sich ihrem Ehemann, König Achaschwerosch zu erkennen und bitte um Gnade für ihre jüdischen Brüder und Schwestern. Haman endet am Galgen.

Purimspaß: Die Stimmung an Purim ist heiter und ausgelassen, man führt Possen und Parodien biblischer Ereignisse (›Purim-Spiele‹) auf, trägt Masken und verkleidet sich.

Megillath Esther: ›Megillat‹ bedeutet ›Festrolle‹; die Megillat sind den wichtigsten fünf jüdischen Festen (Schawuot, Pessach, Sukkot, Tischa Beav und Purim) zugeordnet; die ›Megillath Esther‹ benannte Pergamentrolle beinhaltet das Buch ›Esther‹ der hebräischen Bibel (Christentum: Altes Testament), in dem die Begebenheiten um Königin Esther erzählt werden; sie wird im Gottesdienst zu Purim vorgelesen.

103 *der »brave Soldat Schwejk«*: Der (unvollendet gebliebene) Schelmenroman *Die Abenteuer des braven Soldaten Schwejk während des Weltkrieges* des tschechischen Autors Jaroslav Hašek (1883-1923) erschien auf Deutsch erstmals in Prag 1926/27, übersetzt von Grete Reiner und illustriert von Josef Lada.

104 *Lehrer Sandler*: Isidor Sandler (Hohensalza 1880 – Focșani (Rumänien), gefallen am 14.08.1917), war Lehrer und Sekretär der Synagogengemeinde, zuletzt wohnte er in Königsberg, Weidendamm 17 (AdrBK 1917, I, S. 552).

Bar Mizwah: Bar Mi(t)zwa(h) (von aramäisch ›Sohn‹ und hebräisch ›Gebot‹) bezeichnet im Judentum die religiöse Mündigkeit, die Jungen im Alter von 13 Jahren erreichen, »vergleichbar mit der christlichen Einsegnung« (Fürst 1976, S. 139). Der Begriff benennt sowohl den Status als auch den Tag und die Feier, an dem die Religionsmündigkeit eintritt. Die Jugendlichen lernen auf diesen Tag hin, den hebräischen (nicht vokalisierten) Wochenabschnitt (genauer: dessen letzten Abschnitt) aus der Thora und die ›Haftara‹, die Lesung aus den Prophetenbüchern, singend vorzutragen. Auch legen sie zum ersten Mal die Gebetsriemen an. Üblich ist es außerdem, dass die jungen Männer eine

Ansprache, die ›Draschah‹, halten, in der sie den vorgelesenen Text erläutern und auslegen. Dieser »erste Thora-Aufruf« wird feierlich begangen, und der Junge wird an diesem Festtag – in der Regel am Schabbat nach seinem 13. Geburtstag – in die Gemeinde aufgenommen. Vgl. S. 72.

105 *dreikonsonantische Wurzel*: In den semitischen Sprachen wie dem Hebräischen oder Arabischen besteht die Wurzel meist aus einer Reihe von Konsonanten. Wörter werden dadurch geformt, dass man die Konsonantenwurzel mit einem Vokalmuster oder mit Affixen kombiniert oder einzelne Laute (Vokale und Konsonanten) verdoppelt.

Orgelsynagoge: Die Neue Synagoge in Königsberg (1896), errichtet von den Berliner Architekten Cremer und Wolffenstein (Gause 1968, S. 700), erhielt den Namen »Orgelsynagoge«. Ihre Orgel war ein Symbol des reformierten Judentums (Gassmann 2007; Kabus 1998, S. 77, mit Abb.). Orthodoxe Juden lehnten eine Orgel in einem traditionellen Gottesdienst aus mehreren Gründen strikt ab: Erstens sollte die Trauer über den zerstörten Tempel durch das Fehlen von Musikinstrumenten zum Ausdruck kommen, zweitens wurde die Orgel als Kopie des christlichen Gottesdienstes angesehen und drittens durfte sie am Schabbat nicht gespielt werden, da dies als Arbeitsverrichtung gilt. Die Synagoge, die das Königsberger Stadtbild geprägt hatte, wurde in der Pogromnacht vom 9./10. November 1938 zerstört (Kabus 1998, S. 163). Das Gebäude wurde in Kaliningrad rekonstruiert und zum 80. Jahrestag der Zerstörung am 8. November 2018 neu eingeweiht.

Oberkantor Birnbaum: Eduard Birnbaum (Krakau 1855 – Königsberg 1920) war Oberkantor der Synagogengemeinde, Komponist, Chordirigent und einer der ersten Erforscher jüdischer Musik (Kabus 1998, S. 78; Fürst 1976, S. 130, 140). Er war zudem der Vater von Gerhard Birnbaum (vgl. S. 74).

Patenonkel: Der Patenonkel (hebr. ›Sandak‹) ist eine Person, die bei der jüdischen Beschneidungszeremonie acht Tage nach dessen Geburt den Jungen auf ihren Knien oder Schenkeln hält und ihn dem ›Mohel‹, der die Beschneidung vollzieht, entgegenhebt.

Julius Herrmann: Manfred Sturmanns Patenonkel gehörte in Königsberg als Stellvertreter zum Vorstand der jüdischen Gemeinde (Jacoby 1983, S. 27).

106 *Rabbiners Perles*: Dr. Baruch Ascher Felix Perles (München 1874 – Königsberg 1933) war Rabbiner, Gelehrter und Zionist und wirkte, zusammen mit Dr. Hermann Vogelstein (vgl. S. 56) seit 1897 in Königsberg an der Neuen Synagoge. Rabbiner Perles war »ein typischer Gelehrter und das Ziel aller gutartigen und nicht

beleidigenden Witze der Kinder. (...) Dr. Perles hielt immer Lehrvorträge, und ich glaube, daß ihm nur sehr wenige folgen konnten. Darum gab es immer einiges Entsetzen, wenn er die Stufen zur oberen Kanzel hinaufstieg.« (Fürst 1976, S. 122, 130.)

106 *Tragheimer Kirchenstraße*: Familie Sturmann wohnte 1917 in der Tragheimer Kirchenstraße 63 (AdrBK 1917, I, S. 645).

107 *Raw*: Rabbiner, auch Rabbi oder Rebbe. Der jüdische Gelehrte legt die Vorschriften der schriftlichen Lehre (Thora) und der mündlichen Lehre (Mischna/Talmud) aus. Das hebräische Wort Rabbi bedeutet »mein Lehrer/mein Meister«.

108 *Am Tage der 50-jährigen Wiederkehr seines Amtsantritts in Osterode*: Vgl. dazu Text 4.

110 *Es war das Jahr 1917*: Im Erstdruck seiner »Spaziergänge mit Thomas Mann« ergänzt Manfred Sturmann diese Angabe: »Der Krieg ging zuende, und in einer Zeit, in der ich mit Landarbeit, dem ›Blau-Weiss‹ und Stundengeben beschäftigt war, in welcher nach Veröffentlichung der Balfour-Deklaration [2.11.1917] die während des Krieges beengte zionistische Arbeit in unserer Stadt einen mächtigen Auftrieb erhielt, blieb ich ›meinem‹ Thomas Mann treu (...)« (Sturmann 1950, I).

113 *»Vater leider verstorben (...)«*: Jakob Akiba Sturmann war in Osterode am 18. Dezember 1917 verstorben (vgl. Text 5).

Dokumente

Text 1

[Einweihung der Neuen Synagoge in Osterode,
4. September 1893]

Osterode, Ostpr. 24. September. (Eig. Mitth.) Unsere kleine, nicht wohlhabende Gemeinde hat mit großen Opfern für sich und ihre Nachkommen ein schönes Gotteshaus erbaut, welches am 4. d. M. in Gegenwart der ganzen Gemeinde, vieler auswärtiger Gäste, der städtischen Behörden und eines großen Theiles der christlichen Bevölkerung eingeweiht wurde. Der Königliche Landrath, die evangelische und katholische Geistlichkeit haben der Einladung nicht Folge geleistet. Um 11 ½ Uhr begann die Abschiedsfeier in der alten Synagoge mit einem Liede, worauf Herr Prediger Sturmann eine ergreifende Abschiedsrede hielt, in welcher er unter Zugrundelegung des am verflossenen Sabbate vorgelesenen Schriftwortes »Gesegnet sei Dein Eingang und gesegnet sei Dein Ausgang« ausführte, was die Synagoge in den 37 Jahren ihrer Benutzung der Gemeinde und in den 28 Jahren seines Wirkens in derselben ihm selbst gewesen sei. Aller Anwesenden bemächtigte sich tiefe Ergriffenheit, als nach dem Schlußgesang und dem Minchagebete die geschmückten Thorarollen mit dem Bekenntnisse der Schemot ausgehoben und unter Gesang herausgetragen wurden. Es war ein imposanter Zug, voran die Musik, dann die Schüler und Schülerinnen, die Thoraträger unter dem Baldachin, die Schlüsselträgerin, von sämmtlichen Jungfrauen der Gemeinde begleitet, alsdann die städtischen und Gemeinde-Behörden und zum Schlusse eine unabsehbare Menschenmenge. Am Portale des neuen Gotteshauses überreichte Frl. Jacoby,

Tochter des ersten Vorstehers, dem Herrn Bürgermeister Elwenspök den Schlüssel, den dieser mit einer Ansprache dem ersten Vorsteher Herrn Jacoby überreichte, welcher die Synagoge öffnete. Der Männergesangverein stimmte unter Musikbegleitung Psalm 19 an, dann folgten unter den rituellen Gesängen, ausgeführt von einem gemischten Synagogenchor, die Umzüge mit den Thorarollen. Herr Rabbiner Dr. Bamberger-Königsberg hielt die Festrede, welche darin gipfelte, daß die ganze religiös-sittliche Weltordnung auf Gotteslehre, Gottesdienst und Wohlthätigkeit ruhe und daß, wie jeder gute Mensch, auch das Judenthum sich bemühe, diese drei Säulen des religiös-sittlichen Lebens zu stützen und zu kräftigen. Redner schloß mit dem Gebete für Kaiser und reich. Nach abermaligem Gesange weihte Herr Prediger Sturmann das Gotteshaus und ertheilte den Segen. Mit einem Liede des Männergesangvereins schloß die Feier, welche allen Teilnehmern in unvergänglicher Erinnerung bleiben wird. Das Festessen, an welchem etwa 80 Personen teilnahmen, eröffnete Herr Bürgermeister Elwenspök mit einem gehaltvollen Kaiser-Toast. Herr Dr. Bamberger ließ die Festgemeinde hoch leben, Herr Sturmann die städtischen Behörden und Herrn Gymnasialdirektor Dr. Wüst, Herr Dr. Ritterband die Festredner. Nach dem Diner fand ein Gartenconzert statt. Das ganze Fest von seinem gottesdienstlichen Beginn bis zu seinem Ende gab zu erkennen, in welcher schönen Harmonie die Bekenner der verschiedenen Konfessionen in unserer Stadt zum Wohle des Ganzen zusammenleben. Das Gebäude selbst, in maurischem Stil erbaut, ist von Herrn Maurermeister Gerndt ausgeführt, und die heilige Lade von einem kostbaren Vorhang geziert, ein wahres Kunstwerk, welches aus dem Atelier des Frl. Jenny Bleichrode (Berlin) hervorgegangen ist. L.[udwig] W.[ittenberg]

In: Die jüdische Presse (Berlin), Jg. 24, Nr. 40, vom 6. Oktober 1893, S. 444. – Auch in: Israelitische Wochenschrift, Magdeburg, Jg. 24, Nr. 40, vom 5. Oktober 1893, S. 314. – In: Der Gemeindebote (Berlin), Jg. 57, Nr. 40, vom 6. Oktober 1893, S. 2.

Kommentar

Minchagebete: Bezeichnung für das Nachmittagsgebet im Judentum, das von gläubigen Juden jeden Nachmittag verrichtet wird – frühestens eine halbe Stunde nach Ablauf der Hälfte des Tages und möglichst vor Einbruch der Dunkelheit; die Gebete von Mincha setzen sich aus mehreren Texten in einer festen Reihenfolge zusammen, an Fasttagen und am Schabbat wird während Mincha aus der Thora gelesen.
Schemot: pl. Schemes, hebr. »Namen«; Bezeichnung sowohl für den Leseabschnitt des 3. oder 4. Schabbats im Monat Tewet (Exodus 1.1-6 I.) als auch für das gesamte Buch Exodus. Blätter aus alten Gebetbüchern u. ä., auf denen der Gottesname vorkommt und die daher nicht vernichtet werden dürfen; werden im Bethaus in Truhen oder Verliesen aufbewahrt und nach gewisser Zeit in geweihter Erde eingegraben.
Dr. Bamberger-Königsberg: Dr. Isaac Bamberger (Angenrod, Hessen 1834 – Königsberg 1896) war seit 1866 bis an sein Lebensende Rabbiner in Königsberg. Er war dort »Gründer des Verbandes der Synagogengemeinden Ostpreußens, Initiator des Baus der Neuen Synagoge auf der Lindenstraße, liberal und wohltätig orientiert« (Kabus 1998, S. 76).
Maurermeister Gerndt: Der Architekt Max Gerndt wohnte 1914 in Osterode, Seminarstraße 4 (AdrBO 1914, S. 22).
Jenny Bleichrode: Die Tapisserie-Manufaktur Jenny Bleichrode (Inhaber: Max Jacob) befand sich damals in Berlin, Friedrichstraße 246 (AdrBB 1893, S. I, 108).
Ludwig Wittenberg: Gemeindevorstand der jüdischen Gemeinde in Osterode, wohnhaft Gerberstraße 3. In Manfred Sturmanns Erinnerungen wird er mit dem Namen »Silberberg« verschlüsselt.

Text 2

Jacob Sturmann.
Zu seinem 50jährigen Amtsjubiläum [1907].

Am 1. Oktober d.J. wird der Vorsitzende des jüdischen Lehrervereins Ostpreußens, Prediger Jacob Sturmann in Osterode, 50 Jahre seiner beruflichen Tätigkeit vollendet haben. Der Tag wird von der gesamten jüdischen Lehrerschaft unserer Provinz mit freudiger Teilnahme begangen werden. Der Jubilar hat es während seiner langen Wirksamkeit als Leiter unserer Vereinigung verstanden, sich die Liebe und Verehrung aller Mitglieder derselben zu gewinnen. Sein aufrichtiges, herzliches Mitempfinden für jede Art Leid, das einem unserer Kollegen aus seinen amtlichen Beziehungen erwachsen, und sein unerschrockenes, warmherziges Eintreten für sie in solchen Fällen haben ihn als einen wahrhaften Freund der Lehrerschaft erkennen lassen. Seine Treue im Amte, seine Tüchtigkeit als Lehrer und Kultusbeamter, sein bedeutendes hebräisches Wissen neben einer großen allgemeinen Bildung, seine Frömmigkeit und das Würdevolle seines ganzen Wesens und Auftretens machten ihn zum Vorbilde für alle jüdischen Lehrer Ostpreußens und gaben ihm die natürliche Autorität, die es ihm leicht machte, die ganze Beamtenschaft unserer Provinz in Einigkeit und Friedfertigkeit um sich zu scharen und sie mit ernstem, eifrigen Streben für die gemeinsamen Interessen unseres Standes zu begeistern.

Die jüdische Lehrerschaft Ostpreußens verdankt dem Jubilar eine Fülle wertvoller Anregungen und lehrreicher Anweisungen auf methodischem und allgemein pädagogischem Gebiete, die, in Referaten oder Vorträgen auf unseren Jahresversammlungen geboten, immer die Merkmale praktischer Erfahrung und eigenen, tüchtigen Könnens an sich trugen.

Aus seinen tief-ernsten Darlegungen über die traurigen materiellen Verhältnisse der jüdischen Lehrerschaft Ostpreußens im Jahre 1895 erwuchs auch der Antrieb zur Gründung unserer so wohltätig wirkenden ostpreußischen Pensionskasse. Sturmanns Wort für die jüdische Lehrerschaft wird auf den Verbandstagen der ostpreußischen Synagogen-Gemeinden stets mit Achtung und Wertschätzung aufgenommen. Er steht als Mitglied der Verbands-Schulinspektion zugleich im Ehrendienste des Gemeindeverbandes.

Dem Verbande der jüdischen Lehrervereine, zu dessen Vorstand unser Jubilar gehört, hängt er mit Treue an und ist bemüht, ihn nach seinen Idealen zur bestmöglichen Wirksamkeit zu fördern. So darf das Jubiläum unseres Sturmann nicht blos für unsern ostpreußischen Lehrerverein, sondern für die gesamte jüdische Lehrerschaft Deutschlands, und wie für seine Gemeinde, so für weitere Kreise unserer Provinz als ein besonders freudiges Ereignis gelten, an dem sie alle mit herzlichen Wünschen für sein ferneres Wohlergehen und eine ihm noch lange vergönnte segensvolle Wirksamkeit im Dienste des Judentums Anteil nehmen. Von seiten unseres Lehrervereins aber rufen wir dem teuren Manne zu seinem nahenden Jubeltage noch besonders zu: »Gott leite dich noch weiter mit liebender Hand, er labe deine Seele mit reichen Freuden und stärke deine Gebeine zu vollkommener Gesundheit, daß du seiest wie ein getränkter Garten, dessen Wasser nie versiegt.«

* * *

Aus dem Lebensgange unseres Jubilars sei noch folgendes mitgeteilt:

Jacob Sturmann ist am 19. Oktober 1838 als ältester Sohn des Kultusbeamten Baruch Sturmann in Neumark in Westpreußen geboren. Schon in jungen Jahren wurde er von seinem Vater in Bibel und Talmud unterrichtet. Er besuchte zunächst die jüdische Volksschule seiner Vaterstadt, ging dann nach Posen, um zu »lernen«, und von dort nach Breslau, wo er für kurze Zeit in die damals dort bestandene Lehrabteilung des theologischen Seminars eintrat, gleichzeitig aber auch Lehrvorträge beim Rabbiner G. Tiktin hörte. 1857 bestand er seine Religionslehrerprüfung. Die Volksschullehrerprüfung, für die er sich privatim vorbereitete, legte er am Königlichen Lehrerseminar zu Bunzlau ab. Seine erste Stelle nahm er am 1. Oktober 1857 als Religionslehrer und Kantor in Lüben in Schlesien an, wo er bis 1863 verblieb. Von dort wurde er nach Neustadt in Oberschlesien berufen und kam am 1. April 1865 nach Osterode, wo er noch heute segensvoll wirkt. 1890 feierte er dort sein 25jähriges Amtsjubiläum für den Ort und 1905 unter großer Beteiligung der ostpreußischen Lehrerschaft sein 40jähriges Amtsjubiläum in Osterode. – Ein inniges Verhältnis verbindet ihn mit den meisten Mitgliedern seiner Gemeinde, die fast alle seine Schüler waren. Dies zeigte sich besonders auch in den schweren Schicksalsstunden, die er durchzumachen gehabt, als ihm vor 3 ½ Jahren seine geliebte Frau durch den Tod entrissen worden. Eine Schar wohlgeratener Kinder und froher Enkel hilft ihm, sein Alter verschönen und sein Leben glücklich gestalten. Möge er ihnen und uns noch lange erhalten bleiben!

A.P.-K.

In: Israelitisches Familienblatt (Hamburg), Jg. 10, Nr. 39 vom 26. September 1907, S. 9 (Blätter für Erziehung und Unterricht), mit einem Porträtfoto »Prediger Jacob Sturmann«. – Auch in: Die jüdische Presse (Berlin), Jg. 38, Nr. 38/39 vom 20. September 1907, Beilage S. 381; Der Gemeindebote (Berlin), Beilage zur »Allgemeinen Zeitung des Judentums«, Jg. 71, Nr. 40 vom 4. Oktober 1907; Der Israelit (Frankfurt a. M.), Jg. 48, Nr. 41 vom 10. Oktober 1907 / 2. Marcheschwan 5668 (Erziehung und Lehre, Pädagogische Beilage zum »Israelit«).

Kommentar

Talmud: Belehrung, Studium, eines der bedeutendsten Schriftwerke des Judentums. Der Talmud besteht aus zwei Teilen, der älteren Mischna und der jüngeren Gemara, und liegt in zwei Ausgaben, dem Babylonischen und dem Jerusalemer Talmud vor. Der Talmud selbst enthält keine biblischen Gesetzestexte, sondern ist der Versuch, diese zu verstehen, neu auszulegen, neu zu interpretieren und anzupassen.
Rabbiner G. Tiktin: Der Rabbiner Gedalja Tiktin (1808-1886) war Landesrabbiner in Schlesien.
seine geliebte Frau: Jakob Akiba Sturmanns zweite Frau Jeannette, geb. Herrmann (vgl. S. 27).

Text 3

[Jakob Sturmann: Zum 70. Geburtstag, 1908]

Osterode (Ostpr.), 25. Oktober. Am 19. d.M. beging der bekannte und verehrte Herr Prediger und Religionslehrer J a - k o b S t u r m a n n, der im vorigen Jahre unter Anteilnahme weiter Kreise das fünfzigjährige Amtsjubiläum gefeiert hat, seinen siebzigsten Geburtstag, und unsere dankbare Gemeinde und die Berufsgenossen des Jubilars benutzten diesen willkommenen Anlaß, um dem verehrten Manne ihre Liebe zu bekunden. Nach dem Morgengottesdienst in der Synagoge, woselbst der Sitz des Jubilars bekränzt und mit der Zahl 70 geschmückt war, fand in der Behausung zunächst im Kreise der Kinder, Enkel und Verwandten eine Familienfeier statt. Daran schloß sich die Gratulation des Vorstandes des Vereins jüdischer Lehrer Ostpreußens, der in voller Zahl aus der Ferne herbeigeeilt war, um seinem langjährigen Vorsitzenden durch Herrn Waisenhausinspektor P e r i t z - Königsberg in einer trefflichen Rede seine Glückwünsche zu übermitteln und einen Korb mit schönen Früchten zu überreichen. Bewegt dankte Herr Sturmann in beredten Worten. Viele Aufmerksamkeiten in Form von Geschenken, Telegrammen usw. wurden von Seiten einzelner Gemeindemitglieder, der Schüler und Schülerinnen, des jüdischen Frauenvereins, dessen Begründer der Jubilar ist, gewidmet. Eine Familienfestlichkeit am Abend, zu welcher auch einige Vorstandsmitglieder des Lehrervereins geblieben waren, beschloß das Fest, welches Herr Sturmann, der bereits den Adler des Hohenzollernschen Hausordens erhielt, in voller Rüstigkeit begehen konnte. Möge es ihm vergönnt sein, in gleicher Frische noch lange zum Heile seiner Gemeinde zu wirken!

N.N. – In: Der Gemeindebote (Berlin), Beilage zur »Allgemeinen Zeitung des Judentums«, Jg. 72, Nr. 45 vom 6. November 1908, S. 2 (Korrespondenzen und Nachrichten).

Kommentar

Waisenhausinspektor Peritz-*Königsberg*: Adolf Peritz (Meseritz, heute poln. Międzyrzecz 1865 – nach 1955 in Ramoth Haschawim / Ramot HaShavim). Der langjährige Direktor des jüdischen Waisenhauses in Königsberg war nach Ansicht Max Fürsts »ein furchtbarer Mensch« (Fürst 1976, S. 47). Peritz emigrierte 1934 nach Ramoth Haschawim (vgl. Adolf Peritz zum Abschied. – In: Jüdische Schulzeitung (Berlin), Jg. 10, Nr. 8 vom 1.8.1934, S. 14-15). Das 1933 von jüdischen Einwanderern aus Deutschland gegründete Dorf mit etwa 1.700 Einwohnern (2017) liegt im israelischen Zentralbezirk etwa 22 km nordwestlich von Tel Aviv.

Adler des Hohenzollernschen Hausordens: Der Königliche Hausorden von Hohenzollern (1851) wurde in der Form des Adlers (Ritter, 2. Abteilung) als Vierdienstorden auch an zivile Persönlichkeiten verliehen.

Osterode, Neue Synagoge (eingeweiht 1893, zerstört 1938), Innenraum, um 1900. Das Foto befand sich zuletzt im Besitz des Predigers em. Dr. David Mannheim, des Nachfolgers von Jakob Akiba Sturmann, in Kirjat Bialik. Zu sehen ist links die Ehrentafel mit dem Text: »1865-1915 / In dankbarer Erinnerung / der 50jährigen segensreichen / Tätigkeit des Lehrers und Predigers / Jacob Sturmann / Die Synagogengemeinde / Osterode Ostpr.«

Text 4

[50-jähriges Dienstjubiläum in Osterode, 1915]

Osterode (O.-Pr.) 26. April. Unser Religionslehrer und Prediger, Herr Jacob Sturmann, konnte am verflossenen 1. April auf eine gesegnete Tätigkeit von 50 Jahren in hiesiger Gemeinde zurückblicken. Von einer größeren Feier mußte wegen des Ernstes der Zeit abgesehen werden. Beim Morgengottesdienste war der Platz des Jubilars mit Blumen geschmückt. In der Behausung des Jubilars erschienen inmitten der Kinder und Enkel des Jubilars am Vormittage der Vorstand und die Repräsentanten der Gemeinde, der Vorstand des Frauenvereins, der Thewra Kadischa und des Literaturvereins und der größte Teil der Gemeinde, Männer, Frauen und Kinder, zum größten Teil Schüler des Jubilars. Der Vorsitzende des Vorstandes, Herr L. Wittenberg, beglückwünschte namens der Gemeinde in einer längeren herzlichen Ansprache, in welcher er die Verdienste des Jubilars zu würdigen wußte, und überreichte ein Ehrengeschenk. Ihm folgte die Ansprache des Vorsitzenden der Repräsentanten, Herrn Salomon, der Vorsitzenden der anderen Vereine, die ebenfalls Ehrengeschenke überreichten, und des Bürgermeisters Dr. Herbst. Eine Schülerin der Religionsschule trug ein selbstverfaßtes Gedicht vor und überreichte ein Geschenk der Religionsschulen. Herr Kantor Allenstein überbrachte die Glückwünsche des Lehrervereins in Form einer künstlerisch gearbeiteten Adresse, in welcher der Jubilar zum Ehrenmitglied ernannt wird. Für den Vorstand überreichte er ein Bild des Tempelplatzes in Jerusalem in einem kostbaren Goldrahmen.

N. N. – In: Der Israelit (Frankfurt a. M.), Jg. 56, Nr. 20 vom 6. Mai 1915 / 22. Ijar 5675, S. 5 (Personalien). – Auch in: Der Gemeindebote (Berlin), Jg. 79 vom 7. Mai 1915, S. 2.

Kommentar

Thewra Kadischa: Auch Chewra Kadischa, eine jüdische Organisation für die Gesundheitsfürsorge.
L. Wittenberg: Ludwig Wittenberg war Gemeindevorstand der jüdischen Gemeinde in Osterode, wohnhaft Gerberstraße 3. In Manfred Sturmanns Erinnerungen wird er mit dem Namen »Silberberg« verschlüsselt.
Bürgermeister Dr. Herbst: Der Osteroder Bürgermeister Dr. Christian Herbst wohnte 1914 in der Schillerstraße 3c.
Kantor Allenstein: In Allenstein gehörte der Kantor Caro als Bibliothekar zum örtlichen Verein für jüdische Geschichte und Literatur in Deutschland.
Bild: Ergänzung: Zur Feier des 50-jährigen Dienstjubiläums in Osterode wurde Jakob Akiba Sturmann zu Ehren in der Synagoge eine Gedenktafel angebracht: »›1865-1915. In dankbarer Anerkennung der 50jährigen segensreichen Tätigkeit des Lehrers und Pre-

digers Jacob Sturmann. Die Synagogengemeinde Osterode Ostpr.‹« (Bürger 1977.2). Die Tafel wurde angeblich mit anderen Gedenktafeln »um 1937 in der Erde vergraben« (Bürger 1977.1, S. 596).

Text 5

[Ruhestand, 1917]

P. Königsberg i. Pr., 12. Januar. Am 1. d. M. ist der Senior der ostpreußischen jüdischen Religionslehrer, Prediger Sturmann (Osterode), in den Ruhestand getreten. 78 Jahre alt, 59 Jahre im Amtsdienst, davon 52 in seiner jetzigen Gemeinde, hat er seine Lebensaufgabe im reichen Maße erfüllt und die Ruhezeit, die ihm Gottes Gnade noch lange schenken möge, wohl verdient. Die Gemeinde Osterode hat ihm die Abschiedsstunde von seinem stets mit Liebe und Hingabe verwalteten Amte ehrenvoll gestaltet und ihm eine auskömmliche Pension gewährt. Die glückliche Geistesfrische, die unseren Sturmann noch in seinen hohen Jahren ausgezeichnet hatten, gestatte ihm, die vielen Ehrenämter, die er im Lehrerverein, im Synagogenverbande und in verschiedenen Vereinen seiner Gemeinde inne hat, auch weiter zu bekleiden, und so dürfen wir seinen Amtsabgang nur als einen Übergang zu noch ausgedehnter Betätigung im freiwilligen Ehrendienst des Judentums und seiner Berufsgemeinschaft betrachten und wünschen ihm dabei noch viele Jahre gesegneten, ihn beglückenden Wirkens.

In: Der Gemeindebote (Berlin), Jg. 81, Nr. 3 vom 19. Januar 1917, S. 3.

Text 6

[Nachruf, 1917]

[...] – Am 18. d.M. ist in Osterode in Ostpreußen der Prediger und Lehrer Herr Jakob Sturmann im 80. Lebensjahre verschieden. Er stand 52 Jahre im Dienste der Gemeinde und entfaltete eine segensreiche Wirksamkeit auch im Dienste des Judentums. Er war Begründer und langjähriger Vorsitzender des dortigen Vereins für jüdische Geschichte und Literatur und nahm besonders an den Arbeiten des Vereins jüdischer Religionslehrer Ostpreußens, dessen langjähriger Vorsitzender er war, regen Anteil.

N.N. – In: Jüdische Volksstimme (Wien), Nr. 1-2 vom 18. Jänner 1918 / 5. Swath 5677, S. 5 (Vermischtes).

Text 7

[Reisebericht Juni 1932]

[...] Osterode am Drewenzsee, mit 18.000 Einwohnern. Die jüdische Gemeinde in Osterode ist etwa 200 Jahre alt. Die ersten zwei Schutzjuden werden aktenmäßig im Jahre 1742 erwähnt. Heute zählt die Gemeinde 45 Familien mit 120 Köpfen. Die Synagoge (Gartenstraße) ist im Jahre 1893 nach dem Muster der Synagoge in Bromberg erbaut und zählt zu den schönsten Ostpreußens. Sie wurde vor fünf Jahren renoviert. Interessant die elektrische Deckenbeleuchtung in Form des Davidsterns. Eine Ehrentafel enthält die Namen von acht Gefallenen. Eine zweite Ehrentafel ist dem Andenken des Predigers Sturmann geweiht, der hier über ein halbes Jahrhundert zum Segen der Gemeinde gewirkt hatte. Seit 1921 amtiert dort der derzeitige Vorsitzende des Vereins jüdischer

Lehrer und Kultusbeamten Ostpreußens, Prediger David
Mannheim (früher Graudenz). In den Nebenräumen der Synagoge
befinden sich das Bethaus für die Wintertage mit dem
Oraun ha-kaudesch aus der alten Synagoge, die Religionsschule,
die Bibliothek des Literaturvereins und der Sitzungssaal
der Gemeinde. Der Friedhof ist zirka 150 Jahre alt und
wurde bereits zweimal erweitert. Die architektonisch schöne
Leichenhalle (Kuppelbau) ist vor 25 Jahren erbaut. An Organisationen
seien genannt: die Chewra Kadischa (75 Jahre alt),
der Frauenverein, der Literaturverein und die Ortsgruppe
des C.V. Es besteht hier ein geregelter Gottesdienst und ein
recht reges Gemeindeleben. Osterode ist noch eine der wenigen
Gemeinde Ostpreußens, die ohne Zuschuß des Preußischen
Landesverbandes auskommt. [...]

In: Prediger Felix Halpern-Guttstadt: Mit jüdischen Augen durch
deutsche Lande. Ostpreußen (Ermland). – In: Jüdische Bibliothek der
Unterhaltung und des Wissens mit den »Blättern für Erziehung und
Unterricht«. Wochenschrift des Israelitischen Familienblattes (Hamburg),
Nr. 350 vom 30. Juni 1932 (Beilage zu Nummer 50), S. 2795-
2797, hier S. 2796.

Kommentar

Muster der Synagoge in Bromberg: Die Synagoge in Bromberg (poln.
Bydgoszcz) wurde am 9. September 1884 eingeweiht; eine ausführliche
Beschreibung mit einem Foto des Innenraums ist erhalten
(Herzberg 1903, S. 94-97, Abb. n. S. 96). Die Synagoge wurde im
Oktober 1939 auf Geheiß der deutschen Besatzungstruppen zerstört.
zweite Ehrentafel: Der Wortlaut der Ehrentafel für den Prediger
Sturmann ist überliefert: »›1865-1915. In dankbarer Anerkennung
der 50jährigen segensreichen Tätigkeit des Lehrers und Predigers
Jacob Sturmann. Die Synagogengemeinde Osterode Ostpr.‹« (Bürger
1977.2)
Prediger David Moses Mannheim: Der Prediger David Moses Mannheim
(1871-1955) wurde im Oktober 1920 zum Nachfolger Sturmanns
gewählt und ging im Oktober 1935 in Pension. In einem
Schreiben an die American Federation of Jews from Central Europe,
Inc. listete Mannheim im Januar 1945 die finanziellen Verluste auf,
die ihm seit Kriegsbeginn am 1. September 1939 entstanden waren

(vgl. Israelitisches Familienblatt, Hamburg, Jg. 22, Nr. 44, vom 28.10.1920, S. 9; Bürger 1977.2, die dortigen Lebensdaten wurden nach den Angaben der David Mannheim Collections im Leo Baeck Institute, New York, korrigiert, sowie Text 12).
Oraun ha-kaudesch: Der Thoraschrein.
Leichenhalle: Zur 1907 errichteten Leichenhalle vgl. Text 12.
Chewra Kadischa: auch Thewara Kadischa, eine jüdische Organisation für die Gesundheitsfürsorge (vgl. Text 4).

Text 8a

[Verkauf der Synagoge, November 1938]

Osterode (Ostpr.): Verkauf der Synagoge

Hier fand ein ergreifender Schluß- und Abschiedsgottesdienst in der demnächst zum Verkaufe gelangenden Synagoge statt. Rabbiner Dr. Apt (Allenstein) hielt die weihevolle Schlußpredigt, in der die fast hundertjährige Geschichte unserer Gemeinde in kurzen Zügen geschildert und ihrer verzogenen und ausgewanderten Mitglieder gedacht wurde. Kantor Silberpfennig (Allenstein) trug mit wehmütiger Innigkeit die traditionellen Gesänge zum letzten Male in unserem Gotteshause vor.

In: Israelitisches Familienblatt (Berlin), Nr. 44, Ausgabe D vom 3. November 1938, S. 17.

Kommentar

Rabbiner Dr. Apt (Allenstein): Der Rabbiner Dr. Naftali Apt, geboren 1888 in Meppen, war seit 1920 Bezirksrabbiner für das südliche Ostpreußen mit Sitz in Allenstein gewesen. Er wurde mit seiner Familie im ersten Ostpreußentransport am 24. Juni 1942 nach Minsk deportiert und ist dort verschollen (Wolffheim 1937, Bl. 4; Sommerfeld 2000, S. 60).
Kantor Silberpfennig (Allenstein): Kantor Philipp Silberpfennig (1880-1966) hatte nach 17 Jahren in Thorn zum 1. September 1921 seine neue Stelle in Allenstein angetreten (vgl.: Mitteilungen. – In: Israe-

litisches Familienblatt, Hamburg, Jg. 23, Nr. 38 vom 22.9.1921, S. 11; zur Entrechtung 1938 vgl. Wolffheim 1947, Bl. 2 f. Mit seiner Frau Minna, geb. Weinberg, konnte Philipp Silberpfennig 1940 nach Venezuela emigrieren (zum Schicksal der Familie vgl. Wermke 2021).

Text 8b

[Beschreibung der Synagoge kurz vor der Zerstörung 1938]

»Der Tempel und der Raum mit der reichhaltigen Bibliothek, von Herrn Prediger Sturmann einst begründet, die schöne Inneneinrichtung, die Türmchen, die bunten Fensterscheiben, Spendentafeln neben der heiligen Lade, das Eisengitter um den Hof herum, die beiden hohen ›stolzen Laternen‹ an dem Tempeleingang sowie der nahe gelegene Friedhof mit seiner massiven Steinmauer waren unversehrt. (...) Die heilige Lade, Kanzel und verschiedene Einrichtungsgegenstände und Utensilien usw., auch die große Bibliothek wurden in den Gebäuden des Gemeindegrundstückes in Allenstein sichergestellt. Ich erinnere mich besonders an die große Kanzeldecke aus weißem Tuch mit der Aufschrift eingestickt:

›[SEIN Name sei gesegnet von jetzt bis hin in die Zeit,] vom Aufstrahlen der Sonne bis zu ihrer Heimkunft SEIN Name gepriesen!‹ (Buch der Preisungen, 113, in der Übertragung von Martin Buber) [Berlin 1956, S. 221] – und in einer Ecke der Decke mit den Anfangsbuchstaben J.J. und nahm an, daß die Verfertigerin der Decke meine Tante Johanna Jacoby, Gattin des vorher genannten Salomo Jacoby, gewesen war, die in unserer Familie als Geschickte Handarbeiterin bekannt war (...)«.

Dr. Heinrich Wolffheim, aus einem Brief an Martin Sturmann vom 20. Dezember 1957; dem Herausgeber Klaus Bürger ebenso brieflich von Manfred Sturmann am 24. August 1975 mitgeteilt wie die Übertragung des Zitats aus Psalm 113 aus dem »Buch der Preisungen«. – In: Bürger 1977.1, S. 596, Anm. 5-7 dazu ebd., S. 604.

Kommentar

Die heilige Lade [...] in Allenstein sichergestellt: Auch Gerd Jacoby gibt an, »dass man zum Glück die Thorarollen vor der Pogromnacht im November 1938 noch nach Allenstein transportiert hat, um sie in Sicherheit zu bringen« (Jacoby 2005, S. 74). Allerdings wurde in der Pogromnacht 1938 auch die Synagoge in Allenstein niedergebrannt (Wolffheim 1947, S. 4), sodass dabei auch alle kultischen Gegenstände aus Osterode vernichtet worden sein dürften.

»stolzen Laternen«: Das waren die beiden eisernen Kandelaber, die das Ehepaar Krause-Grünbaum 1894 gestiftet hatte (vgl. Glossar: Der »Alte Jacobi«).

Dr. Heinrich Wolffheim: Der Arzt Dr. Heinrich Wolffheim (1878-1972) hinterließ wichtige Erinnerungen an die Entrechtung der Juden in Allenstein, die Zerstörung der Synagoge und der ersten Deportationen aus Allenstein im Sommer 1942 (Wolffheim 1947).

Texte 9-11

[Augenzeugenberichte von der Zerstörung der Neuen Synagoge in Osterode in der Pogromnacht vom 9./10. November 1938]

»Die jüdische Synagoge hat der (...) mit seiner Nazibande in der sogenannten Kristallnacht angezündet, so daß der Hausmeister mit 5 Kindern und seiner Frau, der in der Kellerwohnung wohnte, bald mitverbrannt wäre, obwohl er nicht ihrem Glauben angehörte, sondern Protestant war. Es wurden sämtliche Geschäfte kaputt gemacht von diesem Pöbel. (...) Bin an diesem leeren Platz oft vorbeigekommen, weil meine Frau in diesem Stadtteil wohnte. Bis Kriegsende war der Platz leer und unbebaut, hinter der Synagoge hat man einen Wäschetrockenplatz eingerichtet. Den jüdischen Friedhof hat man entehrt und eingeebnet. Ob er dann Lagerplatz oder Spielplatz war, weiß ich nicht mehr genau. Ich habe mir den Friedhof angesehen, weil meine Mutter mir sagte, nicht mal vor den Toten machen diese Lumpen halt.

Da waren alle Grabsteine entfernt worden.« (Gerhard Karwatzki)

»Die Synagoge ist in der Kristallnacht dem Brand zum Opfer gefallen und völlig zerstört. Ich selbst bin in Osterode ansässig gewesen. War dort als selbständiger Glas- und Gebäudereiniger tätig (Fensterputzer). Hatte seit 1931 auch von Herrn Zutraun, Uhrwarengeschäft, den Auftrag, in der Synagoge die Fenster zu putzen, welches ich auch bis zur Zerstörung ausgeführt habe. Nach 1933 wollte man mir seitens der Kreisleitung der NSDAP Schwierigkeiten machen, wieso und warum ich denn da die Fenster putze. Da habe ich den Herren klar gemacht, daß ich in meinem Handwerk neutral sein muß und jeder Kunde, sowie auch sämtliche jüdischen Geschäfte, mir genau so wert ist, wie jeder andere. Trotz einiger Schwierigkeiten habe ich getan, was recht war. So etwas nebenbei. Am betreffenden Morgen, als die Synagoge brannte, zirka 6 Uhr, putzte ich in einem Bäckerladen das Schaufenster. Da hieß es: ›Die Synagoge brennt‹, darauf die erste Verkäuferin: ›Das haben die Juden selbst getan.‹ Darauf erwiderte ich, von der Nachricht sehr betroffen: ›Würden Sie auch unsere Stadtkirche anzünden? Und so hat ein Jude sein Gotteshaus auch nicht angezündet.‹ Ja, da hatte ich etwas zuviel gesagt. Nun, es ging noch gut ab.« (Paul Grygo)

»Am Morgen nach der betr. Nacht kam ich kurz vor 7.00 Uhr auf meinem Weg zur Dienststelle an der noch lichterloh brennenden Synagoge vorbei. Das Gebäude war bereits eingestürzt. Überall standen SA-Männer herum, ob auch Feuerwehrleute dabei waren, kann ich nicht sagen. Bei der Kompanie angekommen, alarmierte ich sofort die Kompanie-Brandbereitschaft und orderte diese zur Brandstelle. Kurz danach wurde ich durch einen Boten auch zur Brandstelle gebeten. Als ich dort ankam, wurde ich vom Sturmbannführer (...) – Dienstgrad und Name sind mir so noch in guter Erinnerung – in einer nicht wiederzugebenden Art und Weise beschimpft und beleidigt. Diese Leute konnten sich ja damals alles erlauben! (...) war mehr oder weniger betrunken, wie auch seine dort herumstehenden SA-Männer. Ich wurde von ihm befragt, ob ich nicht wisse, was hier los sei. Ich wußte es wirklich nicht. Unter anderem sagte (...): ›Sehen Sie sich doch mal um, da haben die Juden ihre eigene Synagoge – er gebrauchte ein anderes Wort dafür – angesteckt und damit die ganze Stadt in Gefahr gebracht, aber wir werden die noch alle ausräuchern.‹ Diese Brandruine blieb als Schandfleck für die Stadt noch lange liegen. Es ist mir nicht bekannt, ob es in der betr. Nacht Feueralarm gegeben hatte. Ich selbst und meine Arbeitskollegen haben nichts davon gehört.« (Martin Meyer)

Zitiert nach: Bürger 1977.1, S. 597-599. Die Auslassungen des Namens in den Texten von Karwatzki und Meyer begründet Bürger mit mangelnden Bestätigungen und schließt mit dem Satz: »Der genannte Brandstifter ist 1945 ums Leben gekommen.« (Ebd., S. 605, Anm. 10.)

Kommentar

Den jüdischen Friedhof: Vgl. dazu Text 12.
Gerhard Karwatzki: (Osterode 1919 – Karlsruhe 1973). Seine von ihm erwähnte Mutter hieß Auguste, geb. Marx (1890-1959), seine Frau Wally Olschewski (1923-2000).
Herrn Zutraun: Der Uhrmacher Samuel Zutraun, Alter Markt 21, gehörte zum Vorstand der Jüdischen Gemeinde Osterode.
Paul Grygo: (Osterode 1908 – Bremen 1986) war Glasreiniger in Osterode, Schlossstraße 4.
Martin Meyer: Er war Regierungsbaurat bei der Ergänzungskompanie des Heeres auf der Bergkaserne in der Garnisonstraße.

Text 12

[Aus dem Schadensbericht des ehemaligen Predigers
in Osterode, David Moses Mannheim, aus Haifa,
Kirjath Bialik, vom 5. Januar 1945
mit einer Ergänzung vom 10. April 1945]

[...] Infolge einer Anregung im ›Aufbau‹ betr. Feststellung des Vermögens der früheren Gemeinden in Deutschland teile ich Ihnen mit, daß ich 15 Jahre in Osterode Ostpreußen als Prediger und Religionslehrer angestellt war. Die Gemeinde hatte eine Synagoge, die 1895 erbaut war, ein schönes, massives Gebäude mit Kuppel, schönes Gestühl mit 8 Thorarollen. Die Synagoge hat s.Z. 85.000 RM Baukosten verursacht. Der Inhalt einschl. Bibliothek, Schulzimmereinrichtung etc. war mindestens 5.000 RM wert; mithin Gesamtwert 90.000 RM Goldwert. Im ganzen waren nur 3.500 Mk Hypothek darauf (auf 30 Jahre mit Amortisation seit 1924). [...]
Die Synagoge ist auf Befehl der Nazis am 10. November 1938 durch Feuer vernichtet worden [...].
[...] Für heute möchte ich meinen Bericht über die Schäden in Osterode OPr. [...] dahin ergänzen, daß dort auch ein schön angelegter Friedhof vorhanden war, von einer großen steinernen Mauer umgeben und mit einer imposanten Leichenhalle – massiv gebaut mit einer großen Kuppel.
Die Halle und die Steinmauer wurden 1900 von einer aus Osterode nach Amerika ausgewanderten reichen Familie Krause mit einem Kostenaufwand von etwa 12.000 Goldmark errichtet.
Der Gesamtwert ist auf 15.000 RM in Gold zu veranschlagen. [...]

Quelle: David Moses Mannheim: Handschriftlicher Brief an die American Federation of Jews from Central Europe Inc., New York,

Haifa, Kirjath Bialik, 5. Januar 1945, 1 Bl., 2 S., mit eigenhändiger Unterschrift und Stempel; dazu: Maschinenabschrift: »Auszug aus dem Brief von David Mannheim / Chairman der ›Union of Former Teachers, Cantors and Community Officials from Germany, Haifa-Kirjath Bialik IV, Palestine, vom 10. Apr.45«. – In: Leo Baeck Institute, New York. American Federation of Jews from Central Europe Collection, AR 4420. East Prussia, 1944-1945, Box: 1, Folder: 6, item 89-90. Stichwort: Osterode. Online-Zugang: https://archives.cjh.org/repositories/5/archival_objects/722849 Zugang vom 14. September 2023.

Kommentar

Synagoge [...] 1895 erbaut: Die Synagoge in Osterode wurde bereits am 4. September 1893 eingeweiht (vgl. Text 1).
Friedhof: Der Bau der Leichenhalle auf dem Friedhof in Osterode (am Ende der Baderstraße) wurde ermöglicht durch ein Geldgeschenk von Josef Krause (Berlin) i.H. von 20.000 Mark. Vgl. die Notiz in: Der Israelit (Frankfurt a.M.), Jg. 48, H. 16 vom 18. April 1907, S. 8. Zur Familie Krause und ihrem Diamantenhandel in Brasilien vgl. »Großvaters Haus« S. 51 (»der Alte Jacobi«.)

Dirk Heißerer
Großvaters Spitzbart
Nachwort

»Sein Bart war weiß und spitz zugestutzt.«

Die Erinnerungen des Lyrikers und Erzählers Manfred Sturmann (1903-1989) aus Königsberg an das Haus seines jüdischen Großvaters im 170 Kilometer südwestlich gelegenen Osterode (poln. Ostróda) waren lange Zeit nur auszugsweise bekannt. Geschrieben in Jerusalem 1941/42, erschienen erste Teile daraus zwischen 1957 und 1959 in Israel im *Mitteilungsblatt* (Tel Aviv) der deutschsprachigen jüdischen Einwanderer. Davon nahm im deutschen Sprachraum jedoch lange Zeit niemand Notiz. Erst die *Osteroder Zeitung*, das 1954 neu aufgelegte Organ der Landsmannschaft Ostpreußens, präsentierte 1977 einen Nachdruck aus dem *Mitteilungsblatt* zusammen mit zwei Abbildungen der Synagoge in Osterode und einem knappen, aber kundigen Kommentar dazu. Zwei Jahre später nahm Monika Richarz Passagen aus diesem Nachdruck in ihre Sammlung *Jüdisches Leben in Deutschland. Selbstzeugnisse zur Sozialgeschichte im Kaiserreich* auf. Aus dem Typoskript zitierte erstmals Jens Stüben 2009 in seiner bis heute ausführlichsten biographischen Studie zu Manfred Sturmann.

Das Buch I

In *Großvaters Haus* erzählt Manfred Sturmann vom Alltag jüdischen Lebens zwischen 1907 und 1917 in einer ostpreußischen Kleinstadt mit (1910) rund 15.000 Einwohnern, davon

176 Juden, und vom aufkommenden Konflikt in der jüdischen Gemeinde zwischen Orthodoxie und Zionismus. Der Großvater Jakob Akiba Sturmann (1838-1917) hatte als Prediger in Osterode seit 1865 die jüdische Gemeinde geeint und die Mittel für den Bau der neuen Synagoge (1893) gesammelt. Als Sohn des jüdischen Vorbeters Baruch Sturmann (1804-1881) aus Neumark (Westpommern) wollte Jakob Akiba Sturmann diese religiöse Tradition an seinen eigenen Sohn weitergeben. Doch Hermann Sturmann (1869-1931) entschied sich für einen weltlichen Beruf und wurde Goldschmied in Königsberg. Von dort kam der Enkel Manfred meist in den Sommerferien nach Osterode zu Besuch und musste erleben, wie er als Gymnasiast, zum Erstaunen seiner Königsberger Lehrer, den strengen Maßstäben des Großvaters in Osterode nicht genügen konnte. Dass aus seinem Enkel gar ein Dichter werden könnte, kommentierte der Großvater mit den Worten: »Dann schon lieber ein Kaufmann!«

Der Traditionsbruch wurde zum Symptom. In neun Kapiteln schildert Manfred Sturmann Freud und Leid seiner Kindheit, die jüdischen Rituale des Großvaters, aber auch das Erwachen der zionistischen Hoffnungen bei einer seiner Tanten. Dabei duldete der strenge Patriarch in seinem Haus am Neuen Markt in Osterode, umgeben von zwei Töchtern, die sich um das leibliche Wohl zu kümmern hatten, ebenso wenig Widerspruch wie in der Synagoge. Die jüdischen Feste und Rituale zuhause und das öffentliche Wirken in der Synagoge, wo der Großvater den Enkel beim Thora-Aufruf überfordert, gehen ineinander über, und das private Geschehen wird zum Sinnbild jüdischen Lebens in der ostpreußischen Provinz.

Das Kleinkind freut sich an den Ferien, das Schulkind muss dagegen Hebräisch lernen. Dabei tauchen in der jüdischen Umgebung originelle Persönlichkeiten auf, wie der

Prediger Jakob Sturmann

Alte Jacobi, dessen Söhne in Brasilien reich geworden sind und der Synagoge Leuchter für den Eingang und eine Leichenhalle für den Friedhof stiften. Oder der Häutehändler Rischmann, genannt »der Schnarcher«, der sich regelmäßig zum Beten in der Synagoge einfindet und sich dabei derart bewegt, dass er in schnarchende Trance verfällt. Der als Nachfolger des Großvaters vorgesehene Vorbeter Rosen führt ein untreues Doppelleben, macht sich an Rischmanns Tochter heran und wird darauf vom »Schnarcher« öffentlich verprügelt.

Dazwischen liegen die Abenteuer des kleinen Manfred mit den Jungs und einer Hundemeute aus der Nachbarschaft, die erste Liebe zu einem Mädchen, Feriengast aus der Stadt wie er selbst, und das erwachende Interesse an der Literatur. Der ausbrechende Erste Weltkrieg und der Tod des Großvaters Ende 1917 beenden die Kindheitserinnerungen abrupt.

Orthodoxie, Liberalität, Zionismus

Die Erinnerungen an die Rituale jüdischen Lebens in *Großvaters Haus* (womit sowohl das Wohnhaus als auch die Synagoge gemeint sind) gehen über das Persönliche weit hinaus. Im Wechsel zwischen den Erlebnissen des Knaben Sturmann in den jüdischen Gemeinden der Kleinstadt Osterode und der Großstadt Königsberg lassen sich drei Grundhaltungen erkennen: Orthodoxie, Liberalität und Zionismus. Das jüdische Leben in der ländlichen Kleinstadt Osterode hat sich vergleichbar so auch an zahllosen anderen Orten im damaligen Deutschen Reich abgespielt.

Der Großvater war ›orthodox‹ im Sinne einer unverfälschten Lehre. Anders als sein Vater trug er zwar keine Schläfenlocken mehr, ließ sich aber, wie das einzige erhaltene Foto von ihm zeigt (Abb. S. 167), einen gepflegten Spitzbart stehen, den Manfred Sturmann in einem späten Gedicht erinnert. Der Großvater achtete streng auf die überkommenen jüdischen Rituale und lehnte z.B. die Orgel in der Neuen Königsberger Synagoge ab. Max Fürst bestätigt das in dem dieser Synagoge gewidmeten Kapitel seiner Erinnerungen *Gefilte Fisch* (1973) an seine Jugend in Königsberg: »Wir waren es so gewöhnt, daß es da eine Orgel gab, aber einem rechtgläubigen Juden war das so zuwider wie Kirchenglocken in der Kuppel.« Diese Neue Synagoge mit Orgel stand für ein Reformjudentum, das sich im Central-Verein deutscher Staatsbürger jüdischen Glaubens organisierte, gegen Antisemitismus und für Assimilation und Liberalität eintrat und Deutschland als Vaterland ansah. Dagegen setzte der Zionismus unter seiner Leitfigur Theodor Herzl auf die jüdische Heimat in Palästina. Manfred Sturmann schloss sich dieser Bewegung an und kam von Königsberg über München nach Jerusalem.

Der Autor

Schon früh im »Jüdischen Wanderbund Blau-Weiß« engagiert, studierte Manfred Sturmann nach dem Abitur (1921) in Königsberg, Breslau und München Nationalökonomie, Germanistik und Kunstgeschichte. Seit April 1922 in München, studierte er dort bis zum Sommer 1924 an der Universität und arbeitete danach in einem Buchverlag. Sein erster Gedichtband *Althebräische Lyrik. Nachdichtungen* erschien 1923 mit einer Einleitung von Arnold Zweig. Sturmann heiratete 1924 Lina (Li) Schindel (1904-1991), die ältere von zwei Töchtern des Tabakwaren-Großhändlers Moritz Schindel aus der Münchner Auenstraße 7, und war dort als kaufmännischer Angestellter tätig. Literarisch betätigte er sich weiter als Vermittler jüdischer Themen. Früh erkannte er den solitären Rang Franz Kafkas als einem jüdischen Dichter, wenn nicht gar *dem* jüdischen Dichter schlechthin, der, wäre es ihm lebenszeitlich vergönnt gewesen, wohl auch »ins heilige Land gegangen wäre«, wie Sturmann 1924 in der Zeitschrift *Menorah* (Wien) vermutete. Sturmann pries im Dezember 1929 im *Gemeindeblatt der Israelitischen Religionsgemeinde Dresden* (Nr. 12, S. 5-7) aber auch Stefan Zweig als jüdischen Dichter und begleitete Arnold Zweigs *Die Aufrichtung der Menorah. Entwurf einer Pantomime* (Berlin 1930) in der bibliophilen Soncino-Gesellschaft mit einem »Versuch über Arnold Zweig«.

In den Werken dieser drei jüdischen Dichter sah Sturmann sein eigenes Lebensthema gespiegelt. Seine Ich-Erzählung »Abschied von Europa« in der *Anthologie jüngster Prosa* (1928) bringt seinen Konflikt zwischen der alten Heimat und dem neuen Zion auf den Punkt: »Ich bin Chaluz, gehöre zu den Juden, in denen Volksbewußtsein und Nationalstolz erwacht ist, welche die Judenfrage Europas auf die ehrlichste und, wie ich annehme, einzig mögliche Weise, gewillt sind zu lösen. Ich bin im Begriff, Europa zu verlassen, um in Palästina mir und denen, welche kommen werden, ein Völkerheim errichten zu helfen.« Es sollte allerdings noch zehn Jahre dauern, bis er dieses Lebensprogramm einlöste.

Thomas Manns Lob

Nachdem ihm in München der (von Thomas Mann angeregte) städtische Literaturbeirat 1927 zu einem Druckkostenzuschuss verholfen hatte, konnte Sturmanns zweiter Gedichtband *Die Erben* 1929 im Berliner Horen-Verlag erscheinen. Thomas Mann, mit dem Sturmann sich damals immer wieder zu Spaziergängen im Herzogpark traf, lobte die »schönen Gedichte« in einem Brief an Sturmann vom 19. Mai 1929: »Ich spüre beim Lesen eine große Heiligkeit und Pathetik des Wortes, wie sie vielleicht nur in jüdischer Dichtung fromm-erinnerungsvoll hervortritt, und am tiefsten haben mich denn auch die Gesänge ›Kinder des Herrn‹ ergriffen, von denen wieder ›David‹ der lieblichste und größte ist.« Thomas Mann dürften die sieben biblischen Gedichte »Kinder des Herrn« schon auch deshalb besonders angesprochen haben, weil er damals mit den *Geschichten Jaakobs*, dem ersten Roman der Tetralogie *Joseph und seine Brüder* beschäftigt war. Sturmann selbst schlägt in diesem Gedichtband viele derjenigen Themen wie Kindheit, Wald, Osten an, die er später in *Großvaters Haus* ausführen sollte. Bereits die ersten vier Verse des Titelgedichts »Die Erben« lassen den Erinnerungston anklingen: »Glücklich seid ihr, die ihr in / Hallenden Sälen den Atem der Väter spürt. / Und in den Winkeln des Hauses / Hängt noch ein Duft von alten Gewändern«. Auch in den Gedichten *Die Schöpfung*, die 1931 in Berlin als Druck der »Soncino-Gesellschaft der Freunde des jüdischen Buches« erschienen, erklingt dieser hoffnungsvoll-pathetische Ton einer Synthese aus uralter und neuer Zeit.

Thomas Manns Dank

Dagegen erzielte Sturmann mit dem Novellenband *Der Gaukler und das Liebespaar*, der 1929 ebenfalls im Berliner Horen-Verlag herauskam, nur einen Achtungserfolg. Dabei wirkt die Titelnovelle wie ein Vorläufer zu Thomas Manns Novelle *Mario und der Zauberer* (1930). In einem Varieté gewinnt ein Doktor Arras als »Meisterhypnotiseur« sowie »Telepath und Suggestionskünstler« Macht über den jungen verliebten Jakobus, macht ihn zu seinem »Spielzeug« und erreicht damit, dass sich Jakobus' Geliebte Angela angeekelt von dem vermeintlichen Schwächling trennt. Auch der »ungeheure Tumult im Zuschauerraum« erinnert an Thomas Manns Novelle, die das Motiv freilich auf eigene Art variiert. Schalom Ben-Chorin hat Anfang April 1983 zum 80. Geburtstag Sturmanns im *Mitteilungsblatt* auf diese Motivübernahme hingewiesen: »Der Literaturkritiker neigt da natürlich leicht zu Verwechslungen, könnte annehmen, dass der junge Autor von dem arrivierten Meister beeinflusst wurde, aber die Daten zeigen die Eigenständigkeit Sturmanns.«

Die Novelle *Mario und der Zauberer* entstand im Sommer 1929 im Badeort Rauschen (heute russ. Swetlogorsk) an der Ostsee, knapp 40 Kilometer von Königsberg entfernt. Die entscheidende Anregung zu der Reise nach Ostpreußen hatte ebenfalls Manfred Sturmann gegeben. Von Rauschen aus erkundeten Thomas und Katia Mann damals das Fischerdorf Nidden auf der Kurischen Nehrung und fassten den Plan, dort ein Sommerhaus zu bauen. In seinem Bericht über »Thomas Manns Ostpreußenfahrt« stellt Manfred Sturmann 1930 diese Zusammenhänge dar. Thomas Mann wäre es ein Leichtes gewesen, Manfred Sturmann namentlich zu erwähnen. Am 16. Juni 1929 erklärte er den Lesern der *Königsberger Allgemeinen Zeitung*, warum er in ihre Landschaft an der geliebten Ostsee kommen und an ihrer Küste, in Rauschen, dem Badeort mit dem »für eine Sommerfrische [...] verführerischen Namen«, die Ferien verbringen werde: »[...] man hat mir von ihrer Grösse und Lieblichkeit, von den Wäldern und den Seen des Hinterlandes Dinge erzählt, die es mich nachgerade als arge Bildungslücke empfinden lassen, nie dort gewesen zu sein«. Brieflich dankte er Sturmann: »Es war eine gute Idee, nach Ostpreußen zu reisen, und wir sind Ihnen für Ihren Wink sehr dankbar. Es waren unsere schönsten Ferien.« Und im »Lebensabriß« (1930), geschrieben anlässlich der Verleihung des Nobelpreises für Literatur, wiederholte er: »Wir sind im Sommer immer gern an die See gegangen, und man empfahl uns da eines Tages, die samländische Küste zu besuchen.« Dieser »man« war Manfred Sturmann, doch das konnte niemand wissen.

Nach Palästina

In München machte sich Manfred Sturmann auch im Radio mit Autorenlesungen und Hörspielen einen guten Namen. Er las auch selbst vor, und die *Münchner Neuesten Nachrichten* betonten schon am 10. April 1926, sein »klares Organ« bedeute »einen entschiedenen Gewinn für den Rundfunk«. Zugleich engagierte er sich im Kulturleben der jüdischen Kultusgemeinde. Er war Mitglied der zionistischen Ortsgruppe München, wurde im Dezember 1934 deren stellvertretender und 1936 erster Vorsitzender. Mit den Gedichtbänden *Wunder der Erde* (Leipzig 1934) und *Herkunft und Gesinnung. Jüdische Gedichte* (Berlin 1935), die er »der jüdischen Jugend« widmete, betonte er nach der angestrebten Synthese des alten und neuen Judentums nun die zweite Synthese aus ›deutsch‹ und ›jüdisch‹. Dass dieses »Doppelleben« ihn jedoch in eine »beunruhigende und unlösbare Situation des jüdischen Dichters deutscher Zunge«

brachte, hat Sturmann selbst klar gesehen und in seinen »Spaziergängen mit Thomas Mann« (1950) benannt: »Die anerkannte Zugehörigkeit zum deutschen Schrifttum und die freiwillig gewählte Sonderstellung zu Deutschland und den Deutschen vertrugen sich nur schwer miteinander.« Für diese »›Gaststellung‹ innerhalb des deutschen Schrifttums« zeigte Thomas Mann, wie Sturmann fortfährt, wiederum großes »Verständnis, wie er überhaupt von Bewunderung von der Bewegung erfüllt war, die aus einem verstreuten alten Volk eine moderne Nation machen wollte«. Freilich überwog bei Thomas Mann, wie Sturmann auf den Spaziergängen erfuhr, die Skepsis: »Er hat Palästina auf seiner Reise nach dem Vorderen Orient besucht; er war menschlich tief beeindruckt von dem, was er an Pioniertum damals hier zu Gesicht bekam. Dennoch hatte ich stets das Gefühl, daß er an die Realität und den Erfolg des Zionismus nicht recht glauben konnte. Er hielt ihn für eine anerkennenswerte, aber in seinem Endziel doch wohl zum Scheitern verurteilte Bemühung.«

Für Manfred Sturmann führte eine Studienreise nach Palästina im März 1937 zur Entscheidung. Angelehnt an Thomas Manns *Pariser Rechenschaft* (1926) hielt sein *Palästinensisches Tagebuch* (Berlin 1937) die hoffnungsfroh stimmenden Erlebnisse fest, und Ende Oktober 1938 emigrierte erst Manfred Sturmann nach Jerusalem, gefolgt Mitte Dezember von seiner Frau Li und der Schwiegermutter Amalie Schindel.

In Jerusalem arbeitete Manfred Sturmann erst journalistisch und stellte z. B. schon 1939 ausführlich Theodor Herzls Bibliothek vor, die zusammen mit seinem Arbeitszimmer im Haus des Jüdischen Nationalfonds (Keren Kayemeth) eingerichtet war. Von Anfang 1940 bis Ende 1947 hatte Sturmann eine Anstellung als Sekretär beim Bezalel National Museum in Jerusalem inne und war seit 1949 bis zu seiner Pensionierung 1970 als leitender Beamter zuständig für die Organisation der Einwanderer aus Mitteleuropa »Irgun Olej Merkaz Europa« (mit dem *Mitteilungsblatt* als Periodikum). Er plante und verwaltete soziale Einrichtungen wie Altersheime und eine Volkshochschule. Von 1951 bis 1988 war er Verwalter des Nachlasses der Dichterin Else Lasker-Schüler (1869-1945); in dieser Eigenschaft wurde sein Name fortan fast nur noch genannt. (Im Katalog der Else-Lasker-Schüler-Ausstellung 1995 im Schiller-Nationalmuseum, Marbach am Neckar, wird Sturmann jedoch nur im Zusammenhang mit dem Grabstein der Dichterin erwähnt, der 1967 am Ölberg in Jerusalem wiederaufgefunden und von Sturmann fotografiert worden war.)

Als Dichter fand er dagegen mit eigenen Publikationen wie dem Typoskriptdruck *Gedichte* (Jerusalem 1941), einem romantisch-idealisierenden Hymnus auf das Leben im neuen »Heimat-Exil« (Gelber), kein Echo mehr. In Deutschland wiederum galt Sturmann nach 1945 sogar als verschollen. Auf sich selbst gestellt versuchte er einen neuen publizistischen Anfang in der Schweiz, wo er Mitglied im »Schutzverband der Schriftsteller deutscher Sprache im Ausland« wurde. Im Oktober 1952 und im Frühjahr 1955 reiste Sturmann nach St. Gallen und publizierte bei Henry Tschudy den Erzählband *Die Kreatur* (1953, illustriert von Gunter Böhmer) sowie den Lyrikband *Die Sanduhr* (1954). Doch auch dieser Ansatz einer neuen Präsenz im deutschen Sprachraum blieb stecken. Der Abdruck von *Großvaters Haus* zwischen 1957 und 1959 im *Mitteilungsblatt* ergab keine weitere Buchpublikation.

Immerhin nahm Hans Lamm 1958 in sein »Gedenkbuch« *Von Juden in München* Sturmanns Gedicht »Die Mutter« und das »Capriolo des Alltags« über eine Doppelexistenz auf. Zu einem »Wiedersehen mit Manfred Sturmann« in München kam es im März 1964 anlässlich einer Lesung im Tukan-Kreis im Rahmen der »Woche der Brüderlichkeit«. Wie Karl Ude in der *Süddeutschen Zeitung* am 13. April 1964 schrieb, las Sturmann eine seiner »Geschichten aus Israel«, die im Jahr zuvor in Berlin unter dem Titel seiner Programm-Novelle *Abschied von Europa* (1928) erschienen waren. Die Geschichte über wild streunende Hunde, die ein Kibbuz bedrohen, ging, so Ude, »über das Gewohnte hinaus«. Doch größere Aufmerksamkeit wurde Manfred Sturmann danach in der alten Heimat nicht mehr zuteil. »Der israelische Dichter deutscher Zunge«, wie sich Sturmann selbst bezeichnete, geriet mit seiner »ungefestigten Identität« (Stüben) ins Vergessen.

Das Buch II

In seinen Erinnerungen an *Großvaters Haus* verbindet Manfred Sturmann dokumentarisch-erzählerisch das persönliche Erleben seiner Kindheit bis ins 14. Lebensjahr mit den allgemeinen Strömungen der Zeitgeschichte, die seinen späteren Lebensweg bestimmten und die »Welt von gestern« auch in der ostpreußischen Provinz untergehen ließen. Dokumentarisch sind viele Sachverhalte wie das jüdische Brauchtum dargestellt, erzählerisch neu erfunden sind dagegen einige zum Teil verschlüsselte Figuren. So werden der »Alte Jacobi« (für Jakob Krause), der Gemeindevorsteher »Silberberg« (für Ludwig Wittenberg) und der Vorbeter »Rosen« (für Nelken) zu Typen, die über ihre konkreten Vorbilder hinaus noch mehr bedeuten als nur ein privates Schicksal.

Diese Darstellung zielte somit ebenso auf ein »sinnfälliges Beispiel«, wie Oskar Maria Graf es etwa gleichzeitig mit der Erzählung vom Leben seiner Mutter (*The Life of My Mother*, 1940) im New Yorker Exil anstrebte. Sturmann wollte *Großvaters Haus* schon im April 1941 ebenfalls in Amerika als Buch publizieren und plante eine hebräische Übersetzung für seine neuen Landsleute. Der Grund für das Scheitern dieser Pläne lag womöglich darin, dass die Objektivierung und Versachlichung des Themas aus mehreren Gründen nicht gelingen konnte. Sturmann schrieb buchstäblich ins Leere, so, als mache sich bereits die Abwesenheit des deutschen Sprachraums bemerkbar. In diesem tastenden Übergang zurück in die Erinnerung und voraus in eine neue gemeinsame Zukunft fand der Text letztlich keine zeitgenössischen Leser mehr.

Als *Großvaters Haus* seit 1977 in Deutschland verschiedentlich als historisches Zeugnis herangezogen wurde, fand sich in den Passagen wiederholt eine merkwürdige Stelle, der anscheinend niemand weiter nachgegangen ist. Sturmann schreibt, dass er in Osterode im Schreibpult seines Vetters Bruno »eines Tages« (vermutlich um 1915) »eine graue Broschüre«, einen Sonderdruck der Zeitschrift *Im deutschen Reich* »und darin einen Aufsatz Großvaters mit dem Titel ›Können die Juden unserer Zeit ein modernes Volk sein?‹« gefunden habe. Sturmann erläutert: »›Im deutschen Reich‹ war das Organ des Zentralvereins deutscher Staatsbürger jüdischen Glaubens. Ich will nicht behaupten, daß ich Großvaters Aufsatz, den ich sofort, wie alles Gedruckte, das mir in die Hände kam, las, nun auch verstanden habe. Fest steht, daß ich damals bereits etwas von Zionismus wußte, und so dem Sinn von Großvaters Arbeit entnehmen konnte, daß er ein leidenschaftlicher Gegner des jüdisch-nationalen Erneuerungsgedankens war.« (S. 75)

Nun ist der Aufsatz aber weder in der Datenbank Compact Memory der Goethe-Universität (Frankfurt a. M.) nachweisbar, wo der vollständige Bestand der Zeitschrift *Im deutschen Reich* der Jahrgänge 1895 bis 1922 digitalisiert vorliegt, noch andernorts, auch nicht in einer ähnlichen Variante, verfasst von jemand anderem. Die Frage ist daher, ob hier ein authentischer Text zitiert wird, der nicht mehr auffindbar ist, zumindest nicht unter diesem Titel (oder Teilen daraus). Oder ob dem Großvater ein Text untergeschoben wird, den es nie gab, auch wenn es ihn vielleicht, der vehementen Ablehnung des Zionismus durch den Großvater zufolge, hätte geben können. Jakob Sturmann könnte als langjähriger Vorsitzender des Vereins ostpreußischer Religionslehrer und der Osteroder Ortsgruppe des Vereins für Jüdische Geschichte und Literatur in Deutschland bei den jeweiligen Tagungen zu diesem Thema einen Vortrag gehalten haben, so wie den, von dem die *Mitteilungen* des Verbands im Dezember 1912 (Nr. 18, S. 49) Kunde geben: »Sturmann: Der Zionistenkongreß in Hamburg. Die Messiashoffnungen im Judentum«. Nichts weist aber darauf hin, dass solch ein Vortrag als Broschüre Verbreitung gefunden hat. Der angegebene Druckort lässt sich jedenfalls nicht verifizieren.

Dabei ›stimmt‹ bei Sturmann beinahe alles so sehr, dass seine Erinnerungen geradezu als ein regionales Gegenstück zu der Autobiographie *Gefilte Fisch. Eine Jugend in Königsberg* (1973) von Max Fürst (1905-1978) angesehen werden können. Mehr noch: Sie ergänzen die kuriosen Erzählungen *So zärtlich war Suleyken* (1955), die Siegfried Lenz in derselben Landschaft Masuren spielen lässt, in der auch Osterode/Ostróda liegt. Schildert Lenz doch eine »Heimat«, die mit ihren Originalen, wie er sagt, nicht nur »sozusagen im Rücken der Geschichte« lag, sondern das jüdische Leben in dieser Gegend völlig ausspart.

Von den Zerstörungen, die am Ende des Zweiten Weltkriegs auch Osterode betrafen, das die sowjetische Armee niederbrannte, gibt es grauenhafte Text- und Bildzeugnisse. Der Vernichtung auch der jüdischen Bevölkerung setzt Manfred Sturmann seine Erinnerungen an seines Großvaters Haus (das längst nicht mehr existiert) entgegen und bewahrt darin eine Humanität, die heute bedrohter ist denn je.

Offenes Schlusswort

Aus Anlass seines 70. Geburtstags erinnerte sich Manfred Sturmann 1973 in Jerusalem an den Großvater und an die Feier 1908 zu dessen 70. Geburtstag, die der Enkel als Fünfjähriger miterlebte (vgl. Text 3). Er schrieb dazu einen »Denkzettel«, den die *Neuen Deutschen Hefte* (Berlin) veröffentlichten (Jg. 20, H. 3). Seine ›mémoire involontaire‹, die unwillkürliche Erinnerung im Geiste Marcel Prousts, geht aus von dem ersten Gefühl, das den Jungen einst mit seinem Großvater verbunden hatte, von dem »leichten Kitzel, den sein Barthaar auf meiner Wange« (S. 9) verursacht hatte, und endet nach der verlorenen Angst bei der Liebe zu dem ehrwürdigen Prediger, der seinen Enkel so oft gemahnt und von ihm so viel verlangt hatte:

Denkzettel (1973)

Mitten im Nachmittag
Hab ich an Großvaters Spitzbart gedacht.

Aber ich hatte keine Angst mehr vor ihm.
Er ist lange tot und kann
Mir nichts mehr tun.
Ich liebe ihn noch immer,
Obgleich ich seine Gebete vergessen habe.
Wie manches andere.

Dank

Dem Neffen Manfred Sturmanns, Herrn Oren Schindel (Jerusalem), gebührt erneut Dank für die Erlaubnis zum Abdruck von Texten seines Onkels, diesmal für die Erinnerungen an *Großvaters Haus* und den »Denkzettel« (1973), und für die Geduld, mit der er immer wieder Fragen beantwortete. Wie schön, dass wir bei der Gelegenheit ein Foto aus dem Familienbestand identifizieren konnten, das Manfred Sturmann 1927 in München vor der Allerheiligenhofkirche zeigt. Auch Dr. Frank Mecklenburg, Mark M. and Lottie Salton Senior Historian sowie Director of Research and Chief Archivist am Leo Baeck Institute (New York), wo das Typoskript von *Großvaters Haus* bewahrt wird und digitalisiert wurde, war gleich mit dem Vorhaben einverstanden. Wertvolle Hilfe leistete Oberstudiendirektorin i.R. Ursula Triller (Kaufbeuren), die eine erste Abschrift samt Kommentar erstellte. Dr. Stefan Litt, Curator for General Humanities an der National Library of Israel (Jerusalem), gab Auskunft über den dort verwahrten, wenn auch noch nicht erschlossenen und insgesamt, im Hinblick auf Manuskripte und Korrespondenzen, eher enttäuschenden Nachlass Manfred Sturmanns. Die »Sammlung Li und Manfred Sturmann« im Nachlass von Li Sturmanns Schwester Dora Schindel (München 1915 – Bonn 2018) im Deutschen Exilarchiv 1933-1945 (NL 147 – EB 99/091) der Deutschen Nationalbibliothek (Frankfurt a.M.), die Jens Stüben für seine weiter maßgebliche Studie 2009 nutzen konnte, lässt sich nun auch über ein Inventar erschließen; der Dank geht hier an die Leiterin des Deutschen Exilarchivs, Dr. Sylvia Asmus, und ihren Kollegen Christian Herbart. Eine große Hilfe bot die Datenbank Compact Memory der Universitätsbibliothek der Goethe-

Universität (Frankfurt a.M.); hier lässt sich in einer großen Zahl digitalisierter Zeitungen und Zeitschriften aus über zwei Jahrhunderten das jüdische Geistesleben im deutschen Sprachraum bis in kleinste Spuren nacherleben. Wertvolle Hinweise bot im Stadtarchiv München die Datenbank zum Biographischen Gedenkbuch der Münchner Juden. Prof. Dr. Ruth Leiserowitz und Michael Leiserowitz (Berlin) gaben freundlicherweise Auskünfte zu Angaben auf der Webseite des Vereins Juden in Ostpreußen e.V./Jews in East Prussia.

Literatur

AdrBB   Adressbuch Berlin (online).
AdrBK   Adressbuch Königsberg (online).
AdrBO 1914   Adreßbuch der Kreisstadt Osterode Ostpreußen für das Jahr 1914. Osterode o.J. [1914]. Ex. in der Staatsbibliothek Berlin.
Babucke 1889   Heinrich Babucke, Zur Erinnerung an die Übersiedelung des Altstädtischen Gymnasiums zu Königsberg, Pr. in das neue Schulgebäude am 9. April 1889. Festschrift. Königsberg 1889.
Barran 2009   Fritz R. Barran, Städte-Atlas Ostpreußen. Karten und Pläne von Allenburg bis Zinten. Augsburg 2009.
Brieger 1922   Lothar Brieger, E.M.Lilien. Eine künstlerische Entwicklung um die Jahrhundertwende. Berlin, Wien 1922.
Brilling 1974   Bernhard Brilling, Jüdische Goldschmiede, Kupfer- und Petschierstecher in Ostpreußen. Ein Beitrag zur Geschichte der Juden in Ostpreußen im 18. und 19. Jahrhundert. – In: Jahrbuch für Geschichte Mittel- und Ostdeutschlands, Bd. 23, Berlin 1974, S. 113-160.
Bürger 1977.1   Klaus Bürger, Die jüdischen Mitbürger. – In: Kreisbuch Osterode Ostpreußen. Erarbeitung und Zusammenstellung dieser Dokumentation von Klaus Bürger u.a. Osterode am Harz 1977.
Bürger 1977.2   Klaus Bürger, Nachbemerkung Bürger. – In: Manfred Sturmann, Profil des Großvaters. – In: Osteroder Zeitung (Husum), Folge 47, Mai 1977, S. 547-551, S. 547.
Bürger 1978   Klaus Bürger, Abiturienten und Lehrer des Kaiser-Wilhelm-Gymnasiums in Osterode Ostpreußen (1877-1945). Hamburg 1978.
Dannacher Brand 1997   Ariane Dannacher Brand, Die Aufnahme des Zionismus unter Landjuden. Drei Beispiele. – In: Haumann 1997, S. 236-238.
Freeden 1991   Herbert Freeden, Leben zur falschen Zeit. Berlin 1991.
Friedlaender/Mynona 2014   Salomo Friedlaender/Mynona, Kant für Kinder, Katechismus der Magie, Der Philosoph Ernst Marcus, hrsg. von Detlef Thiel. Herrsching 2014.
Fürst 1976   Max Fürst, Gefilte Fisch. Eine Jugend in Königsberg (1973). München 1976.
Gassmann 2007   Michael Gassmann, Das Symbol der Synagogenorgel. – In: Frankfurter Allgemeine Zeitung (Frankfurt a.M.), Nr. 24 vom 29.01.2007, S. 37. Aufrufbar auch unter: https://www.faz.net/-gr6-ua84

Gause 1968 Fritz Gause, Die Geschichte der Stadt Königsberg in Preußen. II. Band. Von der Königskrönung bis zum Ausbruch des Ersten Weltkrieges. Köln, Graz 1968.

Gelber 1993 Mark H. Gelber, Deutsch-zionistische Literaten im ›Heimat-Exil‹. Manfred Sturmann, Hans Rosenkranz und die zionistische Kritik der deutschsprachigen Literatur in Palästina/Israel, in: Itta Shedletzky; Hans Otto (Hg.) Horch, Deutsch-jüdische Exil- und Emigrationsliteratur im 20. Jahrhundert, Tübingen 1993, S. 95-110.

Haumann 1997 Heiko Haumann (Hrsg.), Der Erste Zionistenkongress von 1897 – Ursachen, Bedeutung, Aktualität. Basel u. a. 1997.

Herzberg 1903 Geschichte der Juden in Bromberg, zugleich ein Beitrag zur Geschichte der Juden des Landes Posen, nach gedruckten und ungedruckten Quellen dargestellt von J. Herzberg. Frankfurt a.M. 1903.

Jacoby 1983 Yoram K. Jacoby, Jüdisches Leben in Königsberg/Pr. im 20. Jahrhundert. Würzburg 1983 (Ostdeutsche Beiträge aus dem Göttinger Arbeitskreis, Band LV).

Jacoby 2005 Gerd Jacoby, Ein jüdisches Leben 1910-2003. Aufgezeichnet von Marianne Brentzel. Norderstedt 2005.

Kabus 1998 Ronny Kabus, Juden in Ostpreußen. Husum 1998.

Kreutzberger 1970 Max Kreutzberger (Hrsg., unter Mitarbeit von Irmgard Foerg), Leo Baeck Institute New York, Bibliothek und Archiv. Katalog Band I. Deutschsprachige jüdische Gemeinden, Zeitungen, Zeitschriften, Jahrbücher, Almanache und Kalender, Unveröffentlichte Memoiren und Erinnerungsschriften. Tübingen 1970.

Lange 2005 Dietrich Lange, Ortsregister Ostpreußen, einschließlich des Memelgebiets, des Soldauer Gebiets und des Regierungsbezirks Westpreußen (1919-1939). Königslutter 2005.

Lenz 1963 Siegfried Lenz, So zärtlich war Suleyken. Masurische Geschichten (1955). Frankfurt a.M., Hamburg 1963.

Liederbuch 1914 BLAU-WEISS-Liederbuch. Herausgegeben von der Führerschaft des Jüdischen Wanderbundes BLAU-WEISS Berlin. Berlin 1914.

Lilien 1991 Micha und Orna Bar-Am, Painting with Light. The Photographic Aspect in the Work of E.M. Lilien. Herausgegeben von Nira Feldman. Kat. Ausst. The Tel Aviv Museum of Art, 1991.

Mann 1929 Thomas Mann, Brief an Manfred Sturmann, München, 19. Mai 1929. – In: Sturmann 2021, Anhang 1, S. 121f.

Nelken 1915 S. Nelken, Eingesandt. [Leserbrief]. – In: Israelitisches Familienblatt (Hamburg), Jg. 17, Nr. 7 vom 18.2.1915, S. 14.

PH 1861 (Hagadah l'Lël Schimurim) Der häusliche Gottesdienst für die beiden ersten Abende des Peßach-Festes mit einer neuen, vollständig treuen durchgängig metrisch-gereimten Uebersetzung von M.E. Stern. Mit Illustrationen. Zweite verbesserte Auflage. 1861.

PH 1928.1 Die Pessach-Haggadah. Übersetzt und erklärt von Dr. Philipp Schlesinger und Josef Güns. Mit zahlreichen farbigen Bildern. Zweite verbesserte Auflage. Wien 1928.

PH 1928.2 Pessach-Haggadah. Anordnung und Buchschmuck von Otto Geismar. Übersetzung von Sonia Gronemann. Gebete teilweise nach M. Sachs. Berlin 1928.

PH 1936 Die Pessach-Haggada. Herausgegeben und erläutert von E.D. Goldschmidt. Berlin 1936.

Richarz 1979 Jüdisches Leben in Deutschland. Selbstzeugnisse zur Sozialgeschichte im Kaiserreich. Herausgegeben und eingeleitet von Monika Richarz. Stuttgart 1979.

Röder/Strauss 1999 Biographisches Handbuch der deutschsprachigen Emigration nach 1999, Bd. I Politik, Wirtschaft, Öffentliches Leben. Herausgegeben vom Institut für Zeitgeschichte München und von der Research Foundation for Jewish Immigration, Inc., New York. Leitung und Bearbeitung: Werner Röder und Herbert A. Strauss, München 1999.

Sommerfeld 2000 Aloys Sommerfeld, Juden im Ermland. – In: Michael Brocke, Margret Heitmann, Harald Lordick (Hrsg.), Zur Geschichte und Kultur der Juden in Ost- und Westpreußen. Hildesheim, Zürich, New York 2000, S. 41-66.

Stüben 2009 Jens Stüben, »Geistige Existenz in zwei Welten«. Manfred Sturmann aus Königsberg – ein Leben als deutscher und israelischer Autor. – In: Tobias Weger (Hrsg.), Grenzüberschreitende Biographien zwischen Ost- und Mitteleuropa. Wirkung – Interaktion – Rezeption, Frankfurt a.M. 2009 (Oldenburger Beiträge zur Kultur und Geschichte Ostmitteleuropas, Bd. 11), S. 115-156.

Sturmann 1928 Manfred Sturmann, Abschied von Europa. – In: Erich Ebermayer, Klaus Mann, Hans Rosenkranz (Hrsg.), Anthologie jüngster Prosa. Berlin 1928, S. 73-92.

Sturmann 1929 Manfred Sturmann, Der Gaukler und das Liebespaar. Berlin 1929.

Sturmann 1930 Manfred Sturmann, Thomas Manns Ostpreußenfahrt. – In: Sturmann 2021, Anhang 1, S. 123-130.

Sturmann 1950 Manfred Sturmann, Spaziergänge mit Thomas Mann. – In: Mitteilungsblatt (Tel-Aviv), Jg. 14, (I) Nr. 22 vom 2.6.1950, S. 5-6; (II) Nr. 23 vom 9.6.1950, S. 6, (Schluss) Nr. 24 vom 16.6.1950, S. 8.

Sturmann 2021 Manfred Sturmann, Spaziergänge mit Thomas Mann. – In: Carl Georg Heise, Viktor Mann, Manfred Sturmann, Persönliche Erinnerungen an Thomas Mann. Hrsg. und kommentiert von Dirk Heißerer. Würzburg 2021, S. 87-120. – Der Erstdruck Sturmann 1950 war damals noch nicht bekannt.

Wallenberg/Büttner 2023   Gabriela von Wallenberg und Nils Büttner, Oskar Skaller und der falsche Rubens. – In: Frankfurter Allgemeine Zeitung (Frankfurt a. M.) vom 28.07.2023 (https://www.faz.net/-gyz-ben9).

Wermke 2021   Michael Wermke, Anschreiben gegen das Vergessen – Erinnerungen an den Lehrer und Fluchthelfer Kurt Silberpfennig. In: Katharina Muth, Michael Wermke, Gisela Mettele (Hrsg.), Religion im Transit. Transformationsprozesse im Kontext von Migration und Religion. Berlin/Bosten 1921, S. 127-142.

Westphal 1995   Walter Westphal, Osterode Ostpreußen in alten Ansichten. Osterode am Harz 1995.

Wolffheim 1947   Dr. med. Heinrich Wolffheim, Pardess Hanna, Allenstein 1933-1943, Typoskript, 7 Blatt, Frühjahr 1947. Yad Vashem Archives, Ball Kaduri Collection 55. Testimony of Dr. Heinrich Wolffheim regarding his experiences in Allenstein, East Prussia, Germany, 1933-1943 (online).

Bildnachweis

S. 122: Foto: Unbekannt. www.bildarchiv-ostpreussen.de Bild-ID [675359]

S. 125: Foto: H. Szemetat, Osterode. Zeno.org

S. 133: Abb. in: Die Pessach-Haggadah, Wien 1928, o.p. (vgl. PH 1928.1)

S. 136: Abb. in: Die Pessach-Haggadah, Wien 1928, o.p. (vgl. PH 1928.1)

S. 153: Foto: Unbekannt. www.bildarchiv-ostpreussen.de. Bild-ID [118438]. Das Foto befand sich zuletzt im Besitz des Predigers em. Dr. David Mannheim, des Nachfolgers von Jakob Akiba Sturmann, in Kirjat Bialik.

S. 167: Fotoporträt in: Israelitisches Familienblatt (Hamburg), Jg. 10, Nr. 39 vom 26. September 1907, S. 9 (Blätter für Erziehung und Unterricht), vgl. Text 2.